KARI KÖSTER-LÖSCHE

Die Bronzefibel

Buch

Folke, der junge Wikinger und Bootsbauer, reist mit seiner Familie per Schiff in die große, reiche Handelsstadt Birka. Dort will er der Hochzeit zwischen Ask, dem mächtigen Ratgeber des Königs Knuba, und der Norwegerin Embla beiwohnen. Da der Hafen wegen der Gäste aus aller Welt überfüllt ist, muß Folke den Koggenhafen außerhalb der Stadt anlaufen. Auf dem dunklen Weg durch den Wald stoßen sie mit einem Fremden zusammen, der entsetzt flieht und bei seiner Flucht etwas Kostbares verliert – eine außergewöhnlich kunstvoll gearbeitete Bronzefibel. Folke versucht im Trubel der Hochzeitsfeier den rechtmäßigen Besitzer zu finden. Doch das einzige, was er zunächst entdeckt, ist eine schrecklich zugerichtete tote Frau – und in jedem Menschen, bei dem er nach dem Ursprung des Kleinods fahndet, ruft die Fibel auffällige und negative Reaktionen hervor. Niemand gibt wahrheitsgemäß Auskunft. Ein Spinnennetz aus politischen Intrigen und persönlicher Rachsucht beginnt sich um Folke zusammenzuziehen …

Autorin

Kari Köster-Lösche, geboren 1946 in Lübeck, ist Tierärztin und anerkannte Wikinger-Expertin. Bereits erfolgreich als Autorin mehrerer Romane und Sachbücher wurde sie vor allem durch ihre Wikinger-Krimis bekannt.

Von Kari Köster-Lösche ist bereits erschienen:

Das Drachenboot. Ein Wikinger-Roman (42249)
Der Thorshammer. Ein Wikinger-Roman (42250)

KARI KÖSTER-LÖSCHE

Die Bronzefibel

Ein Wikinger-Roman

BLANVALET

Umwelthinweis:
Alle bedruckten Materialien dieses Taschenbuches
sind chlorfrei und umweltschonend.
Das Papier enthält Recycling-Anteile

Blanvalet Taschenbücher erscheinen im Goldmann Verlag,
einem Unternehmen der Verlagsgruppe Bertelsmann GmbH.

Taschenbuchausgabe Mai 1999

Umschlaggestaltung: Design Team München
Umschlagmotiv: Marc Charles, Gabriel Gleye
Satz: IBV Satz- und Datentechnik GmbH, Berlin
Druck: Elsnerdruck, Berlin
Verlagsnummer: 35101
MD · Herstellung: Heidrun Nawrot
Made in Germany
ISBN: 3-442-35101-4

1 3 5 7 9 10 8 6 4 2

Inhalt

Blut aus
Yggdrasils Wipfel

1
Ein Lederbeutel

Folke Husbjörnsohn, Bootsbauer in Haithabu, auf dem Wege nach Birka, der wichtigsten Stadt der Wikinger, wunderte sich nicht, daß der Schiffsführer Innstein mit gerunzelten Augenbrauen über den Drachensteven ins Fahrwasser blickte. Auch hier, viel weiter nördlich als seine Heimatstadt, würde es einige Wochen nach der Sommersonnenwende spätestens kurz vor Mitternacht dunkel werden. Sie mußten sich beeilen, um vor Einbruch der Nacht den Hafen zu erreichen.

Folke wandte sich um. Aasa, seine Mutter, stand dicht hinter ihm, das Kinn im Fellbesatz des Reisemantels verborgen und die Augenlider halb geschlossen, als sei sie vom gleichförmigen Vorbeiströmen des Wassers an den Schiffsseiten schläfrig geworden. Sie sehnte gewiß das Ende der Reise herbei, die durch wenig Wind und etliche handelsbedingte Umwege länger als üblich gedauert hatte. Ganz im Gegensatz zu ihr brannte Tordis, Folkes junge Frau, darauf, die Fahrt bis zuallerletzt auszukosten. Seit ihrer Heirat nach Haithabu war sie nicht wieder in Birka gewesen, und schon lange bevor der Knorr in den weiten Teil des Mälarsees eingebogen war, hatte sie ohne Unterlaß die Ufer betrachtet.

Tordis strich sich die hellblonden Haare nach hinten, die ihr immer wieder in die Augen flatterten. »Dort«, sagte sie versonnen und zeigte mit ausgestrecktem Arm auf das Ufer, »bin ich oft gewesen. Siehst du den Steg?«

Der war nicht zu übersehen. Grau wie der runde Felsen, auf dem er seinen Anfang nahm, erstreckte er sich ungewöhnlich weit in das Fahrwasser hinaus. Anscheinend verlief der Felsen als Plateau unter Wasser weiter.

Folke nickte und sah belustigt auf seine Frau hinunter, die in lautes Lachen ausgebrochen war. »Ich fiel an einem Tag dreimal ins Wasser, kannst du dir das vorstellen? Meine Mutterschwester wußte zum Schluß gar nicht mehr, was sie mir zum Anziehen geben sollte, obwohl Kleidung reichlich im Hause war. Nur paßte sie nie richtig.«

Der Hof, an dem sie vorüberfuhren, war groß und stattlich, ein Hauptgebäude mit mehreren Nebengebäuden, in einiger Entfernung die Schmiede, aus deren Firstloch sich allmählich verdünnender schwarzer Rauch quoll, und auf der Hausfenne die Kühe mit wohlgenährten, rundlichen Kälbern. Kein Zweifel, auf diesem Anwesen gab es von allem im Überfluß, wie überhaupt auf den meisten Höfen, an denen sie in den letzten Stunden vorübergesegelt waren. Das Umland von König Knubas Königshof war reich.

Hier am Mälarsee lebten die hochmütigen Jarle und die Fernkaufleute, und hier lagen die ehrwürdigsten Heiligtümer und die größten Höfe des Landes. Hier waren die Könige und die Götter der Wikinger zu Hause. Hier war der Ausgangspunkt für See- und Landreisen in alle Welt. Waren, Nachrichten und Gerüchte wurden in Birka nicht anders als in Köln oder Miklagard gehandelt.

Folke schlug erwartungsvoll die Fäuste gegeneinander, reckte den Kopf und versuchte, die Burg von Birka weit voraus zu erspähen. Sehr oft war er noch nicht in diesen Gewässern gefahren, auch konnte man sich leicht täuschen, weil ein Felsbuckel wie der andere aussah. Dennoch – sie mußten kurz vor dem Ziel sein.

»Es dauert noch«, sagte Tordis, die seine Ungeduld bemerkte.

»Wie lange?« fragte Folke und nahm seinen kleinen Sohn Grane auf den Arm, damit dieser besser sehen konnte. Seit vier Jahren war nun die Sippe von Husbjörn Granesohn auf Bärenhof zu Missunde in der Schlei mit der von Holmfast in Näsby bei Birka durch Folke Björnsohns Heirat mit Tordis Holmfasttocher verbunden. Folke hatte noch keine Stunde die umsichtige Wahl seiner Eltern bereut. Er liebte Tordis und war zufrieden. Zärtlich beobachtete er, wie der Dreijährige einmal die eine, dann die andere Wange nach vorne hielt. »Siehst du, er wird ein guter Seefahrer, er weiß schon jetzt, woher der Wind weht.«

»Das muß man heutzutage auch«, murmelte Aasa plötzlich in ihren Fellbesatz hinein. »Die Welt wird immer stürmischer.« Mit einem Seufzer setzte sie sich auf eine der Ruderbänke, die frei waren, weil das Handelsboot noch unter Segeln lief und die Ruderer sich auf der hinteren Plattform die Zeit mit Brettspiel vertrieben.

Tordis warf Folke einen fragenden Blick zu, und er zuckte die Schultern, dann rückte er den Schwertgurt über seinem blauen Wams zurecht. Er war jetzt dreiundzwanzig Jahre alt, hatte eine Frau und einen Sohn und war erfahrener Bootsbauer, dessen Können im Süden des Wikingerreiches nicht unbekannt geblieben war. Er war mit sich und seinem Dasein sehr zufrieden; daran konnte auch Mutter Aasa nichts ändern. Sie war in letzter Zeit häufig überkritisch, zog Vergleiche zwischen der Zeit ihrer Jugend und der heutigen, und immer öfter schnitt dabei die Gegenwart schlecht ab. Vor allem über die christlichen Männer schimpfte sie, die vor Schmutz starrten, Armut predigten, sich am liebsten auf den Höfen von Kleinkönigen und Jarlen durchpraßten und nie vergaßen, Goldreifen und Goldmünzen einzusacken.

»Wenn wir erst Helgö passiert haben«, sagte Tordis, »ist es nicht mehr weit.« Sie streckte die Hände nach ihrem Sohn aus und nahm ihn wieder auf den Schoß.

Als hätte sie den Befehl auf dem Schiff, sprangen die Männer auf, packten die Spielsteine ein und zogen ihre Wämser an. Und doch dauerte es noch eine ganze Weile, bis Birka durch den langsam aufkommenden nächtlichen Dunst auf sie zukroch. Plötzlich aber ragte die Burg vor ihnen auf.

Die Männer ließen die Rah fallen, räumten das Segel ein wenig aus dem Weg, schlugen die Deckel aus den Pforten und schoben die Ruder hinaus. Mit leichten, vorsichtigen Schlägen trieben sie das Schiff vorwärts, und neben dem Steven starrte der Ausguck ins schwarze Wasser, um vor den Felsen zu warnen, die wie Walrücken unvermutet auftauchen konnten. An denen kamen sie gut vorbei, und das war ein Glück, denn inzwischen konnte auch der geschnitzte Thor, der dort oben zwischen den Büschen mit aufgerissenem Mund und preiselbeerroten Lippen für die Seeleute wachte, nicht mehr weit sehen. Als sie aber um die vorgelagerte Landzunge unterhalb der Burg eingebogen waren, ragte gegen den hellen Nachthimmel ein Mast neben dem anderen in die Höhe. Der Hafen war voll.

Von dem Rudel Wachleute, die sich über die Mauer gehängt hatten, kam leises Gelächter, aber keiner hinderte sie einzufahren. Man kannte sich.

»Hej, was soll denn das!« brummelte der Ausguck.

Die Ruderer ließen die Ruder ruhen und starrten dümmlich durch die Hafenpforte. Dümpelnd blieb das Schiff innerhalb der Hafenpalisade liegen.

»Daß Thor sie ausrülpse!« schrie Innstein. »Was machen diese Brocken auf meinem Platz?« Er stand auf der vorderen Plattform; wutschnaubend zog er die Finger durch seinen üppigen Kinnbart und starrte auf den Steg, an dem sein Schiff sonst zu liegen pflegte. Am Kopfende schwojte das äußerste von fünf Schiffen im Halbkreis, obwohl es an Leinen nicht mangelte. Auch die anderen beiden Stege waren vollbesetzt mit rundlichen Handelsschiffen und schlanken Kriegsschiffen, dazwischen lagen weitere Boote an Bug- und Heckanker. Kreuz und quer verliefen die Taue zwischen den Schiffen. Da paßte nicht einmal mehr ein Einbaum zwischen die Schiffsrümpfe.

»Ich schwöre, ich werde sie in Grund und Boden bohren«, fluchte Innstein.

»Aber erst morgen«, knurrte einer der Ruderer, warf sich auf seine Bank und packte den Ruderschaft. »Jetzt müssen wir zum Koggenhafen.«

Das fanden die anderen auch. Keiner hatte Lust, in stockdunkler Nacht zwischen den unheimlichen Wesen von Utgard draußen auf dem Wasser zu sein, weil der Schiffsführer Schiffe versenken wollte. Innstein bleckte die Zähne und hastete ans Steuer. Folke verbiß sich das Lachen. So, wie er den Schiffsführer in den letzten Tagen kennengelernt hatte, würde er das Schiffeversenken morgen schon vergessen haben.

Sie schlängelten sich rückwärts wieder hinaus aus dem Hafen, dessen Tor schmal war und nicht ganz so solide befestigt wie das von Haithabu. Dann legten die Männer sich kräftig in die Riemen, um das Boot schnellstens in die benachbarte Bucht zu rudern, die mit ihren steil abfallenden Wänden für die tiefergehenden friesischen Koggen ausreichend Wasser und gegen die Winde aus Osten, Süden und Westen guten Schutz bot. Er war der zweite Handelshafen der Stadt – aber weniger beliebt als der Knorrehafen, weil ihm das unterhaltsame städtische Leben fehlte.

Kurze Zeit später scherten sie bereits in den Koggenhafen ein. Am Nordende war er von schwarzen Bäumen gesäumt, und Innstein hielt auf die Nordspitze zu, vorbei an den schemenhaft sichtbaren Schiffen, die behäbig um ihre Anker schwojten. Sie mußten aufpassen, daß sie ihren Knorr von diesen Ankerliegern gut freihielten.

In der Bucht war es windstill. Kurz vor den ins Wasser hängenden Büschen bog der Schiffsführer ab, so daß sie parallel zum Ufer entlangruderten. Endlich fand Innstein einen Platz, der ihm zusagte, und hielt auf die schwarze Wand zu, bis ein leises Knirschen unter dem Kiel das Ende der Fahrt signalisierte.

Während Innsteins Mann mit der Bugleine an Land watete, rührten sich auf den anderen Schiffen Gestalten. Deren Besatzungen konnte Folke im schnell schwindenden letzten Licht nicht mehr genau erkennen, aber er wußte, daß sie aufmerksam bleiben würden, bis der Neuankömmling sicher vertäut lag. Schon mancher Dummkopf hatte vergessen, sein Schiff festzumachen.

Endlich waren sie vorn und hinten fest. Der Steven berührte mit seiner stumpfen Spitze den untersten Zweig des Baumes, an dem sie festgemacht waren; Fichtennadeln kratzten an den Planken.

Von der anderen Seite der Bucht schallten Stimmen herüber, während Folke auf den überfluteten Felsen sprang und Aasa und Tordis aus dem Boot half. Er verstand nur wenig; die Leute gehörten wohl zu den Männern von den Koggen. Mit Grane unter dem Arm watete er auf dem Felsen entlang, bis das Knirschen der Muscheln unter seinen Schuhen aufhörte und er unter den Zehen Tang und dann die weiche, nadelübersäte Erde spüren konnte. In einer geschützten Nische setzte er Grane ab, der sofort anfing zu jammern.

»Ist ja gut«, tröstete Aasa ihn und nahm seine Hand.

Der Mann an der Bugleine winkte unbestimmt mit der Hand, als Folke ihn nach dem kürzesten Weg zur Stadt fragte, und Folke konnte sich aus den vielen angegebenen Richtungen eine passende aussuchen. Er stapfte los, den immer noch greinenden Grane auf den Schultern, einen Sack unter dem Arm, Tordis und Aasa auf dem schmalen Pfad hinter sich. Folke hatte dem Verwandten zwar eine Botschaft geschickt, aber niemand konnte erwarten, daß er sie vom Hafen abholte.

Es hatte sich bewölkt, seitdem die Sonne untergegangen war; der Mond war noch nicht aufgegangen, und es war stockfinster. Zuweilen kam Folke vom Steig ab, dann stand er plötzlich bis zu den Waden in niedrigen Sträuchern, an denen seine Gamaschen hängenblieben. Mit den Wolken war auch Wind aufgekommen, die Luft war frisch und duftete nach Nadelholz und Blaubeeren.

Und trotzdem war Folke nicht wohl in seiner Haut. Grane war eingeschlafen und über ihm zusammengesunken; außer dem warmen Kinderatem an seiner Ohrmuschel und Aasas Schnaufen hinter sich hörte er Wortfetzen, die der Wind ihm zutrug und die ihm unheimlich waren, das Zischeln von Leuten, die nicht gehört und nicht erkannt werden wollten, das Knacken trockener Äste und eilig davontappende Füße. Die Mannschaften der Koggen waren anscheinend ohne jeden Respekt vor den Geschöpfen Utgards noch unterwegs.

Tordis zupfte Folke vorsichtig am Wams, und er blieb stehen. »Meinst du, wir sind hier richtig?«

»Nach dem, was der Mann sagte, ja«, raunte Folke in Tordis Ohr. »Aber eigentlich müßtest du hier ja besser Bescheid wissen als ich.«

Tordis überlief ein Frösteln. »Nachts war ich noch nie hier«, flüsterte sie, »und du weißt selber, wie sich da alles verändert. Hinter jedem Baum steht ein Waldtroll, und die Huldren und Disen ...«

Folke nickte schweigsam, während er seine Sinne in alle Richtungen zugleich lenkte. Das Kribbeln in seinem Nacken war ein untrügliches Warnsignal. Er mußte sich gewaltsam zusammenreißen, um nicht mit gezogenem Sax ins Gebüsch zu stoßen.

Während er sich fast geräuschlos umdrehte, redete er munter drauflos: »Ach was, die Trolle wagen sich nicht in die Nähe so vieler Menschen.« Mit dem Ellenbogen stieß er Tordis an.

»Ich glaube, Grane ist eingeschlafen. Kinder spüren am schnellsten die Mächte der Unterwelt. Da ist nichts«, sagte sie laut und schob sich näher an Folke heran, der das scharfe Kurzschwert bereit zum Zustechen vor sich hielt.

»Dann solltest du jetzt weitergehen, Folke«, hörten die beiden jungen Leute Aasas ruhige Stimme. Doch Folke kannte seine Mutter gut genug, um zu wissen, daß ihre Gelassenheit vorgetäuscht war. Auch sie wußte Bescheid.

Er setzte sich wieder in Bewegung. Irgendwo vor ihnen war jemand. Doch je weiter sie auf dem Steig vorwärtstappten, desto sicherer wurde Folke, daß der Unsichtbare keinen Überfall plante. Es wurde unwahrscheinlicher, je näher sie der Stadt kamen. Das Kribbeln in seinem Nacken legte sich allmählich. Von links mündete ein Pfad in ihren eigenen; von nun an wurde der Weg breiter.

»Jetzt weiß ich, wo wir sind«, sagte Tordis, und ihre Stimme klang wieder zuversichtlich. »Das ist der Weg, den die Christen zur Bucht ihres Kirchengründers nehmen, Kreuzesbucht heißt sie bei den Leuten. Den Christen ist sie heilig ...«

Mutter Aasa schnaubte. »Sonst sind ihnen doch nur goldene Kreuze und Becher heilig, ihre und unsere ...«

Folke beteiligte sich nicht am Gespräch. Solange die Frauen sich unterhielten, würden die Leute, die im Unterholz herumschlichen, nicht argwöhnisch werden. Er machte einige lange Schritte vorwärts, um sich von den Lauten hinter ihm abzusetzen.

Noch bevor er etwas hören konnte, spürte er bereits in den Zehen, daß jemand ihnen in vollem Lauf auf dem Pfad entgegenkam. Folke drückte Aasa und Tordis rasch zur Seite, setzte Grane ab, der viel zu müde war, um zu schreien, und erwartete dann den Mann mit dem blanken Schwert.

Plötzlich war der Fremde da; auf sein Gesicht trat ein verschreckter Ausdruck, als er Folke entdeckte. Im selben Moment, in dem der Mann den schwachen Widerschein eines fernen Lichts in den Wolken auf Folkes Sax bemerkte, erfaßte der Bootsbauer, daß der andere nur ein Knecht war, nahezu waffenlos und vermutlich ohne böse Absichten.

»Willst du etwas von mir?« fragte er zögernd und senkte das Schwert.

Der dunkelhaarige Fremde sah einen Moment verwirrt aus, dann stieß er Folke beiseite, stürmte an Tordis vorbei, die er fast umwarf, und war im Handumdrehen in der Schwärze der Nacht verschwunden.

Folke starrte ihm ratlos nach. Als die Schritte des Fremden verklungen waren, bückte er sich, um den Packsack wieder aufzunehmen. Da fühlte er mehr, als daß er ihn sah, einen Gegenstand neben seinem Fuß, den er vorher nicht bemerkt hatte; er gehörte ihm auch nicht.

Wortlos hob er ihn auf. Es war ein kleiner Lederbeutel. Das Leder war fein und der Verschluß mit doppeltem Zugband und Verschlußklappe gearbeitet. Im Beutel befand sich ein ovaler Gegenstand.

Folke zuckte die Schultern. Er schob den Beutel in sein Wams und hob den Sack auf.

Kurze Zeit später endete der Pfad am Ufertor des Stadtwalls. Da zeigte sich endlich, daß die ungewöhnliche Betriebsamkeit in der Stadt auch ihr Gutes hatte: Das Tor war mit Fackeln hell erleuchtet und durch zwei Wachen besetzt, die sorglos von ihrem Ausguck herunterkletterten, als Folke mit den zwei Frauen und einem Kleinkind am Tor anlangte. Die Krieger hatten auch nichts dagegen, sie zu so später Stunde einzulassen.

»Ihr habt euch Zeit gelassen«, brummte der Wachmann gutmütig. »Von den finnischen Inseln müßt ihr nicht erst nachmittags losrudern, wißt ihr?«

Folke grinste, doch er registrierte sofort, daß man bemerkt hatte, aus welcher Richtung sie über See gekommen waren und mit welchem Boot. Das war wohl in Birka nicht anders als in Haithabu …

»Mein Name ist Tordis Holmfasttochter«, sagte Tordis nachdrücklich und eine Spur verärgert, weil Folke sich und sein Anliegen nicht erklärte. Sie konnten von einem Wachmann Respekt erwarten. »Wir werden von meinem Vaterbruder, dem Goldschmied Tjodolf, erwartet.«

»Du bist so schön, Tordis Holmfasttocher, ich glaube gerne, daß du von jemandem erwartet wirst …«

Beide Wachleute brachen in schallendes Gelächter aus, und auch Folke verzog das Gesicht. Grane wachte auf und brüllte los. Während Tordis vor Zorn rot anlief, sagte Aasa laut und deutlich und richtete sich dabei vor allem an ihren Sohn: »Recht so, meine Tochter. Aus unserer Sippe braucht sich niemand von einem Wachmann belehren zu lassen. Er hat dich einzulassen – auch ohne die Unterstützung deines Mannes.«

Daraufhin riß der Stillere von den Wachleuten das hölzerne Tor so hastig auf, daß der Schild, der an der Außenseite der Palisade lehnte, polternd davonflog, und verbeugte sich albern wie ein Franke vor seinem König. »Wir versuchen ja geradezu, euch hereinzulocken«, lallte er und mußte sich am Gebälk festhalten, um nicht umzufallen. »Kein Grund zur Beschw... zur Beschwerde.«

Aasas Augenbrauen hoben sich; wortlos schritt sie durch das Tor in die Stadt. Folke kümmerte sich nicht um den Tadel seiner Mutter. Sie war müde – und er auch. Statt dessen fragte er sich, was das für ein Fest sein mochte, bei dem selbst die Wachleute sich in solchem Maße betranken, daß sie ihre Waffen vor dem Tor verstreuten und jeden Fremden bereitwillig einließen.

2
Das Vorzeichen

Das nächtliche Birka war genausowenig still wie die Wachleute aufmerksam. Tordis ging voraus, schnell und leise auf der geraden Straße, die parallel zum Wasser nach Süden führte. Ihr Vaterbruder Tjodolf hatte seine Werkstatt am südlichen Ende der Stadt, unterhalb der Burg und in der Nähe des Burgtores, und vor ihrer Heirat war sie hin und wieder hier zu Gast gewesen.

Mehrmals torkelten betrunkene Krieger in ihrer Nähe durch die Straßen, aber niemand belästigte sie. Aasa und Tordis waren weder eingeschüchtert noch ängstlich, denn auch in Haithabu gab es Feste, die in allgemeiner Trunkenheit endeten, und der beste Weg, Unannehmlichkeiten zu vermeiden, war, den allzu Fröhlichen bis zum nächsten Morgen aus dem Wege zu gehen.

Aber Folke bemerkte, wie seine Mutter mit Entsetzen auf eine Gestalt blickte, die ärmlich wie ein Sklave gekleidet war, an einem Holzzaun lehnte und langsam an ihm herabrutschte. Sie schien trotz eines weiten grauen Umhangs viel zu schmächtig für einen erwachsenen Mann zu sein. Folke begriff nach einer Weile, daß Aasa sie längst als Frau erkannt hatte, während er sich noch wunderte, in welch jungem Alter man hier Kinder auf die Metvorräte losließ. Nach einer Weile sah Folke sich unauffällig um und bemerkte, wie die Sklavin zitterte und sich dann erbrach. Er rümpfte die Nase: Met war das Getränk Odins und das freier Männer; unfreie Frauen sollten darin höchstens ertränkt werden. Ihr Besitzer würde sich wohl um ihre Bestrafung kümmern müssen.

Die Frauen atmeten auf, als sie endlich vor dem Tor zu Tjodolfs Anwesen standen. Die Verwandten mußten gewartet haben, denn schon nach dem ersten Klopfen wurde die Tür aufgezogen. Der langbärtige rote Tjodolf und seine Frau umarmten die Gäste herzlich, froh, daß sie nach einer ungewissen Seereise gut angekommen waren. Tjodolf humpelte sofort an den Kessel, in dem die Mägde vorsorglich Bier warm gehalten hatten, und schenkte großzügig aus. Selbst Aasa mußte einige tüchtige Schlucke nehmen, bevor er gestattete, daß sie den Reiseumhang ablegte, und er selber füllte sich vor lauter Erleichterung doppelt so häufig das Horn wie seinen Gästen.

Folke nutzte die Atempause in Tjodolfs Trink- und Begrüßungssprüchen, um seine Waffen und das Kapuzenwams an der Wand aufzuhängen. Das Wams war wind- und regendicht – und Tjodolfs Holzhaus war aufgeheizt wie ein Backofen: Ihm lief jetzt schon der Schweiß. Tjodolf selbst hatte nur eine dünne, schmuddelige Untertunika an, die sehr gegen die sommerliche, vornehme Kleidung seiner Frau Gunnhild abstach. Endlich saßen sie. Tjodolf blickte zufrieden vom Hochsitz aus auf seine Gäste hinunter und bestritt weiterhin das Gespräch ganz allein. Zu seinen Späßen lachte er selbst am lautesten.

»Es ist gut, daß ihr jetzt gerade kommt«, meinte er mit dröhnender Stimme, und seine breite Pranke mit den unzähligen Sommersprossen holte so weit aus, daß sie an den Deckenbalken schlug, »wir feiern in diesen Tagen die Hochzeit von Ask Schieflippe mit Embla von Trondheim. Unser König Knuba richtet sie aus. Es ist ein großes Fest.«

Als Tordis pflichtschuldig, aber ohne Interesse nickte, stieß er ihr mit seinem dicken Zeigefinger auffordernd an die Schulter. »Weißt du's nicht mehr, Tordis? Ask ist der Mann, dem der König so viel Dank schuldet, daß er ihn niemals wird abtragen können. Und noch immer weiß keiner, warum.«

»Nein?« fragte Tordis höflich, aber sie gähnte dabei. Sie wollte weder Unterhaltung noch Bier haben, sondern ein Lager für sich und Grane, der zusammengerollt neben ihr auf der Bank schlief. Aber sie war zu höflich, um es dem Hausherrn direkt zu sagen.

»Von Ask redet man noch nicht lange. Sie kann's nicht wissen«, warf Gunnhild, die Hausfrau, leise ein.

Tjodolf wurde endlich auf die Erschöpfung der Frauen aufmerksam. »Ich glaube gar, ihr wollt jetzt nicht wissen, wer hier in der Stadt feiert und warum«, stellte er ohne Verärgerung fest. »Ich werde euch morgen alles haarklein erzählen.« Er tätschelte Grane, und dann ließ er es sich nicht nehmen, ihnen selber die Felldecken aufzuschlagen und das Stroh am Kopfende zu lockern. Wieder einmal wußte Folke nicht, welche Seite des Goldschmieds ihn mehr erstaunte: die des einst berüchtigten Kriegers, den man ihm noch auf zehn Schritt ansah, obwohl er wegen einer schweren Verletzung hatte aufgeben müssen, – oder die des gewichtigen Mannes, der sich mit der Fürsorglichkeit eines guten Königs um alles kümmerte, was Hof und Haus betraf.

Mit verworrenen Gedanken um einen König und einen schieflippigen Schiffsführer sank Folke in einen erholsamen Schlaf, aus dem er erst erwachte, als gegen die lebhaften Stimmen der Frauen selbst ein Rentierfell über den Ohren nichts nutzte. »Tordis«, rief er gequält und streckte die Arme in die Höhe, um seine Frau mit geschlossenen Augen einzufangen, »verjag sie, schick sie nach draußen!«

Eine Hand zauste seinen Haarschopf. »Im Gegenteil«,

sagte Tordis zärtlich, und ihre Hand war fort, bevor Folke nach ihr greifen konnte. »Dich werden wir nach draußen schicken, an den Brunnen! Es ist eine Schande, wie du den Tag verschläfst.«

Im Hintergrund kicherten Frauen.

»Ich weiß«, murmelte Folke schläfrig, »Embla Schieflippe heiratet heute den König. Aber ich soll sie ja nicht heiraten.«

»Oh, Folke«, tadelte Aasas Stimme.

Als Folke die Augen öffnete, sah er seine und Tjodolfs Verwandte sowie einen Knecht und Mägde, die auf den Bänken saßen und ihren Morgenbrei löffelten. Er selber war der einzige, der noch in seinem Bett lag. Und alle lachten sich schief und krumm über seine unsinnige Rede. »Bei Thor, warum hat mich denn niemand geweckt?« fragte er verlegen und war mit drei Sätzen draußen am Brunnen.

Als er wieder ins Haus kam, das Haar noch feucht, aber das Wams ordentlich gegürtet, sahen ihm viele Augen entgegen. Folke, noch von der strahlenden Sonne draußen geblendet, holte sich gähnend eine Holzschale vom Stapel, schlug eine Kelle voll honiggesüßtem Brei hinein und suchte sich einen Platz auf einer der Bänke. Kaum saß er, wußte er, warum neben Tjodolf soviel Platz frei gewesen war. Der Hausherr füllte den Raum nicht nur mit seiner Rede, sondern auch mit seinen Armen, und Folke mußte mehrmals seine Schüssel in Sicherheit bringen, während er hörte, was es in Birka Neues gab.

Hier stand das Rad nie still. Birka war der Handelsknotenpunkt zwischen Ost und West, und jeder, der neu eintraf, brachte Nachrichten aus irgendeinem entfernten Teil der Welt; Tjodolf kannte sie alle innerhalb kürzester Frist.

In diesen Tagen aber drehte sich das städtische Geschwätz nur um die Hochzeit.

»Heute oder morgen soll Embla ankommen, und ihr Schiff soll bis zum Rand gefüllt sein mit Kostbarkeiten.« Der Goldschmied schloß die Augen mit den spärlichen rötlichen Wimpern, und sie versanken in seinem massigen Gesicht wie bei einem zufriedenen Jungschwein. So hat er bestimmt früher ausgesehen, wenn Beute in Sicht war, dachte Folke, der nicht mitreden konnte, und zwischen Plünderer und Händler war ja manchmal auch kein großer Unterschied. Manches Stück, das Embla mitbrachte, würde im Tausch gegen etwas anderes bei Tjodolf landen. Vielleicht stimmte ihn die Aussicht auf das Geschäft so heiter.

»Haben sie so weit im Westen überhaupt Gold?« näselte ein verhutzelter älterer Sklave, von dem sich Folke sofort dachte, daß er in der Goldschmiede half, denn er sah Narben an den Händen, die nur Brandspuren sein konnten. »Ich denke, die handeln nur mit Trockenfisch, und was soll Ask schon mit Trockenfisch?«

»Hast du schon mal eine Braut auf Trockenfisch dahersegeln sehen?« Tjodolf lachte dröhnend, verschluckte sich fast, und auf Folke kleckerten Breibrocken vom Löffel herunter. Aber einem Mann wie Tjodolf konnte niemand böse sein, und beim nächsten Löffelgefuchtel versuchte Folke den Geschossen auszuweichen.

»Ein Mann wie Ask gibt sich nicht mit Fisch als Morgengabe zufrieden. Wahrscheinlich ist die Braut häßlich wie Vardruns Warze, und er läßt sie sich mit Gold aufwiegen.«

»Ich«, sagte Gunnhild leise und bedächtig, was zur Folge hatte, daß jeder hinhörte, wenn sie einmal sprach, sogar ihr Mann, »würde keinen Mann wie Ask nehmen, und wenn er selbst der König wäre!«

Die beiden Sklavinnen nickten, wie Folke auffiel, während Tjodolf zu Ask nichts zu sagen hatte. Er schien noch den Gedanken an goldene Armbänder und Spangen nachzuhängen.

»Warum das?« fragte Aasa geradeheraus, wie es ihre Art war. Sie hatte sich von der Fahrt gut erholt und saß wieder straff und fast jugendlich auf dem erhöhten Sitz, der sonst dem Hausherrn vorbehalten war und den man ihr in diesem Hause aus Freundlichkeit und Achtung überließ.

»An ihm ist nicht viel Gutes«, erwiderte Gunnhild zurückhaltend. »Ich glaube, selbst Odin würde keine Freude an dem Mann haben, höchstens Loki ...«

Tjodolf zog die Augenbrauen zu einem feuerroten Strich zusammen und machte ein finsteres Gesicht. Plötzlich war seine gute Laune wie weggeblasen.

Der Goldschmiedeknecht aber beugte sich vor, und seine fast kahle Kopfhaut glänzte im Schein des Feuers. Das etwas griesgrämige Gesicht bekam einen lüsternen Ausdruck. »Er stellt Frauen nach«, flüsterte er heiser. »Allen Frauen. Keine ist sicher vor ihm. Auch unter den Wachleuten munkelt man einiges ...«

Aasa runzelte die Stirn über ihren schönen grauen Augen. Es war nicht ihre Art, sich mit männlichen Sklaven über dergleichen zu unterhalten. Aber sie hielt es für ihre Pflicht, in Frauenangelegenheiten Bescheid zu wissen. Und sie kannte ihre stille Verwandte ... »Vergewaltigt er sie?« fragte sie streng, damit keine Zweifel über ihre Gründe bei ihm aufkommen konnten.

»Wenn es nur das wäre ...«, erwiderte der Mann geringschätzig; dann traf ihn Aasas Blick, und er zuckte zusammen. »Er quält alle ...« Mehr wollte er nicht sagen. Geräuschlos wie eine graue Assel schlüpfte er durch die Tür, bevor Aasa eine weitere Frage stellen konnte.

Sein Verschwinden war das Signal zum Aufbruch für alle anderen. Die Frauen blieben schwatzend zurück, kümmerten sich um Felle, Stroh und Breitöpfe, klapperten mit Holzschalen und fingen an, mit Spülwasser zu plätschern.

Folke verzog sich nach draußen. Tjodolf war verschwunden, und so schlenderte er ganz allein auf dem Gelände umher und sah sich um.

Der Goldschmied hatte an nichts gespart, als er für seine stille Frau ein Haus gebaut hatte: Das eingezäunte Gelände war ziemlich weitläufig für ein Stadtgrundstück. Außer dem Langhaus, das an der einen Seite die Wohnräume enthielt und an der anderen die Werkstatt, gab es noch einen kleinen Schuppen und einen überdachten Lagerraum für Holzvorräte. Folke mußte lachen. Neben dem Schuppen hatte seine Mutter bereits Spuren ihrer Anwesenheit hinterlassen: Die Pflaumenbaumstecklinge, die sie für Gunnhild mitgebracht hatte, waren schon gepflanzt und mit Reisig gegen die Hühner geschützt.

Das Wohnhaus war für die Dauer gebaut, das konnte man sehen, und hätte auch den Söhnen noch als Werkstatt dienen können. Aber Gunnhild und Tjodolf hatten keine Söhne ... Die kräftigen Holzplanken zwischen den Pfosten waren genauso sauber behauen, wie er selber Schiffsplanken zurichtete. Nur wenige Fenster waren in die Wände eingelassen und mit dünngeschabter Ochsenhaut bespannt. Den Luxus von Glasscheiben hatte der Verwandte sich noch nicht geleistet, aber er konnte es sich leisten, seine Mägde ausdauernd und sorgfältig an der Zubereitung der Haut arbeiten zu lassen ... Plötzlich fiel Folke der kleine Lederbeutel wieder ein.

An zwei Sklavinnen vorbei, die gemeinsam einen Waschwasserkübel über die Schwelle schleppten, stürmte Folke ins Haus und rannte dabei die eine von ihnen nieder. Sie war wohl zehn oder elf Jahre alt, und bevor er sie auffangen konnte, ergoß sich das Schmutzwasser über die Diele.

Die erwachsene Frau versteckte ihren Ärger hinter zusammengebissenen Zähnen, stellte den Bottich wieder auf und kehrte die Brühe mit einem Reisigbesen aus der Tür.

Die Kleine blieb in der Pfütze sitzen, stützte sich auf die Hände und legte den Kopf in den Nacken. »Kannst du nicht aufpassen?« fragte sie keck. »Du machst uns nämlich Arbeit – so oder so, aber so noch mehr.«

Folke schnaubte wie ein überraschtes Pferd. Man mußte hoffen, daß nicht alle Sklavinnen in Birka so schnippisch waren. In etwas gemäßigterem Tempo betrat er den Wohnraum und fing gerade noch den vielsagenden Blick auf, den die Frauen wechselten. Er ärgerte sich ein wenig. Frauen!

Unter den erstaunten Augen von Aasa, Tordis und Gunnhild begann er in seinem Packsack zu wühlen und beförderte endlich den Lederbeutel zutage. Er atmete auf. Grundlos hatte er plötzlich Angst gehabt, er hätte ihn verloren.

Aasa und Tordis, die wußten, daß der Gegenstand nicht zu Folkes Besitz gehörte, setzten sich auf die Bank und sahen neugierig zu, als er die Schnüre aufzog und den Inhalt herausholte.

Es war eine Fibel.

»Ist die schön!« sagte Tordis überwältigt und ließ ihre Fingerspitzen über das Schmuckstück gleiten, das in der flachen Hand ihres Mannes lag, ebenmäßig oval und im längsten Durchmesser so lang wie Folkes schlanker Daumen. Die Oberfläche war poliert worden, bis sie glänzte wie geölter Speckstein, gratlos weich gerundet waren alle Kanten. Vier Menschenköpfe erhoben sich aus der wie Gold glänzenden Oberfläche; sie waren umgeben von fünf etwas kleineren Drachenköpfen. »Woher hast du sie?«

»Im Wald gefunden. Es muß eine Frauenfibel sein«, stellte Folke fest und klimperte an den spiralförmigen Anhängern, die auf der Schmalseite angebracht waren. »Viel zu schade, um auf einer Männerschulter getragen zu werden. Sie wäre einer Königin würdig.«

Aasa schob die Unterlippe vor und schüttelte unzufrieden den Kopf. »Das müßte ein merkwürdiger Rock sein, der nur einen Träger hätte. Und für eine Hemdenfibel ist sie zu groß und zu schwer.«

Folke sah seine Mutter überrascht an. Sie hatte recht, wie sooft. Schulterfibeln wurden immer paarweise gebraucht und auch so hergestellt und verkauft; häufig waren sie sogar durch ein Kettchen miteinander verbunden. »Und doch ist sie nicht für einen Mann gearbeitet«, wandte er ein und drehte sie um. Auf der Rückseite war eine klobige Nadel angebracht worden, die viel zu kräftig für die feingearbeitete Vorderseite schien.

Folke drückte auf die Nadel, um sie aus der Rast herauszuhebeln, aber sie rührte sich nicht. »Der Schmied hat auf die Rückseite wenig Sorgfalt verwendet«, stellte er fest.

»Oder er ist nicht fertig geworden.« Tordis mit ihrem praktischen Verstand würde immer eine vernünftige Erklärung finden.

Folke nickte. Mit Gewalt bekam er die Nadel endlich auf und steckte sie Tordis probeweise an den Rock. Er lächelte seine Mutter an, während Tordis mit der Fibel durch den Raum spazierte und der Lichtschein vom Feuer auf dem Schmuckstück blitzte.

»Am liebten würde ich sie behalten«, sagte Tordis mit einem Seufzer, als Folke sie ihr wieder abnahm und sich beinahe an der unhandlichen Nadel stach. »Ich habe noch nie eine schönere gesehen.«

»Ich werde Tjodolf fragen, wem sie gehören könnte«, erklärte Folke, während er die Fibel einpackte und in seinem Sack verwahrte. »Wenn einer es weiß, dann er.«

Gunnhild nickte schweigsam, fast ein wenig mißtrauisch. Sie hatte eine solche Fibel noch nie gesehen und noch nie von ihr erzählen hören, obwohl das Kleinod nicht ruhmlos sein konnte. Und nun tauchte sie plötzlich auf, noch dazu bei einem Mann, der erst seit wenigen Stunden in der Stadt war. Doch ihr Unbehagen richtete sich nicht gegen Folke, sondern gegen die Fibel.

Folke wartete an der Tür, während Tordis einen leichten Umhang für sich heraussuchte. Birka – die Stadt der Seide und des Brokats. Tordis hatte es ihm oft genug erzählt, und er hatte versprochen, sie nach dem Morgenmahl zum Markt zu begleiten.

Aasa ging nicht mit. Für Frauen ihres Alters gab es Wichtigeres zu tun. Sie saß und verrieb haarige Beinwellblätter zu einem Brei, der für Träls schlecht heilende Brandwunden bestimmt war. »Geht nur«, sagte sie lächelnd.

Die Sonne stand schon beinahe an ihrem höchsten Punkt, und Folke ärgerte sich fast, daß Tordis ihn hatte ausschlafen lassen. Aber sie hatte es gut gemeint. Er nahm ihre Hand, und sie schritten erwartungsvoll die schnurgerade Straße zum Hafen hinunter. Er pfiff unbekümmert und starrte so neugierig auf den fernen Punkt, der glitzerndes Wasser sein mußte, daß er gar nicht bemerkte, wie seine Frau hier- und dorthin winkte und lieber stehengeblieben wäre, um mit alten Bekannten Neuigkeiten auszutauschen.

Schon bevor sie die Uferstraße erreicht hatten, wurde es immer voller: Krieger, Hausfrauen, Handwerker, Sklaven und Kinder waren in großer Zahl unterwegs. Der Menschenstrom hatte keine bevorzugte Richtung – anscheinend mußten alle überall gewesen sein, wo sich etwas tat – am Hafen, wo die fremden Schiffe sich drängten, auf den Wällen, wo man fast alle Tore und Straßen gleichzeitig überblicken konnte, auf der Burg mit der besten Fernsicht auf die von der See her eintreffenden Gäste. Und vor Asks Haus in der breiten Straße zwischen Hafen und Osttor.

»Fast so viel wie bei der Hochzeit des Königs selbst«, stellte Tordis fest und sah sich mit großen Augen um.

Die königliche Hochzeit allerdings war damals auf der Nachbarinsel Adelsö ausgerichtet worden, und die geladenen Gäste hatten dort angelegt, hier auf Birka nur die Händler und wer sonst noch Vorteil oder Spaß im Umfeld der Hochzeit haben wollte. Ask Schieflippe aber solle in Birka feiern, und jeder konnte mit eigenen Augen das erste Zusammentreffen zwischen Ask und seiner Braut mit ansehen – und fast auch die Hochzeitsnacht.

Über die Köpfe der Menschen hinweg sah Folke einen Mast neben dem anderen, und zwischen den großen Kriegsschiffen und Handelsschiffen mußten auch noch Boote mit gelegtem Mast und reine Ruderboote liegen. Vermutlich konnte man das Hafenbecken trockenen Fußes überqueren. Er mußte Tordis loslassen, um überhaupt noch vorwärts zu kommen, und klemmte ihre Hand hinter seinen Gürtel, damit sie ihm dicht auf den Fersen blieb.

Endlich am Wasser, sahen sie, daß die Schiffe vollbesetzt waren; an die Hälse und Ohren der Drachen klammerten sich die Kleinen, die halbwüchsigen Jungen balancierten rittlings auf den nach oben gebändselten Rahen mit den Wülsten von Segeltuch. Tordis bestätigte in sein Ohr hinein, daß viele Einwohner von Birka dabei waren.

Kein Zweifel, Embla wurde erwartet, und die Schlaueren hatten sich die günstigsten Plätze gesichert. Endlich war Folke klar, weshalb gegen alle Vernunft der Koggenhafen halb leer war. Es hatte wenig Sinn, stehenzubleiben. Folke zog seine Frau weiter, bis es ihnen gelang, sich auf den kleinen Platz vorzudrängen, auf dem die Uferstraße sich mit der breiten Straße kreuzte und an ruhigeren Tagen als heute der Markt abgehalten wurde. Ob von See oder von den Toren kommend, kein Händler sollte an gewöhnlichen Markttagen Umwege bei der Beförderung seiner Waren machen müssen.

An diesem Tag hielten die Händler hier jedoch keinen Markt ab. Statt dessen stand inmitten des Platzes, umringt von Kriegern in Kettenhemd, mit rotem Kriegsschild und Sax ein besonders großer Mann, dem alle Augen und Ohren zugewandt waren.

»Ich glaube, das ist er«, flüsterte Tordis.

»Ich denke, volle Bewaffnung ist verboten für alle außer der Wache«, entgegnete Folke erstaunt, noch bevor er den Mann genau in Augenschein nahm.

Das also war Ask. Gerade setzte er seinen Helm ab, und dabei flogen die langen graublonden Haare in die Höhe und sanken in Strähnen auf die schmalen Schultern. Tiefhängende, eisgraue, buschige Augenbrauen verdeckten seine Augen. Ein Schwertstreich, der die linke Wange bis zur Lippe hinunter gespalten hatte, schien zu beweisen, daß er Hiebe bekam und austeilte. Im übrigen hinterließ er bei Folke keinen Eindruck. Er mußte einem Mann erst in die Augen blicken, bevor er entschied, ob er ihn gerne als Verwandten annehmen würde. Ask war kein lauter Mann. Folke konnte nicht verstehen, was er seinen Gefolgsleuten mitzuteilen hatte, aber er sah, daß sie ihm gehorchten. Die Menge, die die Krieger einschloß, konnte kaum schnell genug eine Gasse öffnen für die Boten, die Ask in alle Richtungen aussandte.

Während er den wichtigsten Mann des Königs beobachtete, hörte er jemanden hinter sich stimmlos zischen: »Hast du das gesehen?«

Folke wußte nicht, was gemeint war, bis die Männer um

Ask zurückwichen und auf das blutige Fleisch starrten, das um Beute streitende Möwen mitten zwischen ihnen hatten zu Boden fallen lassen.

Und nur das ferne Geschrei von jubelnden Männern lenkte die Menschenmenge von diesem unheimlichen Vorzeichen ab. Als Folke sich mit vielen anderen umdrehte, sah er, daß auf der Burg Fackeln angezündet worden waren, deren schwarzer Rauch über See verwehte. Neben Folke und Tordis rissen die Menschen die Hände in die Höhe und brachen ebenfalls in Freudenschreie aus.

Emblas Schiff war gesichtet worden.

3
Embla

Während auf Emblas Schiff die Rah fiel und der Drachensteven zwischen den Toren der Hafenpalisade einbog, schob Folke sich und seine Frau mit aller Gewalt aus dem Kreis der Menschen, die Ask umringten. War Embla erst an Land, würde ein Entkommen vielleicht unmöglich werden.

Seine Neugierde war befriedigt, den Rest der Ereignisse wollte er lieber aus der Entfernung verfolgen. Aber er hatte nicht mit Tordis' Widerstand gerechnet. Als sie zwischen den nächsten Gebäuden angelangt waren, die dem Hafengelände gegenüber etwas erhöht lagen, blieb sie unvermittelt stehen.

»Ich möchte sie wenigstens sehen, bevor wir zum Markt gehen«, sagte Tordis störrisch.

»Wen?« fragte Folke erstaunt.

»Embla natürlich.«

»Ich wußte gar nicht, daß diese Frau dich interessiert«, sagte Folke und sah Tordis belustigt an.

Sie griff nach seiner Hand. »Was andere Frauen machen, interessiert mich immer, das weißt du. Und ich wollte sie ja auch nur ganz kurz sehen. Sie ist zwei Winter in England gewesen. Beinahe hätte sie dort einen König geheiratet, aber er starb vor der Hochzeit ... Sie soll sehr schön sein, sagt Gunnhild. Und wenn es stimmt, was sie über Ask sagen ...«

Tordis verstummte und schüttelte sich.

»Frauen!« Folke verdrehte seine Augen zum Himmel, wo bestimmt keine zu finden waren. »Vorhin noch habt ihr Embla verdächtigt, verschrumpelt zu sein wie der Buckel eines alten Trolls oder so ähnlich. Was wird an ihr schon sein!«

»Jung und schön ist sie«, beteuerte Tordis ernsthaft.

»Gut, dann warten wir eben«, entschied Folke. »Wenn ihr Schiff so schön ist wie sie selber, lohnt es sich vielleicht sogar.«

Tordis lächelte ihn liebevoll an. Folke sah über den Hafen, wo man überhastet dabei war, dem Drachenboot der Norwegerin Platz zu machen.

Aber für Ask ging es wohl nicht schnell genug. Und ganz so leise, wie Folke ihn bisher erlebt hatte, blieb er auch nicht. »Platz da für meine Schiffe!« rief er schrill, und sein Arm beschrieb einen Bogen, in dessen Halbkreis eine ganze Flotte Platz gehabt hätte.

»Seine? Weiß die Braut schon davon?«

Während Folke sich nach dem Spötter umblickte, wurden die Leinen der am Steg vertäuten Boote von Asks Männern losgeworfen. Überladen und gefährlich schwankend, fingen sie an zu treiben. Wenn man sie nicht daran hinderte, sich aufzuschaukeln, konnten sie kentern.

Die Frauen schrien und kauerten sich auf die Ballaststeine. Die kleinen Kinder auf den Drachenköpfen quiekten. Die Seeleute fluchten und kletterten über Bänke und Menschen hinweg, um hilfreich zugeworfene Leinen einzufangen.

»Das ist ein Verstoß gegen das Hafenrecht!« brüllte ein wutgeladener Mann. »Wo ist der Wikgraf?«

Die Gruppe um Folke und Tordis beobachtete schweigend und gespannt die Vorgänge. An den Nachbarn merkte Folke, daß der plötzlich neben Ask aufgetauchte Krieger mit dem blankgeputzten Helm Dag Wikgraf sein mußte. Für alle hörbar, entschied er ohne zu zögern: »Festmacher loswerfen ist kein Rechtsbruch. Nur das Lösen von Ankertauen und das Ausziehen von Pfählen.«

Ask legte dem Wikgrafen für einen Augenblick die Hand vertraulich auf die Schulter.

»Du dreifach verblendetes Neunauge! Du benutzt deinen verdammten Kopf wohl nur, um den Helm spazierenzutragen!« polterte einer, der mit der Kapuze am Wams selber ein Seemann sein mußte.

Die meisten Zuschauer aber blieben still, und es war kein gutes Schweigen. Der Seemann hat völlig recht, dachte Folke und wunderte sich zuerst über den Sachwalter des Königs und dann über die Leute.

Im allgemeinen Durcheinander legte Emblas Schiff an. Kaum war es fest, hoben zwei Seeleute eine Frau auf den Steg, die nicht dicker war als die Rah und ebenso starr wirkte.

»Sieh sie dir mal an«, keuchte Tordis plötzlich, atemlos vor Überraschung.

Folke nickte und betrachtete den Schwung der Planken. Das Holz eines Schiffes interessierte ihn weit mehr als eine hölzerne Frauensperson. Aber der prunklose Steven konnte ihm genausowenig imponieren wie das ausgebleichte Segel, über das Emblas Leute gleichgültig hinwegtrampelten. Das ganze Schiff war eine Spur zu roh gebaut und zu schlampig geführt für ein Ereignis, das eine ganze Stadt auf die Beine brachte. Da kannte er selber bessere norwegische Schiffe als diesen Kasten! In sein enttäuschtes Schnauben hinein raunte Tordis hinter vorgehaltener Hand: »Ihr Kleid!«

Folke rieb sich das Kinn, um sein Unverständnis zu verbergen.

»Es liegt eng am Körper an, siehst du nicht? Als ob sie nackt wäre!«

Die Bekleidung der Norwegerin war in der Tat spektakulär. Vermutlich war der Stoffverbrauch für das Kleid nur halb so groß, die Kosten dafür aber doppelt so hoch wie üblich. Folke zuckte die Schultern.

»Mein liebes Mädchen«, warf der Seemann mit der Kapuze ein, »bei Kriegsschiffen sind die Segel immer schlanker geschnitten. Und wer wäre wohl kriegerischer als eine Frau, die einem Mann von Norwegen nach Svealand nachjagt!«

Folke lachte schallend, und Tordis sah ihn vorwurfsvoll an.

»Dein Mann weiß, was ich meine. Der zuckt auch zusammen, wenn norwegische Ziegenhirten gute Segel wie Putzlumpen behandeln!«

Folke nickte schmunzelnd, und Tordis gab auf. Sie preßte die Lippen zusammen und wandte sich wieder dem Geschehen am Hafenbecken zu.

Ask war inzwischen inmitten einer Traube von Männern bei Embla angekommen. Die Krieger schwenkten aus und drückten die Zuschauer ohne sichtliche Anstrengung auseinander. Als hätte das Fruchtfleisch ihn ausgespien, stand Ask plötzlich auf einem staubigen Fleckchen Erde allein vor Embla.

Er war einen Kopf größer als die meisten Menschen, aber sie war es auch. Schweigend betrachteten sie einander, von den Menschen still beobachtet, sogar die streitsüchtigen Möwen auf den Firsten der Dächer äugten mit schiefgelegten Köpfen nach unten.

»Glaubst du, daß sie jetzt Angst hat?« fragte Tordis besorgt, während sie überlegte, wie es wohl ihr selber ginge, wenn sie nach langer Fahrt plötzlich vor einem fast unbekannten Mann stünde, den sie am nächsten Tag heiraten sollte. Was mochte man Embla erzählt haben? Von Asks Reichtum an Gold und an Haar und seinem Einfluß auf den König? »Glaubst du das?« wiederholte sie.

»Was?«

»Daß sie Angst vor ihm hat?« Während Tordis ihre Nase verärgert an einem ledernen Wams abrieb, dessen Besitzer sich frech vor ihr aufgebaut hatte, antwortete Folke: »Eher umgekehrt«, was ein allgemeines Gekicher in seiner Nähe zur Folge hatte, das unvermittelt abbrach.

»Wollen wir gehen?« fragte Folke verdrossen und aus Höflichkeit: »Hast du genug gesehen?«

Tordis zog die Augenbrauen hoch. »Gesehen? Ja, laß uns gehen.«

Unter dem Geschimpfe der Leute, die sich gestört fühlten, als Folke und Tordis ihnen auf die Zehen traten, sich in Gehängen und Spangen verhakten, als Folke in seiner Not auch einmal den Ellenbogen einsetzte, fanden sie mühselig und langsam aus der schaulustigen Menge hinaus.

»Was für ein Tag«, sagte Tordis zufrieden, zog ihren Rock wieder dahin, wo er hingehörte, und klammerte die Fibeln erneut fest. »Wie schön, daß wir zufällig jetzt gekommen sind.«

»Jeder andere Tag wäre besser gewesen«, entgegnete Folke mißmutig. Ihm war das Gedränge lästig, weil es ihn daran hinderte, über die Stege zu laufen und mit den Schiffern der Boote über diese und jene Neuerung zu schwatzen. Er überlegte, wie lange die Hochzeit sich hinziehen konnte, und war erst beruhigt, als ihm einfiel, daß sie selber wahrscheinlich länger bleiben würden als die Hochzeitsgäste.

»Wenn Knuba erst kommt, wird es hier noch aufregender«, fügte Tordis fast träumerisch hinzu.

Folke schnappte laut nach Luft. An den König hatte er gar nicht mehr gedacht. Auch er würde Gefolgsleute mitbringen und die ihre Frauen ... »Dann laß uns jetzt sofort auf den Markt gehen«, schlug er vor. »Wenn die Ziegenhirten aus den Bergen und die Eisenschaufler aus den Urwäldern erst einmal über die Waren herfallen, ist das Schönste weg. Und du wolltest doch ...«

Natürlich wollte Tordis. Birka war berühmt für Schmuck und Gold, für Leinen, Seide und Brokat von Semgallen bis Miklagard und Bolgar. »Aber der König bringt doch keine Eisenschaufler mit«, widersprach sie trotzdem. Folke hielt die Männer des Königs doch wohl nicht für Wilde?

Folke, der sie nur ein wenig hatte ärgern wollen, blinzelte ihr zu. »Aber wo sind die Händler?«

»Sie können nur am Stadtwall Platz finden«, antwortete Tordis bestimmt und zog Folke fort vom Hafen, auf den er einen bedauernden Blick zurückwarf.

Der Stadtwall war aus praktischen Erwägungen in einigem Abstand zu den letzten Häusern errichtet worden: Verteidiger benötigen Platz, Angreifer hingegen brauchen kurze Entfernungen für Brandpfeile. So hatten die Erbauer des Walls genügend Zwischenraum zwischen Häusern und Palisade belassen und außerdem die Gräber nicht eingeebnet, die sich seit alters im ehemaligen Randgebiet der Stadt befunden hatten. In friedlichen Zeiten nahmen so die Toten in ihren Hügeln still am Leben ihrer Verwandten teil, in kriegerischen Zeiten aber beschützten sie sie.

Hier, zwischen den vier mittleren von sechs Toren, waren die Stände der fernreisenden Händler aufgebaut, dazwischen die Kiepen der Kleinkrämer und die Tragegestelle der Wanderhändler zu Pferde. Kleidung, Saum- und Sattelzeug von Menschen und Tieren waren so bunt und so verschieden wie die Länder, aus denen die Kaufleute stammten. Da gab es Russen und Finnen, Letgallen und Pruzzen, Franken und Sachsen, rundäugige, dunkelhäutige oder blonde Frauen und schlitzäugige Männer mit krummen Reiterbeinen. Und natürlich Wikinger, fremde und einheimische.

Und obwohl die Pumphosen aus Särkland viel weiter gereist waren als die Fellhosen aus dem Samland, standen alle Kinder bei den Rentieren und versuchten deren Geweihe zu schütteln und die Glöckchen an Bändern zum Klingen zu bringen. Die Rentiere, die auch oft zum Wochenmarkt hier waren, grasten, gleichmütig zwischen den Transportschlitten – abseits von den Händlerpferden – und zwischen den Kochgruben der Samen, aus denen Dampf und Essensgeruch aufstiegen. Ihre Besitzer aber, denen Wind, Schnee und Sonne der Berge die Gesichter mehr gegerbt hatten als den Männern der See, lächelten freundlich und wehrten die kleinen blondhaarigen Jungen und Mädchen nicht ab.

Die Ankunft der Norwegerin hatte keinesfalls alle Käufer vom Markt abgezogen. Es war immer noch voller als an einem beliebigen Markttag. Erwartungsvoll trat Tordis zwischen die Stände.

Nachdem sie eine Weile auf und ab gelaufen war und sich umgesehen hatte, entschied sie sich für die Stände mit den Feinschmiedearbeiten. Zwei wurden von Wikingern betreut; ihre Waren waren ganz ordentlich, und vieles darunter war sogar schön, aber Tordis ging an ihnen vorbei. Ihr Ziel war ein seltsam aussehender Mann mit wenigen, aber erlesenen Schätzen, die er auf einem weich gegerbten Leder sorgsam ausgelegt hatte.

»Hier, Frau«, rief er in einem hohen Singsang und meinte damit nicht nur Tordis, sondern alle Frauen des Marktes. Er riß sich die schweißnasse Fellmütze vom Kopf und hißte sie wie eine Windfahne, und vorübergehend wandten sich ihm alle Marktbesucher zu.

Kaum hatte Tordis bei ihm haltgemacht, hielt er ihr freundlich schwatzend eine Kette mit silbernen Entenfüßchen an einer Spirale an die Brust. Sie verstand kein Wort von seiner fremden Sprache, aber seine Bewunderung war nicht zu überhören. Der Silberschmuck auf dem ungefärbten weichen Wollstoff ihres Hängerockes, der mit einer breiten grünen Webeborte gefaßt war, mußte zu ihren blonden Haaren außerordentlich gut passen. So dachte Tordis und sah Folke fragend an.

Aber dieser nickte nur flüchtig und versuchte, die Vorgänge im Hafen durch den schmalen Spalt zwischen zwei Häuserreihen zu verfolgen. Dann wurde er auf einen kleinen Mann mit rundem Gesicht und krummen Beinen aufmerksam, der um den Stand herumstrich. Quer über den Leib trug er einen Bogen, so schmal und eng gebaut, daß man ihn an den Toren wohl als harmlos hatte passieren lassen. Wo er die Pfeile verbarg, war Folke ein Rätsel.

Widerspruchslos ließ Folke danach zu, daß Tordis für ihn einen mehrfach gewundenen silbernen Armreifen aussuchte, der mit einem Schlangenkopf begann und in einem flachgeklopften, beschuppten Schwanz auslief.

Als Tordis ihre Wahl beendet hatte, blinzelte der Händler ihr zu, und sein lächelnder Mund verschwand unter einem buschigen Schnauzbart, dessen längste Zipfel über sein Kinn hinaus bis auf das Hemd reichten. Gehalten wurde das Hemd durch einen breiten, silberbeschlagenen Gürtel über eine Pumphose, und es war so weit, daß dahinter nicht nur ein Beutel mit Wechselgeld, sondern auch die zierliche Waage Platz hatte, die der Kaufmann jetzt hervorzog. Zusammen mit der Wechselmünze, die er nach ihrem Gewicht auswählte, übergab der Kaufmann Tordis seinen Namen wie ein Geschenk. Mit dem Daumen auf sich zeigend, sagte er: »Swjatoslaw, Kiew, Särkland.«

Zum erstenmal wandte Folke sich dem Händler zu. Kiew lag im Land der südlichen Rus an einem schiffbaren Fluß. »Ladogasee, Aldeigjuborg, Holmgard?«

Der Händler warf die Arme auseinander und blickte mit tränenfeuchten Augen in den blauen Himmel und dann auf Folke. »Staraja Ladoga, Nowgorod!« rief er wehmütig. Verlegen ließ Folke sich gefallen, daß Swjatoslaw ihm das Schlangenarmband eigenhändig um den Arm wand.

Der Schmuck war teuer gewesen, aber Tordis befestigte zufrieden ihren Beutel unter der Schließe ihrer Rockfibel und bedauerte kaum, daß er schon leer war. Ihr Herz machte einen Satz, als Folke ihr ins Ohr flüsterte: »Brauchst du noch mehr? Soll ich dir aushelfen?«

»Auch sehr schön, Frau!« Swjatoslaw hatte Folkes Angebot noch schneller als Tordis begriffen. Ohne, daß man gesehen hätte, woher sie gekommen waren, lagen vor ihnen plötzlich Kamm, Pinzette, Nadelbüchse, Ohrlöffelchen und Schere. Die Einlegearbeiten aus silberner Folie im Horn des Kammgriffes trugen dieselben Punzierungen wie die übrigen Gegenstände.

»Oh«, flüsterte Tordis hingerissen. »Wer macht so schöne Sachen? Wie für eine Königin!«

Der Kaufmann nickte mit zusammengekniffenen Augen und kraulte bedächtig seinen tiefschwarzen Bart. »Wie gemacht für Embla«, sagte er und rollte seine Lippen ganz lange für das m ein, und die besondere Betonung des Namens dieser Frau ging Tordis durch und durch. »Embla sehr schön!«

Tordis seufzte und wandte sich ab. Ask würde diese Dinge sofort kaufen, wenn Embla sie haben wollte, da war sie sich ganz sicher. Aber sie wollte Folkes Angebot nicht annehmen.

»Warte doch«, sagte Folke. Dann begann er mit dem Kiewer zu reden, und Tordis merkte mit Entsetzen, daß er auf schrecklich ungeübte Art feilschte. Aber sie konnte sich unmöglich einmischen.

Endlich waren die Männer sich bei einem viel zu hohen Preis einig. Der Händler grinste von einem Ohr zum anderen, während er die Ware einpackte. Nachdem er sie Tordis vorsichtig in den Arm gelegt hatte, wühlte er in den Tiefen seines Wamses und kramte schließlich etwas heraus, das er in der Hand vor ihr verbarg. Aber er zeigte es Folke.

Folke blinzelte erstaunt; er wußte mit einem Kieselstein mit roten Strichen und Kreisen nichts anzufangen.

Der Bart des Kiewers kitzelte an Folkes Wange, während er ihm ins Ohr flüsterte: »Schöne Kinder für dich und Frau. Stein hilft. Ja?« Dazu nickte er auffordernd und hielt Folke immer wieder den Stein unter die Nase.

»Wir schaffen es auch ohne Steine«, sagte Folke widerwillig. »Wir haben einen Sohn.«

Da lachte der Händler gluckernd in sich hinein, schob Folke den Zauberstein ins Wams und verabschiedete ihn mit einem Klaps auf die Schulter. »Nicht genug«, hörte Folke noch, als er schon einige Schritte entfernt war, fortgeschickt von einem gutmütigen Mann aus dem Osten, der einem Nordmann zu mehr als einem Sohn verhelfen wollte.

»Was ist nicht genug?« fragte Tordis, die endlich aus ihrer träumerischen Glückseligkeit über ihre Schätze aufgewacht war.

»Das erkläre ich dir heute abend«, antwortete Folke lachend. »Das eignet sich nicht für den Marktplatz.«

»Aha«, bemerkte Tordis verständnislos und hatte nichts dagegen, daß Folke sie von den Händlern fortzog, in Richtung auf das nächste Tor im Wall, während sie überlegte, wo sie die Sachen zu Hause im Bärenhof hinlegen würde. Ein Besucher sollte sie unbedingt zu Gesicht bekommen, aber gleichzeitig mußten sie vor schmutzigen kleinen Kinderhänden geschützt werden. Erst als sie sich entschlossen hatte, wo das sein würde, blickte sie wieder auf.

»Da ist doch Träl«, stellte Folke verwundert fest.

»Warum nicht, auch er muß auf den Markt, vielleicht Bronze kaufen, oder muß er das nicht?«

Folke folgte dem Haussklaven nachdenklich mit den Augen; dieser ging mit raschen Schritten und gesenktem Kopf. »Er sieht eher aus, als ob er etwas verkaufen will, mit dem vollen Sack.«

»Ich finde es nicht richtig, daß Tjodolf ihm das auch noch abverlangt«, sagte Tordis, deren Sinn für Ordnung auch Gerechtigkeit gegen Sklaven einschloß. »Soviel ich weiß, gießt er fast allen Schmuck, der aus der Werkstatt kommt.«

»Ja?« fragte Folke belustigt: »Ich finde eher, es spricht für Tjodolf, wenn er seine Arbeit so gut organisieren kann ...«

»Ich glaube nicht, daß du dich freuen würdest, wenn Thorbjörn dich so gut organisieren würde. Du, als Sklave von Thorbjörn, baust seine Schiffe«, sagte Tordis etwas verschnupft, »und Thorbjörn feiert inzwischen mit seinen Freunden ...«

»Ich bin kein Sklave!«

»Zum Glück!« Tordis drückte seinen Arm zärtlich, und die kurze Mißstimmung verflog mit der leichten Brise, die sie außerhalb des Stadtwalls umfächelte.

Das niedrige Buschwerk ging in Wald über, und Tordis sah jetzt, daß sie zum Koggenhafen unterwegs waren. Erst zu den Händlern, hatte sie sich am Morgen ausbedungen, als Folke immer wieder von den fremdartigen Schiffen gesprochen hatte, und die Abmachung war erfüllt.

Folke wurde immer schneller.

Der Wald war still. In den kleinen Lichtungen, in denen

die Sonne bis in das Gras hinunterschien, dufteten die Blaubeersträucher, und die Büsche bewegten sich leise in einer Mittagsbrise. Es war so friedlich hier, weitab vom Lärm des Marktgeschreis, daß Tordis sich am liebsten ins Gras gesetzt hätte, um ihren neuen Schmuck anzulegen. Vergessen war Embla und vergessen war auch, daß sie mit der Norwegerin in einen Wettkampf getreten war, von dem nur sie selber gewußt hatte. Zum Glück! Folke hätte sie ausgelacht.

Folke war schon weit voraus, aber sie hörte seine federnden Schritte, und sie hörte ihn leise singen, wie er es oft tat, wenn er an einem Boot arbeitete.

Tordis war glücklich mit Folke. Sie hätte gar keinen König und auch keinen seiner Berater haben wollen, aber vor allem nicht Ask. Dabei konnte sie sich gar nicht darauf besinnen, was man ihm nachgesagt hatte. Mit Sicherheit wußte sie nur, daß Ask lange außer Landes gewesen war, freiwillig oder verbannt. Sie war damals noch zu jung gewesen, um sich für die Geschichten zu interessieren, die sich die Frauen beim Spinnen erzählten.

Sie seufzte tief und umklammerte ihr Lederbündel.

Dann blieb sie stehen. Folke war nicht mehr zu hören, nur in weiter Ferne ein Kuckuck. Plötzlich erfaßte sie eine unbestimmte Furcht, und sie hatte das Gefühl, nicht mehr allein zu sein. Wie in der Nacht ihrer Ankunft. Tordis biß auf ihre Fingerknöchel und wagte nicht, sich umzusehen.

Dann hörte sie Schritte. Es waren nicht die forschen, fröhlichen, die zu ihrem Folke gehörten, sondern zögernde, langsame, wie von einem Blinden. Folke!, wollte sie rufen, aber ihre Zunge haftete fest am Gaumen.

Sie fiel Folke um den Hals, als sie seine Stimme an ihrem Ohr hörte. »Ich hatte solche Angst«, bekannte sie in die Grube zwischen seinem Kinn und der Schulter hinein. »Ich dachte, es sei etwas passiert.«

Folke löste ihre Arme von seinem Nacken und antwortete ernst: »Es ist auch etwas passiert. Da vorn liegt eine tote Frau. Ich bin froh, daß du es nicht mit ansehen mußtest ...«

»Was denn?«

»Sie muß schlimme Dinge erlebt haben, bevor sie starb.« Folke schüttelte sich. »Als wäre der Thurs über sie hergefallen.«

Tordis fühlte endlich das Paket wieder in ihren Händen, und sie hörte das leise Säuseln in den Büschen. Sie sah Folke betroffen an. »Ich möchte sie sehen. Vielleicht kenne ich sie noch von früher.«

»Kaum«, entgegnete Folke. »Sie scheint eine Sklavin zu sein.«

»Trotzdem. Von Frauen verstehe ich mehr als du. Wenn du eine ansiehst, überlegst du, ob ihr Umhang als Segel brauchbar ist, mehr nicht.«

Folke nickte mit schmalen Lippen und ging voraus. Kurz hinter der Gabelung des Uferpfades führte er Tordis ins Unterholz, und sie wußte, daß sie die Frau nun bald finden würden. Aber auf den Anblick, der sich ihr bot, war sie nicht gefaßt.

Die Tote hing wie ein gespannter Bogen über einem niedrigen Busch. Mitten in einem Schrei mußte Hel sie zu sich geholt haben, und ihr Mund war weit offen erstarrt.

»Sie muß einen Herrn gehabt haben, der sie vermißt«, dachte Folke laut und rümpfte die Nase über den Gestank, der aus der Nähe der toten Frau in die warme Luft stieg.

Tordis ging um die Tote herum. Die Frau war bestimmt keine Sklavin von der stumpfen Duldsamkeit eines Ochsen gewesen. »Glaube ich nicht. Ihr Rock ist gut gewebt und tadellos gestopft. Damit arbeitet man nicht am Holzstapel und im Hühnerhof. Sie hat keinen Herrn.«

Zwei dicke Schmeißfliegen setzten sich auf die Mundwinkel der Frau und flogen dann wieder auf. Als sie im Gras in der Nähe verschwanden, ging Folke ihnen nach. »Sie hat ihr Inneres entleert, bevor sie starb«, murmelte er angewidert. »Wer weiß, wo überall. Geh lieber zum Pfad zurück.«

Den geschürzten Rock in der einen Hand, stapfte Tordis mit großen, hastigen Schritten zurück auf den Weg, auf dessen seit langem hartgetretenen Grund man leicht Unrat von Laub und Steinen unterscheiden konnte. Dort blieb sie stehen. Ihr Herz klopfte, während sie Folke entgegensah.

Endlich trat er mit nachdenklichem Gesicht auf den Weg. »Wer auch immer sie ist, wir müssen Bescheid sagen. Auch damit die Hunde sie nicht annagen«, fügte er nüchtern hinzu. »Übrigens ist mir, als hätte ich sie schon einmal gesehen.«

Tordis überlief ein kalter Schauer. Am liebsten hätte sie die Frau aus ihrem Gedächtnis gestrichen. Ihr Verwandtenbesuch hatte einen so schönen Anfang genommen. Aber nun?

Folke faßte sie unter dem Arm und zog sie mit sich. »Komm«, sagte er. »Sobald ich den Wikgrafen gesprochen habe, sind wir die Tote los. Soll er sich um sie kümmern. Stell dir vor, vielleicht kommen kleine Jungen zum Übungsschießen hierher und finden sie ...«

Die fränkischen Kaufleute und die Christen, die diesen Weg benutzten, mochten ruhig erschrecken, dachte Tordis, aber Jungen, die nicht viel älter waren als Grane ... Sie hatte schon mehrmals im Kampf erschlagene Männer gesehen, aber keine Leiche war so abstoßend gewesen wie diese Frau. Schweigend und eilig kehrten sie zu den Wällen von Birka zurück.

4
Händler

Im Fieber des beginnenden Festes und des gespannten Wartens auf den König mit seinen Edlen und ihren Frauen, die jederzeit von Adelsö eintreffen konnten, wollte niemand sich mit einer toten Sklavin befassen. Die Wache am Tor verwies Folke an eine Streife, die die Straßen abschritt, und diese an den Wikgrafen persönlich. Bis Folke ihn im Gewimmel endlich gefunden hatte, hatte er die Hälfte seiner guten Laune schon eingebüßt. Aber das war nichts gegen die Verärgerung des Wikgrafen, der ihn zuerst kaum anhören wollte.

Dag zog sich den Helm vom Kopf und wischte sich den Schweiß von der Stirn; auch die Haare, in gerader Linie sauber abgeschnitten, waren feucht. An dem nervösen Zucken des Mundwinkels erkannte Folke, daß der Mann gewaltig unter Druck stand, aber er betrachtete ihn ungerührt. Wer als Verwandter des Königs solche Aufgaben übertragen bekam, mußte auch mit ihnen fertig werden.

»Konntest du nicht wie jeder anständige Fremde in der Stadt bleiben?« fragte Dag gepreßt und ließ den Hafenbetrieb nicht aus den geröteten Augen.

Im Hafenbecken hatte sich alles beruhigt. Die Schiffe lagen im Päckchen vertäut, Kinder machten Weitsprung von Kante zu Kante, die Kleinen in der Mitte der Bootsbäuche, die größeren an den Drachenköpfen oder Schwänzen. Dem Wikgrafen waren die Kinder gleichgültig. Ihm machten die Väter Mühe, die sich seit dem frühen Morgen mit Bier vollschütteten und die Stadt unsicher machten. Waren sie erst einmal sturzbetrunken liegengeblieben, fielen sie nicht mehr in seinen Tätigkeitsbereich, sondern in den ihrer Frauen. Aber bis dahin! So viele Mann hatte er gar nicht, daß sie überall gleichzeitig für die ordentlichen Zustände sorgen konnten, die Ask angeordnet hatte. »Als hätte ich nicht genug zu tun!« knurrte Dag und hob die Hände ergeben, wobei er beinahe vergaß, seinen metallbeschlagenen Schild festzuhalten, der so neu war wie er selber im Amt und ebenfalls von Knuba stammte. Mit verkniffenem Mund ließ er den Daumen über die Schwertschneide gleiten, während er sich umdrehte und die hafennahen Straßen musterte.

Ask war mit Embla und ihrem Gefolge in sein Haus verschwunden, und die größte Menschenmenge hatte sich vorübergehend verlaufen. Es war ruhiger geworden. Im Moment gab es keine Verwicklungen – außer einer unvorhergesehenen Leiche.

»Es ist deine Stadt, nicht meine«, stellte Folke ruhig fest und wandte sich zum Gehen.

Der Wikgraf ließ den Sax fahren, der am Gurt baumelnd zur Ruhe kam. »Halt!« befahl er, und sein Ton war energisch, aber Folke entging die Sorge nicht, die darin mitschwang. »Du gehst mit, damit sie sie schneller finden. Ich kann es mir nicht leisten, meine Männer lange zu entbehren!«

Folke fuhr herum. »Du kannst mich bitten, sie zu führen. Befehlen kannst du nicht!«

Dag, seit seinem Einzug im Hof des Königs immerhin darin geübt, Männer aus gutem Hause von Wanderhändlern zu unterscheiden, mäßigte sich. »Ich bitte dich, dich zu beeilen«, sagte er, um inbrünstig hinzuzufügen: »Oh, hätte Fjalarr doch genügend Schlauheit bewiesen, den Met nicht herauszugeben! Für den Bewacher einer Stadt ist er der größte Feind überhaupt.«

Folke lächelte spöttisch. Wahrscheinlich wußte Dag gar nicht, in welchem Ausmaß seine eigenen Leute nächtliche Opfer des Zwerges Fjalarr gewesen waren. Dann nickte er den zwei Kriegern zu, die ihre Schilde bereits geschultert hatten und auf das Zeichen zum Aufbruch warteten.

Sie hatten kaum das erste Haus erreicht, als es zwischen den Schiffen laut platschte.

Als Folke sich umdrehte, stand Dag am Steg und blickte untätig ins Hafenbecken hinunter, wo ein Mann wild mit den Händen ruderte und um sein Leben brüllte. Zwei andere stocherten kichernd mit langen Stangen nach ihm, um zumindest seine Leiche zu retten. Sie trafen ihn mehrmals; doch auf einmal stand der Mann entschlossen auf und watete mit erhobenem Kopf davon, staksend wie ein verärgerter Elch. Das Wasser reichte ihm bis an die Achselhöhlen. Das Gelächter folgte ihm noch bis zur Lände, wo man dem schwankenden Mann trotz der flachen Uferneigung aus dem Wasser helfen mußte.

Folke, den es weiterdrängte, hörte die beiden Krieger in das Gelächter einstimmen, und dann erzählte der eine von ihnen, was alles schon passiert war – in so breitem Dialekt, daß es wie Froschgequake klang. Der Mann sei bereits der zweite an diesem Tag gewesen, und Dag müsse im Verlauf der Nacht auch mit ein oder zwei Ertrunkenen rechnen. Folke unterdrückte ein Lachen: Er hatte gar nicht gewußt, daß auch Frösche unter die Krieger aufgenommen wurden. Noch heiterer stimmte ihn, daß der Wikgraf sich schon mit männlichen Leichen ausgelastet und von einer weiblichen daher überfordert fühlte. Aber er hütete sich, mit den Kriegern über den Wikgrafen zu sprechen.

Dann nahm Folke sein gewohntes Dauerlauftempo auf. Die Wachleute hielten mit, obwohl sie viel Gewicht zu schleppen hatten. Folke fühlte an nadelbedeckten Stellen den Boden unter ihren Tritten federn.

Schweißtriefend langten sie an der einsamen Stelle an. Schmeißfliegen stürzten sich auf die Männer. Folke wedelte sie aus seinem Gesicht. Die Frau lag noch wie vorher, aber schon liefen die Ameisen in einer dichten Straße auf ihrem herabhängenden Arm in die Höhe.

»Äh«, keuchte der eine Krieger und lehnte seinen Speer gegen einen Busch. »Beim behaarten Sack meines Ziegenbocks! Das kann nicht dein Ernst sein!«

Folke machte sich nicht die Mühe zu widersprechen. Die Krieger wußten, was ihr Wikgraf von ihnen erwartete. Ihn ging es nichts an.

»Ausgerechnet wir!« Der andere spie die Worte fast aus und verzog angeekelt sein Gesicht. »Bei der Hitze! Und ausgerechnet diese Edelschlampe!« Der Krieger hob den Schild vor den Mund. Seine hellgelben Haarsträhnen, schweißnaß unter dem enganliegenden Lederhelm, klebten am geschwärzten Rand des Schildes. Er beugte sich langsam nach vorn und nagelte eine grünschillernde Fliege mit einem dicken Batzen Spucke an der Innenfläche fest. Nachdenklich sah er zu, wie sie unter hellem Gebrumm freikam. In dem Moment, als sie abhob, schlug er sie mit dem Handrücken tot. Er bleckte zufrieden die gelblichen Zähne.

Frösche in der Verwandtschaft, tatsächlich, dachte Folke, unbeteiligt am Widerwillen der Krieger.

»Neidisch?« spottete der andere Wachmann leise, der nicht ganz so gewöhnlich aussah und sprach. Hinter seiner vorgehaltenen Hand atmete er ganz flach. »Müssen wir uns das gefallen lassen?« Mißmutig stand er neben der

Leiche und machte keine Anstalten, sie vom Busch abzupflücken. Folke an seiner Stelle hätte dazu auch keine Lust gehabt. Es gab schönere Blüten.

Für einen Moment wurde das Gebrumm der Fliegen in der Stille des abflauenden Windes unerträglich laut. Folke unterdrückte ein schadenfrohes Grinsen und hob die Hand zum Gruß.

Nachdenklich trabte er den Pfad entlang, den er in der Nacht gekommen war. Die Krieger hatten die Frau gekannt. Seltsam. Oder auch nicht. Wenn sie schon länger den Wachdienst auf der Burg versahen ... Dann beschloß er, nicht mehr an die Frau zu denken. Was ging sie ihn schließlich an? Er versuchte sich vorzustellen, wie viele Schiffe jetzt im Koggenhafen lagen.

In Haithabu sah er kaum einmal ein friesisches Schiff. Waren von Friesen dagegen oft, die kamen über Land mit dem Wagen von Hollingstedt. Die Schiffe aber segelten den gefährlichen Weg an Dänemarks Wetterseite entlang, bis sie den Einschlupf in die See der Wikinger fanden, und dann nach Norwegen oder zu den Schweden. Sie galten als seetüchtig, wenn auch als langsam.

Es war Folke ganz lieb, die Boote ohne seine Frau besichtigen zu können. Tordis, die von der toten Frau weder etwas hören noch sehen wollte, war nach Hause zu Grane gelaufen; natürlich war sie auch gespannt darauf, was Aasa und Gunnhild zu ihrem neuen Schmuck sagen würden. Bis der besprochen war, würde sie ihn nicht vermissen.

Der Koggenhafen hatte bei Tage kaum Ähnlichkeit mit dem schwarzen Wasser und dem düsteren Stück Steilufer aus der Nacht. Jetzt ähnelte er eher einem Binnensee. Die Luft flimmerte in der Nachmittagshitze, und das Wasser kräuselte sich ein wenig. Die Luftbewegung reichte kaum aus, um die Mückenschwärme am Ufer auseinanderzutreiben, und Folke wedelte energisch mit den Armen, während er mitten durch ein großes Mückenvolk hindurch über den rissigen Hang abwärts rutschte und auf dem Ufersaum landete.

An dieser Stelle reichte matschiges, baumwurzelübersätes Land wie eine längliche Hundezunge in die Bucht. Fußspuren und Abdrücke von Bootsböden zwischen geknickten Schilfhalmen bewiesen, daß sich hier die allgemeine Anlegestelle des Naturhafens befand.

Innsteins Knorr trieb hochauf zwischen Bug- und Heckleine. Der Mast war gelegt und das Segel ziemlich unordentlich mit Zeisingen an einer kurzen Spiere festgebunden. Am südlichen Ufer der Bucht lag ein Pomoranenboot. Es mußte entweder nach ihnen eingelaufen sein, oder sie hatten mächtiges Glück gehabt, daß sie mit ihm nicht zusammengestoßen waren. Das Slawenschiff interessierte Folke nicht: Es sah aus wie jedes Wikingerboot.

Wegen der zwei friesischen Koggen, die in der Mitte der Bucht um ihre Anker schwojten, war er gekommen. Auf dem hohen Achterkastell des einen von ihnen bewegte sich ein Mann; sonst war niemand zu sehen.

Folke hielt sich an einem kräftigen, überhängenden Ast fest und studierte die Schiffe von allen Seiten. Sie waren nicht länger als ein durchschnittlicher Knorr, aber viel höher! Wo ihre eigenen Schiffer einen einzigen vollgeladenen Wagenkasten verstauten, mußten diese Kähne mindestens drei übereinander fahren können. Angeblich waren sie nicht auf Kiel gebaut, sondern ganz flach: Wie vermieden sie es zu kentern? In seine Gedanken hinein hörte er ein Plätschern, dann ein Plumpsen. Es kam vom achteren Aufbau. Folke grinste. Der Wachmann erleichterte sich durch eine Luke direkt ins Wasser.

Aus dem Wald erschollen Stimmen. Mehrere Männer, die

sich dem Hafen rasch näherten, unterhielten sich lautstark. Fränkische Zungen. Folke war von ihrer Lautstärke nicht überrascht. Wikinger wären leiser gewesen.

Folke setzte sich auf einen Stein am Ufer und beobachtete die Friesenboote. Seeleute tauchten auf Deck auf und hielten zum Ufer hin Ausschau. Auf beiden Schiffen machten Männer gemächlich das Beiboot klar.

Noch bevor sie in die Boote gesprungen waren, kletterte der erste Mann aus dem Wald herunter, ein Knecht wahrscheinlich, genauso grau gekleidet wie ein Sklave in Haithabu und mit blödem Gesichtsausdruck.

»Hö!« schrie er, eher überrascht als erschrocken bei Folkes Anblick, und riß einen langen Dolch aus seinem Wams, während er einen Sack von seiner Schulter abwarf.

Der Mann glotzte Folke an, während zwei weitere Knechte sich neben ihm aufbauten. Folke blieb ruhig sitzen. Solche Leute würden es nicht wagen, einen freien Wikinger anzugreifen, weder inner- noch außerhalb des Stadtgebietes. Dann erschien der Kaufmann selbst, in langer blauer Hose und dunkelgrünem Wams. Gelassen nickte er Folke zu. Seine Augenbrauen hoben sich, während er sich mit einem raschen Seitenblick vergewisserte, wo die Beiboote sich befanden.

»Hej«, grüßte Folke und fuhr dann langsam und deutlich fort: »Hier herrschen das Birkinselrecht und der Birkinselfriede.« Mit den Augen deutete er an, daß er die Knechte meinte. Seine leeren Hände ruhten sichtbar zwischen seinen Knien, der Sax und der geliehene weiße Schild lagen am Boden. »Das ist nicht anders als in Aachen und Lundenvik.«

Der Kaufmann nickte und befahl den Knechten, die Messer wegzustecken. Mißtrauisch verzogen sie sich ans Wasser, wo sie die zu schnelle Fahrt der Beiboote stoppten und mit den Ruderern flüsterten. Weder der Kaufmann noch Folke kümmerten sich um sie.

»Was machst du hier?« fragte der Kaufmann in dänischer Klangfärbung.

Folke hob die Augenbrauen. Erst wenige Tage war er von zu Hause fort, trotzdem freute er sich schon am Klang heimischer Laute. Er zeigte auf den Knorr und erklärte, woher er gekommen war. Der Kaufmann nickte dünn. Als Folke ihn erwartungsvoll ansah, erzählte er, daß er vor kurzem erst aus der Hammaburg abgelegt habe und jedes Jahr mindestens einmal in Haithabu sei.

»Dann kennst du ja unseren Wikgrafen!« warf Folke ein. »Der ist von anderem Format als Dag von Birka.«

Der Franke hatte so helle Haare wie Folke, aber seine Augenbrauen und Augen waren dunkelbraun. Er runzelte die Stirn, bis ihm die dichten Brauen über der Nasenwurzel fast zusammenstießen. »Ja«, stimmte er bedächtig zu. »Dein Wikgraf wird es König Heinrich nicht so leichtmachen.«

»Womit?« fragte Folke überrascht.

»Mit der Einnahme von Haithabu.«

Folke war zu empört, um eine passende Antwort zu finden. »Das hört sich an, als ob du das bedauertest«, sagte er schließlich spröde. »Ich nicht. Ich habe nichts gegen Knuba als Stadtherrn. Und er ist mir lieber als ein König, der meine Sprache nicht spricht.«

»Du würdest sie schnell lernen. Wir Kaufleute brauchen einen eigenen Hafen in der See der Wikinger. Du mußt das verstehen.«

»Sicher. Könnte auch sein, daß Knuba ein paar fränkische Handelsstädte braucht«, erwiderte Folke und stand auf. Mit seiner entspannten Haltung war es vorbei. Auch mit Worten konnte man das Gastrecht verletzen. »Haben wir euch jemals beim Handel behindert? Ihr wart immer willkommen. Eure Krieger sind es nicht.«

Der Franke sah Folke spöttisch an. »Wir werden es genauso halten.«

Folke, der vor lauter Grimm auf nichts anderes geachtet hatte, riß seine Waffen hoch, als noch mehr Männer auf die Landzunge sprangen. Er hatte sich wie ein Anfänger überraschen lassen. Der Kaufmann las in Folkes Gesicht wie in seinem Rechnungsbuch und verzog höhnisch seine Lippen.

Die Männer kümmerten sich nicht um Folke. Sie fingen an, die Beiboote zu beladen.

Folke schluckte seinen Ärger hinunter. Dann fiel sein Blick auf den Knecht, der das eine Boot hergerudert und den er vorher kaum beachtet hatte. Er kauerte im Boot, hatte bei Folkes Frage das Ösgefäß fallenlassen und starrte ihn an. Die Augen waren unter den tief in die Stirn fallenden braunen Haaren kaum zu sehen. Folke blickte sich um, aber hinter ihm stand niemand.

Der Kaufmann trat gemächlich auf den Bug und hieb dem Knecht wortlos seinen spitzen Schuh in die Seite. Der Mann fuhr zusammen und fing an, hastig Säcke, einen Ballen mit Wollstoff und mehrere Fellbündel zu verstauen. Wenn es auch Hermelin war, so war doch der Sommerpelz der Tiere nicht gerade der beste, dachte Folke und wunderte sich über die unscheinbare Ware. Zu wenig und zu gewöhnlich für eine so weite Reise. Birka konnte nicht das Ziel dieses Kaufmanns sein. Oder er hatte noch andere Ware.

Folke blickte verdrossen dem Boot mit dem Händler und den zwei Knechten nach, bis sie an ihrer Kogge längsseits gegangen waren und der Kaufmann sich über die hohen Planken in sein Schiff gewälzt hatte. Nun würde er wohl kaum mehr zu einer Schiffsbesichtigung eingeladen werden. Im übrigen hatte der Kaufmann viel geschwatzt und noch mehr verschwiegen. Nicht einmal seinen Namen hatte er genannt. Daß Heinrich immer noch begehrliche Blicke auf Haithabu warf, war seine einzige handfeste Aussage gewesen – aber das war schon lange bekannt.

Folke sprang auf. Ohne die Männer zu beachten, die auf die zurückkehrenden Beiboote warteten, stieg er wieder zum Uferpfad hinauf und machte sich auf den Weg zur Stadt.

Die Sonne stand schon tief zu seiner Rechten, als er aus dem Wald heraustrat und vor sich den Stadtwall mit der dahinter aufragenden Burg liegen sah. Auch sein bohrender Hunger machte ihm bewußt, daß es gegen Abend ging. Überall waren Menschen unterwegs. Um das Gedränge zu meiden, umging er die Straße, in der Asks Haus stand, und auch den Hafen in weitem Bogen.

Aus Tjodolfs Hof strömte ihm ein unbestimmbarer Duft von Essen, vermischt mit dem Rauch von Nadelholz und Buschwerk, entgegen. Der Hausherr selbst saß mit gekreuzten Beinen neben der Türschwelle, den Rücken an der warmen Holzwand, und schwatzte mit seinen Leuten, während er auf das Abendessen wartete. Die Frauen klapperten im Haus mit Schüsseln und riefen laut nach Brennholznachschub.

Folke setzte sich zu den Männern, von denen er zwei noch nicht gesehen hatte.

Natürlich ging es wieder um die Hochzeit. Wahrscheinlich würde eine allgemeine Schweigsamkeit in der Stadt ausbrechen, wenn das Fest erst einmal vorüber war, dachte Folke und räkelte sich in eine gemütliche Lage auf dem sonnenbeschienenen, festgetrampelten Erdboden. Ein weißgefleckter junger Hund mit Stummelschwanz und das Sklavenmädchen hockten zwischen ihm und Tjodolf. Der Hund drückte seine Nase auf den Boden und versuchte unauffällig so auszusehen, als ob er hier zu Hause wäre. Das Mädchen war hier zu Hause; sie sprach dauernd, und nicht alles war Unsinn, wie Folke zugeben mußte. Ihre Brettchenweberei hatte sie zwar in den Hof gebracht, aber die Wolle lag in ihrem Schoß. Wie von einem Seemann zur Bunsch aufgeschossen, nicht von einer pedantischen Hausfrau zum Knäuel gewickelt. Folke mußte lachen, als er das sah. Sehr wahrscheinlich war einer der Männer des Hofes ihr Vater, vielleicht sogar Tjodolf, obwohl sie ihm nicht ähnelte. Aber er gab sich viel Mühe mit ihr.

Der Hof und sein Gesinde erinnerte ihn an Thorbjörns Hof in Haithabu, der sein zweites Zuhause war. Auch dort wurden kein Sklave und kein Kind schlecht behandelt. Folke hing eine Weile seinen eigenen Gedanken nach.

Der Rauch, der an der Traufe und am First zwischen den Reethalmen durchquoll, wurde nach unten in den Hof gedrückt. Hasel- und Birkenholzduft, vermischt mit Kiefernharz, ließen Folke schnuppern. Hier unten strahlten die Wände und der Erdboden noch Wärme ab, aber in der Luft waren schon die ersten Vorboten der Nacht: ein Hauch von Wind und mit ihm die Nachtkühle. Njörd begann bereits, alles landeinwärts zu blasen, was sich noch auf See befand. Gut für die Seeleute, die in das Schärengebiet einsegeln wollten, bevor die Sonne unterging.

Folke entspannte sich allmählich in der Wärme, die in seinen Rücken hineinströmte. Viel war an diesem Tag passiert, und er hatte noch keine Zeit gehabt, darüber nachzudenken.

Es war auch jetzt keine Zeit dazu.

Das Hoftor wurde langsam aufgeschoben, und eine Frau stahl sich herein. Sie trug einen einfachen, sauberen Rock und eine langärmelige Untertunika.

»Tjodolf«, sagte sie zögernd, als sie den Hausherrn bemerkte, der wie alle anderen nun schwieg und erstaunt der späten Besucherin entgegensah, »ich kann mir denken, daß ich ungelegen komme.«

»Das tust du«, bestätigte Tjodolf. »Geh besser und komm nachher noch einmal.«

»Nein«, widersprach die Frau eigensinnig. »Hel soll nicht wegen eines Mannes warten müssen.«

»Wenn du Odin gesagt hättest«, entgegnete Tjodolf mit gerunzelten Augenbrauen, »hätte ich dir zugestimmt. Aber wenn der Mann in seinem Bett gestorben ist, so soll er ruhig noch eine Weile dort liegenbleiben. Warum ist er so dumm und stirbt im Bett?«

Die Nachbarin blickte verlegen auf den Boden. »Es handelt sich nicht um einen Mann.«

»So«, knurrte der Goldschmied halb versöhnt. »Das ist etwas anderes. Dann geh und hol Gunnhild. Meine Schwägerin Aasa wird sicher auch mitgehen wollen, und darüber kann sich die Tote freuen und ihre Verwandtschaft auch, denn das ist eine Ehre für euch.«

»Vielleicht doch nicht so sehr, wie du annimmst, Tjodolf Goldschmied.«

Tjodolf beugte sich vor. Er runzelte die Stirn und zog heftig an seinem Bart. »Wer ist die Tote?«

»Du kennst sie nicht«, sagte die Nachbarin nervös. Tjodolf legte den Kopf schief und wartete. Nach einem tiefen Seufzer fuhr sie fort: »Sie war eine Unfreie, die sich freigekauft hat.«

»Was geht dich eine Unfreie an?« brauste Tjodolf auf »Willst du zwei vornehme Frauen beleidigen, daß du sie für eine Sklavin holst?«

Die Lippen der Frau wurden schmal, während sie nachdachte, und ihr Rücken zeigte, daß sie nicht nachgeben würde. Die Knechte des Hofes warteten mit ausdruckslosen Gesichtern auf das Ende des Streites, aber ihre Augen wechselten zwischen dem Hausherrn und der unerwünschten Nachbarin hin und her. Folke beugte sich vor, er war mindestens genauso neugierig. »Tjodolf. Mische du dich nicht in Frauenangelegenheiten«, warnte sie ihn schließlich aufgebracht. »Wenn ich Gunnhild erst sage, was ich zu sagen habe, wird sie mit mir gehen, glaube mir.«

Tjodolf prustete verächtlich und stemmte sich an der Wand hoch. »Frauenangelegenheiten! Mach, was du willst.« Schwerfällig wie ein auffliegender Schwan bewegte er sich ins Haus. Folke hatte schon beobachtet, daß er allzu hastige Bewegungen vermied, solange es sich umgehen ließ. Sie schienen ihm an manchen Tagen schwerer zu fallen als an anderen. Er blickte Tjodolf noch nach, als Gunnhild aus der Tür zu ihrer Nachbarin trat und sie mit ernster Miene anhörte. Dann flüsterten sie eine Weile, bis auch Aasa kam. Gemeinsam verließen die Frauen das Grundstück, ohne ein Wort über das Nachtessen zu verlieren.

Als Folke ins Haus kam, hatte Tjodolf sich auf einen Schemel geworfen und grummelte leise vor sich hin. Aber in solchen Angelegenheiten war mit seiner Frau nicht zu spaßen, und er hatte auch kein Einspruchsrecht. Die Männer ließen sich von den Mägden bedienen, tranken ihr Bier und hörten bald auf, über die Frauen nachzudenken. Es dauerte nicht lange, bis Tjodolf seine gute Laune wiedergefunden hatte und anfing, von seinen kriegerischen Heldentaten zu erzählen. Von Ask Schieflippe war nirgends die Rede, aber viel von Knuba.

Frekis Biß

5
Die Hochzeit

Am nächsten Morgen war Folke früher auf als der Hahn, aber als er nach draußen vor die Tür trat, saß Aasa schon auf einem dreibeinigen Hocker im Hof, einen Korb zu ihren Füßen. Sträuße aus verschiedenen frischen Kräutern lagen fertig gebunden auf dem Boden. Die Sonne schien und hüllte den Schuppen in warmen Schein, ohne die Wand, vor der Aasa saß, zu erreichen. Dort war die Luft kühl und frisch, aber ein schwacher Rosenduft wehte trotzdem zu Folke hinüber.

Aasa zerpflückte mit ruhelosen Fingern Heckenrosenblüten und Blätter und ließ sie in einen Specksteintiegel fallen, ohne genau hinzusehen. Mehrmals stach sie sich und lutschte gedankenvoll an der Daumenkuppe, als Folke zu ihr trat.

»Braucht heute die Medizin deine Heilkräfte nicht?« fragte Folke leise, und seine Mutter fuhr zusammen.

»Oh«, sagte Aasa und blickte überrascht in ihren Schoß. »Doch, du hast recht. Das Kraut allein kann es nicht ...« Sie verstummte und setzte den Topf auf den Boden. »Die alte Bodil wird noch einen weiteren Tag husten müssen. Meine Gedanken sind heute zu schwer ...«

»Ausgerechnet am Hochzeitstag? Ihr Frauen liebt doch Hochzeiten, ganz gleich von wem.«

Aasa warf einen liebevoll-spöttischen Blick auf ihren Sohn, bevor sie die Blüten und Zweige, die talggefüllten Töpfe und die Honiggefäße in dem großen Weidenkorb verwahrte, den sie anschließend in den Schuppen zurückbrachte. »Es gibt Wichtigeres als Hochzeiten«, sagte sie knapp, als sie zurückkam. »Alte Frauen haben auch an anderes zu denken.«

»Denke nicht, daß Hel dich schon erwartet«, sagte Folke und dachte besorgt an die Hinfahrt. »Sie kommt sehr gut ohne dich aus, im Gegensatz zu uns.«

Aasa lächelte ein wenig. »Ich denke nicht an mich, wohl aber an Hel, da hast du recht. Sie hat gestern die Frau aufnehmen müssen, die schon beim Wikgrafen Mißfallen erzeugt hat ...«

»Ja.« Folke runzelte die Stirn.

»Ich weiß nicht, ob Hel sich viel darum kümmert, ob jemand gern in ihr Reich kommt; wenn sie aber Wert darauf legt, wird die Frau ihr genausowenig zusagen wie dem Wikgrafen. Freiwillig ist sie nicht gegangen ...«

»Die wenigsten gehen freiwillig«, entgegnete Folke. »Aber woher weißt du das eigentlich? Du hast sie doch gar nicht gesehen.«

»Doch, heute nacht.«

Folke sperrte Mund und Augen auf. Mit dem Daumen deutete er in die Nachbarschaft. »War das etwa die Freigelassene, von der die Nachbarin sprach?«

Aasa nickte und brachte es fertig, fast gleichzeitig verständnislos den Kopf zu schütteln. »Gunnhilds Nachbarin sah sich ihr gegenüber verpflichtet, weil sie vor Jahren den ältesten Sohn vom Eis gerettet hat. Nun wollte sie Embla – so heißt die Tote – wenigstens den letzten Dienst erweisen, da diese keine Familie hat, die sich um sie kümmert.«

»Embla!« unterbrach Folke verwirrt. »Eine ehemalige Sklavin mit dem Namen! Das wird aber die Braut nicht erfreuen – wenn es ihr zu Ohren kommt.«

»Es kommt ihr zu Ohren, das steht fest. Ask hat hier

wenig Freunde. Nun hör weiter. Diese Embla genießt bei manchen Leuten hier ebenfalls keinen guten Ruf. Sie kam vor etlicher Zeit aus Island, wo sie angeblich als Sklavin zwei Jahre lebte. Weil sie tüchtig ist – was keiner leugnet, der sie kennt –, konnte sie sich von ihrem Herrn freikaufen. Seitdem sie selber das Eigentumsrecht über ihren Körper besitzt, verkauft sie jeden Tag ein Stück von ihm … Hauptsächlich den fremden Kaufleuten, denn denen ist ihr Ruf gleich. Oder vielmehr, das alles tat sie. Sie war ungewöhnlich schön, ich meine, sie war schön, und das auf ungewöhnliche Weise, und die Kaufleute der umliegenden Küsten wußten es alle …«

»Und das Ende dieser alltäglichen Geschichte?« fragte Folke und konnte nichts Schönes in seiner Erinnerung an die Freigelassene finden.

»Ich habe noch nie jemanden gesehen, der so gestorben ist.« Das wollte etwas heißen. Aasa wurde als weise Frau in Haithabu hinzugezogen, wann immer ein Krieger für die Fahrt zu Odins Halle vorbereitet werden sollte und wann immer eine Frau in Hels Reich eingehen wollte, zuweilen sogar bei einem strohtoten Mann. Sie kannte alle Varianten menschlichen Sterbens.

»Hm«, sagte Folke und dachte nach. Er kratzte sich unter dem Stirnband, das er wegen der Hitze angelegt hatte. Es war noch nicht heiß, aber trotzdem juckte schon die Kopfhaut darunter. Auch er hatte noch nie einen Toten gesehen, der einen Busch überbrückte wie die Brücke Bifröst den Spalt zwischen den Welten. Seine Mutter aber hatte nur den gekrümmten Körper gesehen, nicht seine schreckliche Lage.

»Vielleicht war es ein Riese oder ein Troll, der sie verschleppt hat«, murmelte er.

Aasa verzog unwillig ihr Gesicht. »Bei fast jedem gewaltsam zu Tode Gekommenen, den ich gesehen habe, konnte man auf den oder den deuten und sagen: der war's. Es mag Riesen geben – das will ich nicht bestreiten –, aber mit dem Tod von Menschen haben sie sicher nichts zu tun.«

Aasa hatte früher gläubiger von Göttern und Riesen gesprochen, aber Folke war nicht sonderlich überrascht. Er nagte an seinen Lippen. »Du glaubst also, hier hätte auch jemand seine Hand im Spiel?«

»Ja«, bestätigte Aasa mit fester Stimme. »Nur weiß ich nicht, wie. Denn eine Hand war es nicht. Die Tote war ohne Wunde und ohne Würgemal.«

»Hast du eigentlich zufällig erfahren, wer Emblas früherer Herr war?«

»Ganz zufällig erfuhr ich das, wenn es überhaupt Zufälle gibt. Ich glaube aber nicht, daß es ein Zufall war, der mich fragen ließ. Der Herr war Ask Schieflippe. Nur hieß er damals noch nicht so, denn seine Lippe war noch nicht zu Schaden gekommen.«

Folke atmete tief ein. »Ich werde Augen und Ohren offenhalten. Hier gibt es manchen, der viel erzählt. Und verschweigt«, fügte er düster hinzu. Und dann fuhr ihm flüchtig durch den Kopf, daß die fränkischen Kaufleute die Tote hätten sehen müssen. Warum hatten sie sie nicht gesehen? Oder hatten sie sich heraushalten wollen, weil sie sie zu gut kannten?

Aasa lächelte ihrem Sohn nach, als er den Hof verließ. Sie selber kehrte ins Haus zurück, in dem außer einer Magd noch alle schliefen. Wie die gesamte Stadt, war auch das gewohnte Leben der Goldschmiedefamilie durch die Hochzeit aus dem Gleichgewicht geraten.

Erst gegen Mittag belebte sich die Stadt, und Gunnhild und Tordis, die spät fortgegangen waren, kamen aufgeräumt zurück, um zu erzählen, was sich dort inzwischen getan hatte. Sämtliche Hausbewohner sammelten sich um sie. Gunnhild hatte nicht das Herz, sie heute zum Arbeiten anzuhalten.

Zugesehen hatten die zwei Frauen also, wie auf dem Marktplatz eine Sitzbank neben der anderen aufgeschlagen worden war, schmale Bretter auf Böcken, so viele, wie nur irgend hinpaßten; und genauso sah es in der breiten Straße aus, die an Asks Haus vorbeiführte, und in seinem Hof. Im Hof selber würden der König mit Ask und Embla sowie den nun verwandtschaftlich verbundenen Sippen tafeln, und die anderen Plätze waren für alle bestimmt, die Ask zu Ehren mitfeiern wollten. Und das war genaugenommen die ganze Bevölkerung von Birka, zuzüglich der fremden Gäste, deren Bereitschaft, statt eines beliebigen anderen den Markt von Birka aufzusuchen, man ohnehin von Zeit zu Zeit anfeuern mußte.

Man munkelte auch, daß es sich in Wahrheit nicht um ein Fest handele, sondern um das Begießen eines erfolgreichen Geschäftsabschlusses, fügte Tordis hinzu, die soviel gesprächiger war als ihre Schwägerin.

»Und welcher Geschäftsabschluß wäre das?« fragte Folke begriffsstutzig.

»Oh«, begann Tjodolf und kicherte vor innerem Vergnügen. »Der erste wäre der zwischen Ask und Emblas Sippe, der zweite ist derjenige zwischen Ask und Knuba auf der einen und Emblas Vater auf der anderen Seite.« Da Folke nun noch ratloser war, fügte er hinzu: »Geschädigt ist der Sohn des Königs in England, der nun Embla auf keinen Fall mehr heiraten kann.« Dann hob er den dritten Finger und fuhr zwischen zusammengebissenen Zähnen fort: »Und der dritte und letzte – vielleicht – ist der zwischen Knuba und Ask.«

Folke hob die Augenbrauen und wartete auf eine weitere Erklärung.

»Das weiß niemand«, sagte Tjodolf unwirsch. »Noch nicht einmal, ob es sich um die Bekräftigung eines alten Bündnisses oder schon wieder um ein neues handelt. Aber ich kann dir versichern, daß es nichts Gutes für uns freie Männer von Birka bedeutet.«

»Ich verstehe eigentlich nichts.« Folke erhob sich verdrossen und ging ins Haus. Während die anderen Familienmitglieder weiterschwatzten, holte er den Lederbeutel, den er zuunterst in seinem Packsack verstaut hatte, der ihm aber mittlerweile in den Fingern brannte. Er hätte gerne endgültig geklärt, was es mit ihm auf sich hatte.

»Hier«, sagte er und warf seinem Verwandten den Beutel auf die Knie. »Sag mir, was du davon hältst.«

Tjodolf, der auf einem Dreibein saß, fing den Beutel mit geschlossenen Beinen auf und öffnete ihn neugierig. Als er die Fibel sah, hielt er den Atem an. Sein Gesicht verlor jeden Ausdruck. Dann strich er umständlich die Falten seiner Gamaschen glatt und dekorierte sein Knie mit der Fibel, die Spiralen akkurat in der Längsachse seines Beines ausgerichtet. Er musterte sie ausgiebig und schweigsam. »Woher hast du sie?« fragte er mit spröder Stimme nach einer Weile.

Während Folke noch überlegte, wie er ihm die merkwürdige Begebenheit beschreiben sollte, die nicht nur die Handlung, sondern auch die beunruhigende Stimmung im Wald mit einschloß, änderte sich die Laune seines Verwandten erneut. Tjodolf spitzte die Lippen und fing an, ein allbekanntes Lied mit frechem Text zu pfeifen. Gunnhild zog ein Gesicht, stand auf und ging.

Eine ausführliche Erklärung schien nun nicht mehr nötig. »Im Wald gefunden«, sagte Folke darum nur kurz.

»Es ist eine von zwei Frauenfibeln«, entschied Tjodolf sachkundig, ohne auf Folkes Antwort einzugehen. »Eine sehr schöne Spange übrigens. Wenn du mir auch die andere aushändigst, kann ich sie als Paar für viel Geld verkaufen.« Plötzlich blickte er mit reuevoll gerundetem Mund zu Tordis hinüber, als hätte er einen unpassenden Vorschlag gemacht. »Oder hätte ich das nicht sagen sollen? Gehört sie dir?«

»Nein, eben nicht«, widersprach Folke und wollte endlich die Sache klarstellen, bevor Tjodolf womöglich mit einem weiteren Vorschlag kam, »es ist nicht unsere, sie lag auf dem Weg zum Koggenhafen. Ich dachte, du wüßtest vielleicht, wem sie gehört ...«

»Von einem so edlen Schmuckstück sollte man eigentlich schon gehört haben«, murmelte Tjodolf und versuchte, die Nadel zu öffnen. »Na, da hat sich wohl etwas verbogen. Ich will nicht mit Gewalt vorgehen. Ich werde sie reparieren, wenn du mir bis morgen Zeit läßt.«

Beschämt dachte Folke daran, daß er dem Künstler ohne langes Nachdenken Stümperhaftigkeit nachgesagt und die Nadel mit Gewalt geöffnet hatte. Er war froh, daß die Rast nicht abgebrochen war, und nickte. »Fällt dir noch etwas auf?«

Tjodolf schob die Unterlippe vor und runzelte die Stirn. Dann schüttelte er unzufrieden den Kopf. Folke vermutete, daß er sich ärgerte, weil er den Besitzer der Fibel nicht sofort wußte.

»Sie ist ungewöhnlich«, sagte Tjodolf, »sehr ungewöhnlich sogar. Sie scheint von einem einheimischen Meister gegossen und doch wieder nicht. Aber auf jeden Fall ist sie der erste Guß und wurde dann sorgfältig nachgearbeitet.«

»Der erste aus einer Serie?«

»Nein!« antwortete der Goldschmied überzeugt. »Dies

ist eine Einzelanfertigung einer Einzelbestellung. Viel zu feine Konturen für Massenware.«

Da er schwieg, wiederholte Folke seine Frage: »Und sonst?«

»Sonst nichts.« Tjodolf lachte höhnisch auf. »Höchstens, daß wir hier keine Einzelfibeln machen, nur Formgüsse. Bei uns tragen die Astrids und die Gudruns alle ähnliche Fibeln. Mehr kann ich dir dazu nicht sagen. Obwohl es vielleicht noch einiges gäbe ...«

»Aber was denn?« fragte Folke ungeduldig.

»Ich vermute«, erklärte Tjodolf ausweichend, »daß dieses Schmuckstück aus dem Osten stammt. Aber ich bin dort noch nicht gewesen und habe auch nicht soviel Erfahrung damit. Es ist schließlich auch gleichgültig, finde ich. Die Fibel ist jedenfalls ungewöhnlich. Tordis sollte sie hier besser nicht anlegen. Am besten gibst du sie mir, wenn sie sie nicht haben will. Du wirst keinen Schaden davon haben.«

Folke war einen Moment unschlüssig. Tjodolf hatte vielleicht recht. Er selber wußte auch nicht, warum er sich so in die Herkunft einer Fibel verbiß. Ohne es eigentlich zu beabsichtigen, sagte er: »Nein.«

Tjodolf zuckte gleichgültig mit den Schultern und fing an, sich die Schuhe zuzuschnüren.

»Wen könnte ich denn noch fragen?«

»Weiß ich nicht.« Tjodolf sah einen Moment auf, die fleischigen Lippen böse zusammengepreßt. Aber dann begegnete er dem Blick seiner Frau, die starr wie ein geschnitzter Wegepfahl in der Tür stand, und sagte widerwillig: »Geh zum Schnitzmeister des Königs. Er wird dir alle Fragen beantworten können.«

Folke starrte ihn verblüfft an. »Zum Schnitzmeister!«

»Sage ich«, bestätigte Tjodolf knapp. »Keiner weiß so viel wie Erling Schnitzer über solche Dinge. Er kann dir sogar sagen, welcher Goldschmied welche Gußform entworfen und fertiggestellt hat. Für Gold, Silber und Bronze. Er wird dir bestätigen, daß hier bei uns niemand Fibeln mit Spiralen macht.«

Folke nickte noch ein wenig ungläubig. »Wo finde ich ihn?«

»Das ist schwieriger zu beantworten«, erwiderte Tjodolf und kratzte sich am Kopf. »Entweder er ist jetzt irgendwo in den Schären, oder er ist es nicht. Ich würde es an deiner Stelle erst einmal hier in seinem Haus versuchen. Könnte ja auch sein, daß er wegen der Hochzeit in der Stadt ist.«

Dabei ließ Folke es bewenden. Er würde den Mann finden.

Beinahe wäre es wegen dieser Fibel zum Streit zwischen Folke und seiner Frau gekommen. Folke, der keine Lust hatte, sich zwischen die feiernden Bewohner von Birka zu begeben, versuchte die Spange listig als Vorwand zu benutzen, um sich aus dem Trubel zu stehlen. Aber das duldeten weder Tjodolf noch Aasa. Man repräsentierte hier eine angesehene Sippe, und dazu gehörte das geschlossene Auftreten aller freien Männer und Frauen, die sich zu ihr zählten.

Folke mußte sich fügen.

Die Sonne, die auch am Hochzeitstag vom Himmel brannte, zeigte die erste Stunde nach der Mittagszeit an, als sich die Sippe Tjodolfs gemächlich zum Fest begab. Die einfacheren Bewohner waren schon da, saßen schwatzend und johlend auf den Holzbänken oder auf dem Boden. Nahe dem Eingang zu Asks Hof waren für die bekannten Handwerker der Stadt und die Fernhandelskaufleute Bänke freigehalten worden. Strahlend nahm Tordis gegenüber dem weniger strahlenden Folke, zwischen der gelassenen Gunnhild und der amüsiert lächelnden Aasa Platz.

Alle waren festlich gekleidet; am meisten fiel Tordis auf. Sie trug einen blauen, feingewebten Wollrock, darunter trotz der Wärme ein plissiertes Seidenhemd, das am Hals geschlossen war. Darüber lag eine besonders kostbare Kette aus fünfzehn Bergkristallkugeln in aufsteigender Größe, die in Goldblech gefaßt waren. Die Arbeit stammte nicht von Tjodolf, er hatte sie aus dem Osten eingetauscht.

Tjodolf unterschied sich wie Asgard und Utgard von dem schmuddeligen Mann, der die Haithabuer Sippe in der Nacht begrüßt hatte. Sein Klappenrock mit schmalem Fellbesatz konnte sich mit der jedes Jarls vergleichen; Folke in der Tunika wirkte dagegen wie ein armer Verwandter, mochte sie auch dünn und aus feinem Stoff sein. Der Goldschmied blickte sich unter den Nachbarn auf der Bank um, grüßte bedächtig und war sich bewußt, daß er Teil eines Schauspiels war, das mehr als eine private Angelegenheit war. Hier handelte es sich auch um eine politische Demonstration: Ein Bündnis zwischen Norwegern und Schweden wurde geschlossen, und als Zeugen waren die Birkawikinger und international tätige Kaufleute geladen. In diesem Moment fühlte Tjodolf sich wieder so wichtig, wie er es früher einmal gewesen war. Um so mehr, als er einer der wenigen war, die begriffen, wie notwendig die Anwesenheit der Bevölkerung war. Ohne Zeugen wäre der Bund nur die Hälfte wert.

Auch die Anwesenheit eines Mannes wie Folke war wichtig – selbst wenn er die Tragweite nicht begriff und mit den Gedanken ganz woanders war. Er hatte den Ellenbogen auf sein Knie gestützt und kaute achtlos auf dem Daumen herum. Tjodolf stieß ihn an, und Folke schrak auf. »Was ist?« fragte er leise.

»Paß auf!« knurrte Tjodolf. »Der König muß gleich kommen.«

Bisher waren weder Ask noch Embla im Hof erschienen und der König schon gar nicht. Tordis drehte sich immer wieder ungeduldig um. Sie saß auf der falschen Seite, aber sie mußte auf der Frauenbank bleiben. Folke starrte pflichtschuldig eine Weile in Asks Hof; als sich nichts tat, wandte er sich dem Hafen zu.

Auf dem großen Platz, auf dem Ask seine Frau erwartet hatte, waren nunmehr etliche Dreibeine aufgestellt worden, an denen Töpfe angekettet waren. Der Duft von Holzfeuer und Fleischsuppe erreichte Folke mit einer schwachen Brise.

Inmitten der drängenden Leute, die noch nach einem Platz suchten, verschafften einige Krieger des Wikgrafen den Knechten mit dem dampfenden Fleisch Platz durch Püffe und Geschrei. Die Sklaven keuchten unter dem Gewicht der Bretter, und der Schweiß lief ihnen über die Gesichter. Der Weg von den steinverkleideten Gruben hinter dem Hafen, in denen Frauen seit Stunden Schweine, Fasane und Wild in Lehmwickeln garten, bis zu Asks Haus war weit, und die Knechte schleppten im Eiltempo. Jeder wußte, was Ask mit säumigem Gesinde machte.

Das Schweigen der Esser breitete sich allmählich von Asks Hof zum Hafen aus, je mehr Bretter mit Bergen von gedünstetem Wild und Geflügel, mit Brot, mit gebratenem Fleisch aus Pfannen und vom Spieß sowie Töpfe mit Gerstenbrei aufgetragen wurden. Das Bier floß in Strömen, und im Haus gab es Met; auf ihn hatten die außen Sitzenden keinen Anspruch, obwohl Ask mit dem Gold seines Königs nicht geknausert hatte.

Folke aß gemächlich und sah sich hin und wieder um. Die Frauen flüsterten leise, Tordis wartete unruhig auf das Erscheinen der Braut. Folke zwinkerte ihr zu. Er wußte, daß sie einem guten Braten allemal ein schönes Kleid vorzog, selbst wenn es nicht ihr eigenes war. Ihr ging es wie ihm mit Schiffen …

Es dauerte lange, bis Embla kam, aber welch einen Auftritt hatte sie! Ein Seufzen wogte durch die Reihen der Frauen, während die Männer die Augen aufsperrten.

Emblas Rock und Hemd waren zusammengefaßt zu einem einzigen Kleidungsstück und wie bei einem Mann sehr eng gegürtet. Ein weiter Halsausschnitt gab den Blick auf den Brustansatz frei, und dort, wo sich bei jeder anderen Frau die Fibeln befanden, waren nackte Schultern zu sehen, bedeckt von goldenen Halsketten und Geschmeide in Hülle und Fülle. Statt reicher Stoffülle an Emblas Kleidung gab es knappe Bahnen von dunkelgrünem Leinen. Das Kleid endete auf halbem Weg zwischen Knie und Rist.

Nach der ersten atemlosen Stille redeten die Leute durcheinander.

»Wie eine Schlangenhaut«, flüsterte Tordis laut und wußte selber nicht, ob sie das Kleid abscheulich oder hinreißend finden sollte. Als Embla sich Ask lächelnd zuwandte, sah Tordis auch das goldene Netz, mit dem sie ihr Haar locker überdeckt hatte. Sie stellt sich richtig zur Schau, dachte Tordis wütend, diese Kreuzotter! Jede Bewegung berechnet! Selbst ihr Folke schien von der Frau fasziniert zu sein.

Die Gäste begannen betrunken zu werden, der Lärm wurde ohrenbetäubend. Eine Unterhaltung war nicht mehr möglich. Folke lächelte seiner Frau flüchtig zu und wurde dann durch den König abgelenkt, der endlich gekommen war und sich sofort neben Ask setzte. Knuba sah derb aus, ein handfester Mann ohne Ausstrahlung. Folke war enttäuscht.

Von Embla hingegen ging etwas aus, was bei einem Mann Kraft genannt worden wäre. Folke fand sie nicht ganz so schön, wie Tordis behauptet hatte. Ihr etwas zu kantiges Kinn wurde durch ein herbes Lächeln gemildert, aber sie konnte nicht immerzu lächeln ... An Willenskraft fehlte es ihr bestimmt nicht, und sie war auch nicht gegen ihren Willen nach Birka gekommen.

Von der schönen Embla fing dann der Skalde an zu singen, der schräg hinter dem Hochzeitspaar auf einer Tonne Platz genommen hatte. Folke sah über den Rand seines Bechers hinweg und versuchte, den Skalden zu verstehen. Embla war seine isländische Zunge geläufig; sie genoß den Gesang zu ihren Ehren mit geschlossenen Augen.

Ask auf dem Platz neben seiner Frau hörte gelangweilt und nur mäßig höflich zu. Er fing an, mit seinem Nachbarn zu reden und lachte schließlich schallend. Embla schien schmaler zu werden und ihr Rücken steif. Sie warf ihrem Ehemann einen kühlen Blick zu und drehte sich dann demonstrativ zum Sänger um. Der alte Mann mit der Harfe erhob dankbar die Stimme und fügte einige improvisierte Strophen hinzu.

»Ist Ask der Sohn einer Unfreien?« hörte Folke hinter sich eine wütende Stimme zischeln. »Der Skalde verdient Odins Met, so gut ist er!«

»Er versteht das Versmaß anscheinend nicht«, flüsterte ein anderer vorsichtig.

Folke drehte sich um, aber er kannte die Männer nicht. Ihrer Kleidung nach mußten sie zu den besseren Familien von Birka gehören.

Als der Skalde das Lied über Embla beendet hatte, besang er in einem völlig ungewöhnlichen, aber mitreißenden Rhythmus die Heldentaten von Knuba bei der Eroberung Haithabus. Folke fand sie nur unwesentlich übertrieben; der Skalde war wirklich ein Meister der Töne und der Worte. Und Ask ein Rüpel ohne Erziehung.

Endlich applaudierte der König laut und reichte dem Skalden einen Armreifen, den dieser wie einen Tribut entgegennahm. Ask gab nichts; als der Sänger davonging, blickte er mit hocherhobenem Kopf über Ask hinweg.

»Knuba muß doppelt geben«, flüsterte der Mann hinter Folke hämisch.

»Wenn er ehrlich ist, wird er seinen eigenen Anteil geben, kein Stück mehr. Der Sänger hat die Wahrheit über Ask gesungen ...« Das war die Stimme des Älteren von beiden. Folke hörte mit unverhohlener Neugier zu.

»Er hat doch gar nichts über Ask gesagt!«

»Eben. Es gibt nichts Gutes ...«

Folke grinste vor sich hin. Hätte Ask diese barsche Kritik gehört, dann hätte er wahrscheinlich das Waffenverbot aufgehoben. Einseitig, zu seinen Gunsten.

Aber Ask hörte nichts. Er trank und unterhielt sich mit Knuba. Zuweilen kamen Männer an seinen Platz, von denen er Informationen einholte. Um seine Frau kümmerte er sich kaum. Aber Embla behielt Haltung. Sie nippte nur an der Trinkschale, obwohl die Frauen in den nächsten Bankreihen ihr oft zutranken.

Je trunkener die Männer wurden, desto feierlicher hoben sie die Trinkhörner. Als das Fest seinen Höhepunkt überschritten hatte, ließ der Wikgraf eine Gasse vom Hafen zu Asks Haus bahnen. Wer noch nicht schläfrig war, konnte nun zusehen, wie Emblas Hausrat von den zwei Knorren entladen wurde, die einige Stunden nach ihrem Drachenboot unbemerkt angelegt hatten.

Die Bank, auf der die Tjodolf-Sippe saß, wurde nicht weggeräumt, aber Schaulustige versperrten ihnen die Sicht. Folke sprang auf und wollte auf und davon. Dem strengen Blick von Tjodolf fügte er sich widerwillig und stellte sich mit den anderen in vorderster Reihe auf. Es war nicht seine Stadt, aber Tjodolf hatte das Recht, Folkes guten Ruf dem seinigen hinzuzuschlagen.

Auch Ask und Embla hatten nach einem solchen Fest Ansprüche. Dazu gehörte, daß man den zur Schau gestellten Kostbarkeiten gebührende Aufmerksamkeit widmete.

Der Hausrat wurde durch eine Kette von Knechten, Mägden, Sklaven und Sklavinnen sowie Wachleuten des Wikgrafen von den Booten ins Haus getragen; der Abstand zwischen zwei Gegenständen war jeweils so bemessen, daß die Neugierigen genug Zeit zur Betrachtung hatten. Während Emblas Reitpferd vorübergeführt wurde, sah Folke über die Menge hinweg. Er interessierte sich nicht für Pferde. Ganz im Gegensatz zu dem Händler mit der Fellmütze, bei dem Tordis den Schmuck gekauft hatte. Der starrte so begehrlich auf das Tier, als stellten Pferde seine bevorzugte Handelsware dar; vielleicht meinte er aber nicht das Pferd, sondern das Zaumzeug. Zwei norwegische Kühe, falb und mit langen, krummen Hörnern, folgten dem Pferd, dahinter trippelte eine kleine Herde von Bergschafen mit einer Ziege als Leittier. Ein zahmes Rentier, geschmückt mit bunten Bändern, ließ die Kinder vor Begeisterung jauchzen. Zwei Mägde und einige Knechte gehörten zum lebenden Inventar, nicht hingegen der Krieger, der auf seinem linken Arm einen Falken trug; danach kamen prachtvoll geschnitzte Truhen und ein zerlegtes Bett, dessen Pfosten in bebärteten Köpfen mit wilden Grimassen endeten.

»Da würde ich nicht ruhig schlafen können«, flüsterte Tordis Folke ins Ohr und zeigte dann staunend auf die dicke Daunendecke, die eine Magd über dem Arm dem Bett hinterhertrug. Einem Tisch und zwei Stühlen folgten mehrere kleine Schatullen, deren Inhalt leider niemand sehen konnte, worüber dann später aber viel gerätselt wurde, und ein zerlegter Webstuhl. Eingerollte Felle von seltener weißer Farbe, wahrscheinlich Wolf und Bär, sowie ein Brettspiel und eine Fidel waren die letzten Gegenstände, die ins Haus getragen wurden, auch diese präsentiert wie bei einem Opfergang für die Götter.

Hinter dem fideltragenden Knecht trabte ein wichtigtuerischer Krieger, dem eine Gruppe Sklaven anvertraut war. Immer wieder sah er sich nach ihnen um, obwohl sie durch eine Kette verbunden waren und bestimmt nicht entlaufen konnten.

Den Leibeigenen schlossen sich die nunmehr gesättigten und angetrunkenen Gäste des Festmals an und machten vorübergehend am Tor von Asks Anwesen halt, um mit gerecktem Hals auf die königliche Tafel zu starren. Folke, der sich nicht rührte, folgte der schwarzen Fellmütze mit den Augen, und dann entdeckte er zu seiner Verwunderung, daß sie für einen Moment fast mit einer buntbestickten Mütze zusammenstieß. Der fränkische Händler war also auch noch in Birka, und es sah so aus, als hätten die beiden einige Worte miteinander gewechselt.

Tjodolfs Sippe machte sich zufrieden auf den Heimweg, wie fast die gesamten Einwohner Birkas nach und nach aufbrachen. Man hatte zu reden, und das taten die Frauen auch, während Folke lustlos folgte.

Währenddessen ging das Fest im Hause Asks und Emblas weiter – zu Ehren einer norwegischen Braut, die aus politischen Gründen einen Gefolgsmann des Sveakönigs Knuba geheiratet hatte und die sich dafür angemessen entschädigen lassen würde.

6

Des Königs Schnitzmeister

Folke blieb nicht lange in Tjodolfs Hof. Die Frauen unterhielten sich immer noch über Emblas ausländisches Kleid, das ihm völlig gleichgültig war, und Tjodolf hatte sich schlafen gelegt.

Am Stand der Sonne schätzte er ab, daß der Nachmittag noch eine Weile dauern würde, dann holte er den Lederbeutel und machte sich auf den Weg. Die Straßen waren voller Menschen, die zu ihren Häusern trotteten, vor allem Männer. Manche stolperten mit glasigen Augen dahin, andere grölten Trinklieder, die man in Haithabu kaum kannte, weder in nüchternem noch in volltrunkenem Zustand.

Folke machte einen Bogen um sie; er hatte keine Lust, sich in einen Streit verwickeln zu lassen.

In der Seitengasse der Fährleute, in der der Schnitzmeister wohnen sollte, war es ruhiger. Der knochenhart gestampfte Weg verlief zwischen winzigen, tief in die Erde hineingeduckten Hütten, die nur aus ihrem Dach zu bestehen schienen, und nur gelegentlich einem besseren Haus. Scharen von Kleinkindern balgten sich auf der Straße mit Hunden und Hühnern um Knochen oder Körner. Dann stand er plötzlich vor einem stattlichen Langhaus, dessen Wände aus kräftigen Holzstämmen gefügt waren. Kein Zweifel: Der König belohnte seinen Schnitzer großzügig.

Folke stieg über einen mit Brettern abgedeckten stinkenden Kanal, schob die Hoftür auf und trat ein. Im Hof war niemand außer den Hühnern, aber im Haus hörte er Geräusche, und so trat er über die Schwelle in den offenen Eingang.

»Ist dort Erling Schnitzmeister?« rief er.

Aus dem Hintergrund des rauchgefüllten Raumes tauchte eine blasse, große Frau auf. Die Vorderseite ihres Rockes war naß und schmutzig, und sie schüttelte Wasser von den nackten Armen. Sie sah ihn düster an und blähte schweigend die Nasenlöcher.

Folke wiederholte seine Frage. Als sie nicht antwortete, seufzte er und wollte gehen. Der Schnitzer war nicht im Hause und seine Frau nicht bei Verstand.

»Bist du einer von seinen Saufgenossen?« fragte die Frau plötzlich mit lauter, rauher Stimme, der man anhörte, daß sie oft geschrien hatte und nun verbraucht war.

Folke schüttelte stumm den Kopf, während die Hausherrin an ihm vorbei auf den Hof trat und ihn ausgiebig im einfallenden Licht musterte. »Nein«, sagte sie dann widerwillig, »du gehörst nicht zu diesen Metverschüttern. Dann hast du dich verlaufen und willst zu den Frauen.«

Folke hob die Augenbrauen.

Sie lachte höhnisch. »Für einen Ring oder eine Brosche machen die alles. Du wirst sie leicht finden. Gleich das zweite, dritte und vierte Haus, wenn du dich zum Hafen wendest. Oder vielmehr: das zweite nicht. Da hat Embla gewohnt, und die ist jetzt tot. Na, du wirst von ihr gehört haben. Recht geschieht ihr.«

Folke versuchte, sich aus diesem Wirbel von Auskunft und Anklage freizukämpfen. »Zu Erling will ich. Von den Frauen weiß ich nichts. Ich bin fremd in Birka.«

»Na eben, das dachte ich ja.« Ihre Stimme war noch immer so wohlklingend wie eine Raspel auf abgelagertem Eichenholz, dennoch schien die Frau friedlicher zu werden.

»Na ja, du siehst auch nicht ganz so aus wie diese Männer, denen das Maul schon tropft, wenn sie an eine Frau denken. Du erinnerst mich an meinen ersten Mann Germind. Was willst du von Erling?«

Während Folke im stillen hoffte, daß die Erinnerung an Germind freundlich genug war, um sie gesprächig zu machen, erzählte er ihr ausführlich, daß er den Schnitzmeister wegen seines weitgerühmten Sachverstandes suche.

Sie kräuselte die Oberlippe und zupfte an ihren üppig sprießenden Schnurrbarthaaren, wobei sie Folke nicht aus den Augen ließ. »Im Gesicht magst du Germind ähneln; nach der Menge deiner Worte sogar Gudrik, meinem zweiten Mann.« Während der Bootsbauer schon glaubte, er hätte gewonnen, spuckte sie auf ihren breiten Daumen, strich die Borsten glatt und knarzte: »Aber was du sagst, ist nicht verständiger als Glaumarrs Geschwatze. Darin ähnelst du Erling, meinem Dritten. Er ist auf Adelsö. Und ich glaube nicht, daß du etwas Vernünftiges aus ihm herausbekommst. Das hat noch keiner geschafft.«

Dafür wolle er wohl selber sorgen, wenn er nur wisse, wo er ihn finden könnte, erwiderte Folke höflich und ging. Er brauchte keine Belehrung von einer unzufriedenen Hausfrau, aber sie sollte nicht die Genugtuung haben, ihn einzuwickeln wie einen ihrer Männer. Er sah nicht, daß sie ihm hinterherstarrte, bis er um die Ecke verschwand, und bevor er am Hafen angekommen war, hatte er die Erinnerung an diese Riesin Gjalp auch schon abgeschüttelt.

Am Hafen war alles ruhig, abgesehen vom Schnarchen in allen Booten und von den Kindern, die endlich unbeaufsichtigt in den engen Lücken zwischen den Schiffen schwimmen und tauchen konnten. Vor der Hafenpalisade lag die See bleiern in der Nachmittagssonne, und Adelsö schien im Dunst weit weggerückt.

Es dauerte eine Weile, bis Folke jemanden fand, der wach genug war, um ihm ein kleines Boot zu leihen. Erleichtert fuhr er die Ruder aus und stieß und schob sich zwischen den großen Booten hindurch bis ins freie Wasser. Vielleicht würde er auf der Rückfahrt das Segel setzen können – jetzt aber war nichts zu machen, er mußte rudern.

Die Sonne stand schon merklich tiefer, als das Boot endlich auf die besonnte Südspitze von Adelsö auflief, einem buckeligen, rundgeschliffenen Felsen. Unten am Wasser war er kahl wie ein Nacktschneckenrücken, aber eine Schiffslänge weiter oben begann ein dichter Saum von Fichten, durch den nicht einmal ein Schimmer vom Königshof zu sehen war. Zum Glück auch nicht von Wachen, dachte Folke, als er sein Boot auf die felsige Plattform zerrte, in deren Pfützen und Spalten die Muscheln fast gargekocht sein mußten.

Folke folgte dem Pfad, der zwischen den Bäumen hinauf auf die Kuppe führte, wo er den Hof vermutete. Starker Harzduft ließ ihn tief Atem holen: Zu Hause in Haithabu waren die Gerüche ganz anders und weniger schwer. Überhaupt war es ein hartes Land voller Gegensätze, und er mochte es.

Er lief auf leisen Sohlen, ohne verstohlen zu scheinen, schließlich wollte er keine Wachleute herausfordern. Aber niemand kümmerte sich um ihn; es war totenstill.

Endlich trat er aus dem Wald. Knapp unterhalb der Kuppe lag der Hof. Ein kleines Mädchen trieb eine Herde Gänse um die Hausecke, und Frauen saßen im Gras, beschäftigt mit einer der vielen Arbeiten, die auf jedem Hof erledigt werden müssen. Sie sahen sich flüchtig um und tuschelten miteinander, aber Angst zeigten sie nicht. Folke war in ihren Augen einer der unendlich vielen Männer, die tagtäglich den König aufsuchten. Keiner von ihnen brachte für die Frauen auch nur das geringste Interesse auf, und sie vergalten Gleiches mit Gleichem.

Folke ging geradewegs auf die Mägde zu. Wenn die freien Frauen und Männer mit dem König in Birka waren, mußte er eben mit den unfreien sprechen. Er wollte nicht auf dieser Insel umherlaufen und ohne Berechtigung nach dem Schnitzer suchen. Vor den Frauen warf er die Axt auf den Boden, den Schild behielt er in der Hand.

Eine ältere Frau lächelte, als sie Folkes freiwilligen Beweis von Friedfertigkeit sah, dann hörte sie ihn ruhig an und nickte schließlich. »Ich glaube, er ist wieder hier. Aus seiner Hütte kommt seit zwei Stunden Rauch, siehst du?«

Folke blickte ihrem Finger nach, der auf ein schilfgedecktes Dach zeigte. Mehr war von der unterhalb des Königshofes liegenden Hütte nicht zu sehen. Er dankte der Frau, nahm die Waffe auf und lief auf dem Pfad weiter, den die Gänsehüterin mit ihren Tieren genommen hatte.

Bis endlich der über Blaubeergestrüpp festgetrampelte Pfad zum Haus des Schnitzers abzweigte, war Folke mehrmals in schmierigen Gänsedreck getreten, den er kaum von den Füßen loswerden konnte, aber wenigstens nicht auf eine Kreuzotter. Während er fluchend zum Haus hinunterschlitterte, sah er schon, daß dieselbe Hand wie beim Stadthaus die kräftigen Bohlen gefügt hatte, obwohl das Häuschen nur halb so lang war. Die Tür lehnte aufgeschlagen an der Hauswand. Folke blieb auf dem Felsen stehen.

»Erling Schnitzmeister!«

»Wer ruft?«

»Folke Björnsohn aus der Sippe der Bären zu Missunde, Bootsbauer in Haithabu.«

»Den muß ich selber sehen«, erklärte eine belegte Stimme aus dem Hausinneren, und gleich darauf erschien der dazugehörige Mann. Er hielt sich mit beiden Händen am Türsturz fest, schwankte vor und zurück und legte schließlich die Stirn an den Balken. Sein glasiger Blick blieb nach einer Weile auf Folke liegen.

»Wer ist der Mann,
mir unbekannt,
der mir vermehrt
mühvollen Weg?
Regen schlug mich,
bereift war ich
und taubeträuft:
tot war ich lange,«

sagte er im Singsang des Gedichtes.

In Folkes Augen blitzte es auf. »Wärest du die Seherin, die fragt«, sagte er so langsam, daß auch Erlings benommener Kopf es begreifen mußte, »so wäre ich Odin und würde dir antworten:

Wegtam heiß ich,
bin Waltams Sohn.
Sprich von der Tiefe,
vom Tag will ich's!«

Erling bemühte sich mit blinzelnden Augen zu folgen, und Folke ließ ihm Zeit. Auf einmal lächelte er, und trotz seiner abgenutzten, schiefen Zähne war sein Lächeln so gewinnend, daß er Folke sofort für sich einnahm. Dann sprach er mit der Ernsthaftigkeit und der Würde eines mettrunkenen Skalden weiter:

»Nicht Wegtam bist du,
und auch nicht Odin ...«

»Auch kein Wurzelschnitter
und ohne gold'ne Hand«,

improvisierte Folke im Versmaß hinzu und rief damit ein gluckerndes Lachen des Mannes hervor, das noch anhielt, als Folke mitlachte.

»Was auch immer dich herführt, Folke Bärensohn aus der Sippe der Bären und Bootsbauer in Missunde«, sagte Erling, nachdem er sich beruhigt hatte, »du bist mir willkommen.« Er wies mit der Hand auf den Felsen, wankte selber dorthin und ließ sich auf ein Fleckchen sonnengedörrtes Kraut fallen. Nach einem kräftigen Rülpser fügte er hinzu: »Was ich nicht von jedem sagen kann. Aber ein Sohn von Aasa Granetochter ist mir doppelt willkommen.«

»Woher weißt du?«

»Ich erkenne deine gute Erziehung. Und als ich noch jünger war, hörte ich von Aasa, die nach Missunde geheiratet hat. Und jetzt frag, was du fragen mußt.«

Folkes Hochachtung stieg, während er sich neben Erling setzte und den Beutel vom Gürtel abknöpfte. Der Mann war älter als der Goldschmied und mußte früher viel auf See gewesen sein; unterhalb seiner blauen Augen zogen sich viele tiefe Falten, eine neben der anderen, bis zum Kinn hinunter, und die Haut hinter der Kante seines offenen, sauberen Hemdes war schon schlaff. Aber trotz seiner Trunkenheit hatte er sowohl sein gutes Gedächtnis unter Beweis gestellt, als auch gemerkt, daß Folke mit einer Frage gekommen war.

»Du wurdest mir genannt als der einzige Mann, der alle Gold- und Bronzegießer des Nordens und ihre Handschriften kennt. Ich möchte dich fragen, ob du mir zu dieser Fibel etwas sagen kannst.« Folke legte sie dem Schnitzer in die abgearbeitete, große Pranke.

Der Schnitzer sah nicht auf die Fibel, sondern auf Folke, als er brummte. »Mein bärtiges Weib hat dich nicht geschickt. Wer aber dann? Der König?«

Folke schüttelte den Kopf. »Mein Verwandter, Tjodolf der Goldschmied, gab mir den Rat und dein Weib den Weg.«

»Gutwillig?« Der Schnitzer rieb sich die Augen und starrte die Fibel an, während er Folke zuhörte.

»Ja«, bestätigte Folke. »Gut war sie wohl nicht auf dich zu sprechen, aber sie hielt auch mit nichts hinter dem Berg.«

Wieder lachte Erling, daß es ihn schüttelte. »Das kann ich mir denken. Sie verschweigt so leicht nichts Schlechtes über mich. Aber wenn sie dir meinen Unterschlupf genannt hat, muß sie an dir Gefallen gefunden haben.«

Dazu wollte Folke sich nicht äußern. Er hätte die Ehre, von Erlings Frau geschätzt zu werden, auch ganz gern abgelehnt. Aber es spielte sowieso keine Rolle. Er deutete auf die Fibel. »Tjodolf war sich nicht sicher.«

»Er war ratlos«, verbesserte der Drachenschnitzer, der ihn gut zu kennen schien, und in seinen Augen funkelte schon wieder die ansteckende Freude, an die Folke sich allmählich gewöhnte.

»Stimmt«, gab Folke unumwunden zu und verfolgte mit den Augen, wie Erling das Schmuckstück gegen die Sonne hielt und von der schmalen Kante aus musterte, es dann zwischen beiden Daumen und Zeigefingern bog und schließlich nachdenklich auf dem breiten Mittelfinger wippen ließ, bis die Anhänger leise klangen.

»Ich hätte schlechter gedacht von Tjodolf Gelbgießer, wenn er es dir verschwiegen hätte.«

»Was?«

»Daß er es nicht weiß. Ich sage dir: Das Stück ist nicht

hier gemacht, aber es wurde so gearbeitet, daß man es glaubt.« Danach fing Erling wieder an zu kichern, aber Folke hörte boshafte Nebentöne, die ihn warnten. Und dann fuhr Erling fort: »Ein gewöhnlicher Kenner von Schmuck des Svealandes würde sagen, es stamme von Tjodolf Goldschmied in Birka.«

»Was?!« Folke verharrte so lange auf dem Boden wie ein überraschter Hase, dann stand er auch schon auf den Beinen, den Dolch in der Hand. Er steckte ihn gleich darauf verlegen weg, aber auf den Schnitzmeister blickte er aus seiner vollen Länge empört hinunter.

Erling ließ sich nicht aus der Ruhe bringen. Er klopfte mit der Hand auf den Boden. »Setz dich«, sagte er, aber seine Gedanken waren bei dem Schmuckstück.

Folke biß sich auf die Lippen und warf sich wieder hin. Während er den Ameisen zusah, die zwischen dem trockenen, von Erde entblößten Wurzelwerk ihre Nahrung herumschleppten, überlegte er, warum der Verwandte ihm diese Tatsache verschwiegen und ihn trotzdem zu Erling geschickt hatte.

»Ich würde auch von dir schlechter denken, wenn ich nicht wüßte, daß du dich über deinen Verwandten wunderst, Folke ...«

Folke nickte mürrisch.

»Die Form für die Fibel scheint von deinem Verwandten zu stammen. Nur Tjodolf fertigt Fibeln mit Köpfen. Aber sie ist besser gearbeitet, als Tjodolf es für gewöhnlich tut ... besser als er es jemals gekonnt hat ...«

Eine Ameise auf Folkes Fuß biß herzhaft zu. Sie war zwischen den Lederriemen des Schuhs und der Haut geraten. Folke wischte sie schweigend und gleichgültig weg und sah die Haut rot werden und anschwellen.

Erling schüttelte staunend den Kopf. »Aber Männerköpfe? Siehst du, wie sauber die Schnurr- und Kinnbärte herausgearbeitet wurden? Es ist eine Fibel für einen Mann ...«

Folke war so überrascht, daß er schwieg.

»Ich denke«, fuhr Erling fort, »daß sie im Osten jenseits des Meeres gefertigt wurde, vielleicht nach einem Vorbild, das von hier stammt. Ich glaube, Finnen und Karelier benutzen Spiralen zur Verzierung. Das würde auch erklären, warum der Fibelhersteller ausgerechnet die ovale Form für die Fibel eines Mannes wählte. Vielleicht wußte er so genau nicht Bescheid. Die Nadel aber ...« Er schüttelte unzufrieden den Kopf.

»Hier ist alles, was sticht und beißt, kräftiger als anderswo«, sagte Folke überzeugt, der seinen Ärger auf später verschob und sich über den immer noch auf Erlings Hand liegenden Schmuck beugte. »Vielleicht wollte der Feinschmied aus dem Osten sie so haben ...«

Erling verzog den Mund, aber er sah nicht fröhlich aus wie noch kurz zuvor. »Ihr in Haithabu seid weich wie Wachs in der Sonne, und einen Bienenstachel haltet ihr für einen Speer«, murmelte er. »Wenn du, Folke Bootsbauer, aber einen wirklichen Speer siehst, mußt du ihn nicht zu einem Stachelchen herabmindern. Ich, Erling Schnitzer aus Birka, sage dir, daß ein Feinschmied, der sein Handwerk versteht, keine klobigen Speere an Schmuckstücke für edle Frauen oder vornehme Männer setzt. Wenn doch, sollte er seinen Platz an des Königs Seite aufgeben und lieber Grobschmied werden!«

»Du meinst also, die Nadel gehört nicht an das Schmuckstück?« fragte Folke, gierig wie ein Jäger auf der Spur des Bären.

»Schande komme über den Schmied!« antwortete Erling und drückte es Folke in die Hand.

Folke schwieg verdrossen und hielt die Fibel unschlüssig in der Hand. Er kam sich fast ein wenig betrogen vor: die mühselige Ruderei, nur um zu erfahren, daß der beste Kenner am wenigsten davon hielt. Er und seine Verwandtschaft waren darauf hereingefallen, selbst Tjodolf ... »Soll ich sie wegwerfen?« fragte er ärgerlich, hob den Wurfarm und zielte in das nahe Gebüsch.

»Glücklich ist,
wer sein ganzes Leben
Achtung und Einsicht hat;
denn übel ist der Rat,
den aus des andern Brust
man häufig erhält.«

deklamierte Erling ernst.

Folkes Gesicht hellte sich langsam auf, dann stopfte er die Fibel in den Beutel zurück. »So üblen Rat erhielt ich nun nicht«, stellte er fest und beschloß, nicht aufzugeben. »Vielleicht ist die ursprüngliche Nadel abgebrochen, und jemand hat eine neue angeschmolzen.« Er wartete auf eine Antwort, während er den Beutel am Gürtel festknotete. Aber Erling schwieg. Als Folke ihn anblickte, sah er, wie ihm der Schweiß über das Gesicht lief und die Sonnenbräune fast daraus verschwunden war.

»Es scheint«, sagte Erling mühsam mit geschlossenen Augen, »als ob die Zwerge Thors Hammer ausgerechnet in meinem Kopf noch ein wenig umschmiedeten. Ich will mich hinlegen,«

Und obwohl Erling Folke nicht um Hilfe gebeten hatte, nahm der Schnitzmeister sie an, als ob sie vom eigenen Sohn käme. Willig ließ er sich zur Hütte hinunter und auf sein breites, bequemes Bett helfen. Als Folke ihm eine dichtgewebte, bunte Wolldecke übergelegt hatte, brummte er erleichtert, und Folke nahm es wie einen Dank. Noch bevor er die Hütte verlassen hatte, war der Schnitzer bereits in Schlaf gefallen.

Folke sah sich ohne Scheu um und wunderte sich, wie sauber und wohnlich die Hütte aussah. Aber er konnte sich denken, daß dieser ansehnliche Mann hier auf der Insel eine Frau hatte, die Kleider und Haus für ihn in Ordnung hielt und ihm das Essen kochte, und das mochte auch ein Grund für die Wut seiner Hauptfrau in Birka sein.

Danach verließ er das Haus. Als er am Königshof vorbeilief, war niemand mehr zu sehen. Die Sklavinnen waren gewiß mit dem Vorbereiten des Abendessens beschäftigt und der König mit seinen Männern und deren Frauen noch nicht vom Fest zurück. Es war ihm recht. Er hätte den Königsleuten sonst gewiß Rede und Antwort stehen müssen.

Sein Boot lag da, wie er es verlassen hatte. In den Felsspalten war das Wasser um eine Handbreit gesunken, ebenso wie das Meer am Rande des Felsens.

Während er das Boot ins Wasser hinunterschob, verdrängte er mit Absicht die Erlebnisse des Nachmittags aus seinem Kopf. So wie ein Eichenstamm lagern muß, um zu gutem Schiffsholz zu reifen, müssen auch manche Gedanken erst einmal abgelegt werden; irgendwann entschließt sich ihr Hüter vielleicht, die Gedanken zu spalten, lose übereinander zu lagern, sie der Sonne zuzuwenden, zu drehen und zu trocknen, bis nur noch das Wichtigste übrigbleibt, der Kern ... Folke konnte warten.

Das Meer war so friedlich wie am frühen Nachmittag; Njörd hatte sogar seine kleinsten Töchter schlafen geschickt, und an Segeln war überhaupt nicht zu denken. Dennoch zufrieden, legte Folke die Riemen in die Ruderklauen und fing an zu pullen.

7
Bronzeguß

Zwei Tage war es noch warm und sonnig; danach kam in den frühen Morgenstunden ein Wind auf, und als Folke, von den Böen wachgerüttelt, vor die Tür trat, fielen erste Regentropfen. Außer den Unfreien und den Hühnern war noch niemand auf. Die Sklaven hörte Folke hinter dem Schuppen miteinander reden; die Hühner aber waren auf dem Hof ausgeschwärmt. Wie hochbeinige Habichte äugten sie mit schiefgelegtem Kopf nach unten, bevor sie zielsicher auf eine Made oder einen Wurm einhackten.

Folke reckte sich träge und ließ sich vom Regenwasser besprühen, das vom Dach in Schwaden heruntergeweht wurde. Mittlerweile war aus den Tropfen ein Schauer geworden.

Über den Hof hastete mitten durch das Hühnervolk Tjodolfs Schmiedesklave; er hatte es so eilig, daß das Geflügel gackernd davonflatterte, um nicht unter seine breiten, nackten Füße zu geraten. Mit einem Korb Feuerholz auf der Schulter verschwand er in der Schmiede, die am Ende des Langhauses eingerichtet war, aber der Bequemlichkeit halber eine eigene Tür bekommen hatte.

Folke folgte ihm neugierig. Im Trubel der ersten Tage war er noch nicht darin gewesen, geschweige denn, daß er Tjodolf oder seinem Gehilfen bei der Arbeit zugesehen hätte. Dabei hatte er Anlaß genug, sich Gedanken um Fibeln und ihre Herstellung zu machen. Von Tjodolf erwartete er keine Hilfe: Nachdem dieser ziemlich gleichgültig gefragt und erfahren hatte, daß auch Erling sich keinen Reim auf die Fibel machen konnte, hatte er die Sache fallenlassen …

Die Hitze schlug Folke schon in der Tür entgegen. In der Feuerstelle brannte ein rauchloses Feuer. Der Sklave hockte davor und fachte es mit einem Ziegenbalg an. Die dünnen Ohrmuscheln des Mannes zuckten wie bei einem unruhigen Pferd, als die Tür in den Angeln knarrte, aber er drehte sich nicht um. Aus seinen kurzgeschorenen Haaren floß Schweiß über den sehnigen Nacken.

Folke ließ sich ihm gegenüber auf die Knie nieder und lehnte sich zurück, als ihm die Hitze beim Luftholen unerwartet brennend in die Kehle stieg. »Wie ist dein Name?« fragte er, weil er auch mit einem Unfreien nur sprechen mochte, wenn er dessen Namen kannte.

»Träl reicht für dich«, antwortete der Sklave ohne Unterwürfigkeit und sah Folke aus seinen schwarzbraunen wachsamen Augen einen Moment an.

»Hast du keinen eigenen Namen?« fragte Folke unwillig und umfaßte mit einem Blick die Gestalt des Sklaven, so wie er flüchtig auch ein Boot nach Tauglichkeit und Schnelligkeit abzuschätzen pflegte. Der Mann am Feuer war mager, aber nicht vor Hunger, sondern infolge des Alters, und seine kurze Tunika war gut gewebt und bestimmt keine abgelegte von Tjodolf. Obwohl er zu hastig arbeitete, um wirklich überlegen zu sein, fühlte er sich ohne Zweifel in der Werkstatt eher als Herr denn als Sklave. Wozu also diese Namenlosigkeit?

»Zu lang zurück, um mich noch zu erinnern.« Träl seufzte ein wenig. Aber er erinnerte sich sehr wohl an die Zeit, in der er von seinem Vater geschlagen worden war und von seiner Mutter Püffe statt Essen erhalten hatte. Seinen Namen hatte er leicht abgelegt, nachdem er von den einzigen Menschen getrennt worden war, die er als Kind gekannt hatte. Er ließ die vernarbten Arme mit dem Blasebalg sinken und starrte an die Wand. »Tjodolf behandelt mich nicht schlecht«, murmelte er. »Vielleicht kaufe ich mich gelegentlich frei, mal sehen. Dann werde ich auch einen Namen haben.«

Er stand auf, und Folke hörte das Knacken seiner steifen Kniegelenke im zischenden Sog des rot brennenden Feuers. Knisternd flogen winzige Funken dem Mann um die dünnen Arme, als er den Schmelztiegel mit der Bronze in die heiße Mitte des Feuers schob, aber er zuckte nicht einmal.

Folke sprang ebenfalls auf und sah sich um. An den Wänden waren Borde übereinander aufgestellt, darauf lagen sorgfältig geordnet die Zangen, Meißel und Feilen des Feingießers und auf einer Werkbank zusammengeknetete Bienenwaben und ein Tonklumpen, den ein feuchtes Tuch bedeckte. Er wanderte mit den Händen auf dem Rücken langsam an den Regalen entlang bis zum Arbeitstisch, auf dem Tjodolf wohl gerade eine neue Fibelform ausarbeitete. Mehrere Wachsmodelle von Fibelschalen, abgeschabte Wachsflocken sowie Messer und feine Meißel waren das einzige Anzeichen von fortschreitender Arbeit in dieser staubfreien Ordnung.

Tjodolf war, wie Folke selbst sah, keiner von denen, die mit verschwenderischer Fülle hier eine Kugel, dort eine Girlande ansetzten: Eine Schlange wand sich kraftvoll im Bogen quer über die Fibelfläche, und die Zahl der Bögen und die Steigung der Windungen hatten ihm wohl Kopfzerbrechen gemacht. Von allen entworfenen Modeln hatte nur eine einzige vor Tjodolfs Augen bestanden, die anderen hatte er auf einen Haufen zusammengeschoben. Die zwei Schalen der Fibelform waren bereits zusammengesetzt; rund wie eine Salzflasche am Gürtel eines Lappen und hell wie abgelagertes Eichenholz lag sie in der Mitte des Tisches.

Folke wollte gerade nach dem Gußmodel greifen, als Träl ihm die Form wegnahm und neben sich legte. Flink wie ein Schmiedezwerg im Berg umklammerte er sie mit den Backen einer langen Zange und schob sie mit der Gußöffnung nach oben in die Glut.

Als der Ton durchhitzt war, goß der Sklave behutsam die flüssige Bronze aus dem Tiegel in den Model um, während Folke ihm zusah.

»Ist das ein ganz neuer Entwurf?« fragte Folke neugierig, denn die Wachsmodel auf dem Tisch waren rund und hatten keine Ähnlichkeit mit den auf den Borden lagernden ovalen Formen.

»Nein«, bestritt Träl knurrig und fing mit gespitzten Lippen an zu pfeifen, obwohl er es besser gelassen hätte, denn er war kurzatmig und gab bald schnaufend auf.

Folke betrachtete den Sklaven und seinen Versuch, ihn abzulenken, mit grimmiger Miene. »Ich denke doch«, beharrte er. Dann langte er nach einer der wenigen fertigen Fibelschalen im Regal und bemerkte jetzt erst, daß ihr die Nadel fehlte und die Grate noch nicht abgefeilt waren.

Plötzlich ging es wie ein Alarmsignal durch seinen Körper. Als Bootsbauer hatte er keinen Sinn für filigrane Formen, aber diese Fibel erkannte er auf den ersten Blick. Sie war in der Linienführung identisch mit derjenigen, die er im Wald gefunden hatte, allerdings war sie schlechter ausgearbeitet. Die Menschenköpfe waren nur runde Buckel mit Öffnungen statt Augen, und bei den Drachen waren die aufgesperrten Mäuler zu Strichen verkommen. Sprachlos hielt Folke dem Sklaven die Fibelschale auf der offenen Hand entgegen.

Träl setzte schweigend den ausgeleerten, aber noch heißen Tigel in einer Schüssel mit Seesand ab und übersah störrisch Folkes Hand. Es dauerte eine ganze Weile, bis er sich zu einer unfreundlichen Antwort bequemte. »Was geht es dich eigentlich an?« fragte er böse. »Wir machen mal dies, mal das. Tjodolf befiehlt, und ich gieße. Welche Frau kauft schon, was sie bereits hat?«

Folke nickte mit schmalen Lippen. Träl wollte nicht antworten. Daß er die Ähnlichkeit dieser Fibel mit dem seltsamen Fundstück aus jener Nacht nicht sah, schien ihm unwahrscheinlich, und daß er vom Formenwechsel nichts bemerkt haben wollte, unmöglich. Aber warum stellte er sich dümmer, als er war? Schweigend legte Folke die Fibel zurück und hockte sich neben den Handwerker, der nun geduldig am verlöschenden Feuer wartete.

Eine ganze Weile sprachen sie beide nicht.

Dann schob der Sklave die Glut sehr vorsichtig von der Tonform und starrte wie gebannt hinein. Die aufwallende Hitze störte ihn nicht, obwohl seine Nase knapp über dem zerfallenen aschgrauen Holz hing.

»Ist etwas«? flüsterte Folke.

Träl schüttelte den Kopf. »Nichts geplatzt, nichts ausgelaufen«, sagte er, und sein Stolz war unüberhörbar.

»Was geschieht jetzt?«

Träl war plötzlich wie ausgewechselt. Er beugte sich zur Seite, um dem Hitzestrom zu entgehen, während er Folke mit einem unerwarteten Wortschwall in geheimniskrämerischem Flüstern eindeckte. »So eine Form ist nicht wie ein Mann, weißt du? Eher wie eine Frau. Was unsereinen hart macht, richtet sie zugrunde. Ein alter Finne lebt tausend Jahre, wenn er sich aus dem Hitzbad in Fjällwasser oder in Schneeluft stürzt. Eine Frau und eine Tonform überleben das nicht.« Der alte Sklave kicherte leise in sich hinein. »Die Frau muß ihre Gefühle im Zaum halten und schön langsam abkühlen lassen, damit sie nicht vor Wut zerspringt. Beim Ton ist es genauso: Wenn er erst in tausend Stücke geplatzt ist, kann ich meine Bronze aus dem Gebälk kratzen.«

»Oder aus der Asche des Gebälks«, ergänzte Folke, erleichtert über die Wendung zum Vernünftigen. Der Sklave litt entweder unter zuviel Hitze oder unter dem Mangel an einer Frau. Träl grinste. »Oder aus der Asche. Aber ich habe das Haus noch nie abgebrannt.«

Das glaubte Folke ihm aufs Wort. Träls Leben hätte nach einem Brand keinen Wert mehr besessen. »Du verstehst eine Menge davon, wie?«

Es brauchte keine Antwort. Träl lächelte geschmeichelt. Folke merkte, daß der Sklave nach Anerkennung gierte, aber er äußerte sich nicht. Lob gebührt einem Sklaven höchstens von seinem Herrn, und auch dann nur in Maßen, damit er nicht übermütig wird. Außerdem war da noch einiges, das er nicht verstand ...

Während Folke für eine Weile, in Gedanken versunken, die Hitze auf seine Haut einwirken ließ und fühlte, wie die Schweißtropfen an seinem Rückgrat entlangrannen, rückte Träl dicht an ihn heran.

»Die Schwarzalben helfen mir«, flüsterte er und sah sich verstohlen um. »Seit Tjodolf seinen Blotkessel auf dem Schmiedefeuer aufstellte, schmieden die Alben mit ...«

»Wirklich?« flüsterte Folke erschrocken zurück und sah sich schon umgeben von den Zwergen, die die Macht über das Feuer und die Schmiedekünste besaßen und nur mit wenigen Menschen ihr Geheimnis teilten. »Und Tjodolf?«

Über Träls Gesicht zog ein Schatten. Erregt schlug er mit der Daumenspitze gegen seine Brust und funkelte Folke mit glühenden Augen an. »Zu Träl kommen die Alben! Zu Träl! Nur der Kessel gehörte Tjodolf, aber seinen Inhalt erfuhr er nicht!«

Folke wurde es unheimlich. Verwirrten sich bei Träl zuweilen schon die Sinne vor lauter Hitze und Einsamkeit? Unschlüssig kaute er auf seiner Wange herum, während er den Sklaven beobachtete.

Träl rutschte wieder auf seinen vorigen Platz, und Folke atmete erleichtert auf. Während der alte Mann sich langsam an einer großen, runden Brandnarbe kratzte, warf er Folke unter seinen angesengten Augenbrauen einen nachdenklichen Blick zu. »Ein Mann hat nach dir gefragt.«

Folke wartete. In Birka kannte er nicht viele Männer.

»Er war ein Unfreier«, ergänzte Träl. »Aber ich glaube, daß er für sich selber, nicht für seinen Herrn fragte.«

»Und was hat er gefragt?«

»Wie du mit Tjodolf verwandt bist, wann du gekommen bist, ob du Handel treibst, wie groß deine Sippe ist und solche Sachen ... Seine Sprache war fremd, und er mußte sich sehr abmühen.«

»Was hast du denn geantwortet?« Folke blieb geduldig, obwohl er nicht wußte, worauf Träl hinauswollte. Auch war das umfangreiche Interesse des Fragers merkwürdig und eigentlich unhöflich.

»Die Wahrheit.«

Folke grunzte unzufrieden.

»Du hast doch nichts zu verbergen«, fuhr Träl schlau fort. »Ich auch nicht. Außerdem sagte mir der Mann, daß nach seinem Glauben Gleiches mit Gleichem vergolten werden muß. Er hatte selber ja auch viel zu erzählen.«

Es hatte keinen Sinn, Träl beibringen zu wollen, daß die Christen es so wortwörtlich nicht meinten. Sie erwähnten ihren Glauben häufig dann, wenn sie sich einen Vorteil davon versprachen. Aber erstens hatte man in Haithabu bereits mehr von den Schattenseiten des Christentums erfahren, weil man schon länger mit den Lichtseiten bekannt war, und zweitens war es eine altbekannte Tatsache, daß

Sklaven auf christliche Mönche besonders schnell hereinfielen. Vielleicht schickten sie jetzt schon ihre Knechte nach anderen Knechten aus ...

»Er wußte gut über den Koggenhafen Bescheid. Ein Wikingerboot und ein Schiff aus dem Osten beschäftigten ihn besonders.«

»Aber die sind ja nicht besonders häufig im Koggenhafen«, entgegnete Folke steif.

»Vielleicht eben deswegen ...«

Folke scharrte verdrossen mit den Schuhen im Sand, der die Feuerstelle umgab. Träls Geschichte ergab für ihn keinen Sinn. »Wenn er mit mir sprechen will, kann er ja kommen«, sagte er endlich. Aber zu seinem Erstaunen schüttelte Träl seinen Kopf, auf dem nur noch wenige graue Stoppeln vorhanden waren.

»Er wollte nicht mit dir sprechen.«

»Dann solltest du dir und mir das Gerede sparen«, tadelte Folke schärfer, als es angemessen war, und verließ die Werkstatt. Als ihm aus der Traufe ein Wasserstrahl in den Nacken lief, ärgerte er sich, daß er sich vom nutzlosen Geschwafel eines alten Sklaven so lange von angenehmeren Dingen hatte abhalten lassen.

Im Haus traf er auf seine Frau, die sich anschickte, auf den Markt zu gehen. Nicht nur Gunnhild und Aasa warteten schon angekleidet an der Tür, sondern auch die kleine Magd, die vor Aufregung von einem Bein auf das andere und zwischen Aasa und dem Feuer hin und her hüpfte.

Folke sah Tjodolf an und prustete wie ein Walroß. Der hob die Schultern, setzte gleichzeitig ein Trinkhorn an die Lippen und nahm einen tiefen Schluck. Nach dem süßlichen Duft, der von ihm ausging, handelte es sich keineswegs um das Schwachbier des Morgenessens, sondern um Met, und er probierte ihn schon seit einer ganzen Weile. »Was willst du, Verwandter!« antwortete Tjodolf mit schwerer Zunge auf Folkes Gelächter. »Eine solche Hochzeit erlebst du nur einmal im Leben! Laß sie gehen!«

»Vielleicht meint er aber nicht uns, sondern dich, Tjodolf«, warf Gunnhild ohne Vorwurf ein.

»Ich, Hausfrau, hüte das Feuer und den Hof ...«

»Und die Metvorräte«, ergänzte Folke und setzte sich grinsend auf eine Bank.

»Die auch«, bestätigte Tjodolf, leerte das Horn und warf es neben sich. Dann ließ er sich hintenüber auf die Felle fallen. »Die Metvorräte sind schließlich das einzige, worum sich der Mann im Haus wirklich kümmern darf. Ach, ist das ein Fest! Komm, Halldis, schnür mir die Schuhe auf!«

Gunnhild schien nicht glücklich über die Wendung zu sein. »Wolltest du nicht in die Werkstatt?« fragte sie leise.

»Doch, aber jetzt will ich lieber noch ein wenig schlafen. Träl ist ja dort.«

Gunnhild nickte, und die junge Sklavin nahm ihr Nicken als Aufforderung, Tjodolf die Lederriemen zu öffnen. Bereitwillig kniete sie vor den großen Füßen ihres Herrn nieder und knotete und zog unter Gunnhilds wachsamen Augen, bis sie ihm die engen Stiefel von den schwitzenden Sohlen gezerrt hatte. Folke stand zögernd auf. Er hatte Lust auf Gesellschaft. Aber Tjodolf ausnahmsweise nicht.

»Komm doch mit«, schlug Tordis vor, die mit schräggelegtem Kopf an ihrem Haarknoten nestelte und dabei ihren Mann beobachtete. »Heute beginnt der Sklavenmarkt.« Während Folke, noch unschlüssig, den Mund verzog, brachte sie den Wulst vorschriftsmäßig zustande. »Komm, gib mir einen Kuß«, sagte sie fröhlich. »Ich weiß jetzt endlich, wie man dieses verflixte Ding legen muß, um nicht wie ein Hofbesen auszusehen ...«

Folke war mit einem Satz hinter seiner Frau, küßte sie unter dem losen, lockigen Knoten und schwang sie mitten zwischen zwei Deckenbalken in die Höhe. »Sklaven brauchst du nicht«, sagte er. »Um dich kümmere ich mich ganz allein!«

»Vorsicht!« rief Gunnhild entgeistert und sah schon ihre Töpfe und Schalen von den Hängeborden purzeln. »Schnell, Tordis! Bring deinen wilden Mann ins Freie.«

»Laß sie aber nicht in den Bach fallen«, dröhnte Tjodolfs Stimme hinter ihnen.

Das tat Folke auch nicht, obwohl Tordis sich unter seinen kitzelnden Händen wand und in seinen Armen hin- und herwarf. Statt dessen trug er sie schwungvoll über den mit Tonscherben ausgestreuten und von den Hühnern verdreckten Hof und setzte sie auf der Straße ab. Dort war zwar weniger Hühnerdreck, aber dafür um so mehr Schlamm, aufgerührt durch unzählige Füße. Denn trotz des Regens in den ersten Morgenstunden hatte der Strom von Besuchern, die zwischen dem Markt, dem Hafen und Asks Haus pendelten, kaum nachgelassen. Lachend wühlte Tordis mit den Zehen im Lehm und bedauerte gleichzeitig, daß ihre schönen neuen Schuhe nun fast dahin waren.

Der Regen hatte mittlerweile nachgelassen. Ein steifer Wind hatte sich erhoben, aber der Himmel war abgesehen von einzelnen Wolken klar. Es war nun wesentlich kühler als an den Tagen zuvor, doch aus dem trüben Tag war unerwartet ein brauchbares Marktwetter geworden. Als Folke sah, daß auch alle anderen Hausfrauen von Birka mitsamt Mägden und Knechten sich zum Markt aufgemacht hatten, wäre er beinahe in Versuchung geraten umzukehren. Aber Tordis, die ihn gut kannte, hakte sich bei ihm ein und beschäftigte ihn mit Fragen. Die Sklavinnen und Mägde trugen zumeist Körbe, manche auch friesische Kannen, um

Wein darin zu holen, oder ein kleines Fäßchen. Gunnhild aber begleitete ihre Verwandten ausschließlich zum Vergnügen; weder sie noch Halldis waren beladen. Halldis lief munter wie ein junger Hund von einer Straßenseite zur anderen und schwatzte ununterbrochen mit Gunnhild und mit den Leuten, die ihr entgegenkamen.

Die Bauern und Händler der Umgebung schienen den gestiegenen Bedarf der Stadt geahnt zu haben. Bis zum südlichen Ende des Stadtwalls war der Grasplatz voll mit angepflockten Schafen und Ziegen, dazwischen liefen quiekende Schweine und muhende Kälber. Am südlichen Tor stritten die Bauern sich lauthals mit den Sklavenverkäufern um den knappen Platz.

Gunnhild und Tordis schlugen sofort den Weg zu den Schmuckhändlern ein und bemerkten gar nicht, daß Folke bei einem Stand mit Waffen stehenblieb. Viele Männer drängten sich dort, die nie auch nur ein einziges Stück davon würden kaufen können. Folke brauchte über die Schultern der Zuschauer hinweg nur einen Blick auf die kurzen Haare des Mannes zu werfen und auf die Mütze mit dem steifen bunten Rand, über dem ein Beutel in die Höhe ragte, um zu wissen, daß der Verkäufer ein Franke und seine Waffen unerschwinglich waren. Und wahrscheinlich vorzüglich.

Es dauerte nicht lange, bis er – ohne zu drängen, aber auch ohne Gegenwehr – in der vordersten Reihe angekommen war, geschoben von vielen Händen, deren Besitzer sich Unterhaltung durch einen gutbetuchten Wikinger erhofften. Als Folke seine begehrlichen Augen endlich von der glattesten und blankesten Schwertschneide hob, die er jemals gesehen hatte, begegnete er dem Blick eines der Kaufleute aus dem Stadthafen. Der vierschrötige Mann, der ebenso eckig gebaut war wie das Achterkastell seines Schiffes, lächelte Folke flüchtig an. Folke zeigte bedauernd seine offenen Handflächen und schlüpfte dann am Händler vorbei.

Mit großen Schritten stieg er über die kräftig beschlagenen und mit eisernen Schlössern versehenen Kisten des Waffenhändlers hinweg, bis er sich im angrenzenden Gang befand. Hier standen die Glas- und Perlenhändler, und unter den Käufern überwogen die Frauen. Gerade wollte Folke sich zwischen zwei überdachten Ständen hindurchschieben, als ihn böse gezischte Worte innehalten ließen.

»Knauserst du schon am dritten Tag unserer Ehe? Was wird wohl am siebten sein? Läßt du mich da verhungern?«

Verstohlen glitt Folkes Blick über die Nächststehenden. Einige Schritte von ihm entfernt stand eine Frau in engem rotem Kleid. Embla. Ihr Kinn war vorgereckt wie ein Kreuzotternkopf vor dem Biß, und ihre Schultern preßten sich starr und knochig an den Hals. Sie schien sich bereits eine Weile mit ihrem neuen Ehemann gestritten zu haben. Der Besitzer des nächstgelegenen Standes hörte Embla mit offenem Mund zu – Folke auch, aber wesentlich unauffälliger.

Ask stand neben seiner Frau und betrachtete gleichgültig Perlen, kleine bunte Flaschen und Behälter, die neben ihm ausgelegt waren. Dann hob er den Kopf, und als sein fischig kalter Blick über Folke hinwegglitt, klopfte Folkes Herz plötzlich laut, und er fing schnell an, sich für ein Glasperlenhalsband zu interessieren.

Er bemerkte trotzdem sehr wohl die geballten Fäuste von Ask, die nicht zu dem kühnen Krieger passen wollten. In seiner unerwartet hellen Stimme lag auch kein Gefühl für die Frau, mit der er sich gerade verbunden hatte.

»Liebe Embla, solltest du wirklich einmal Schmuck benötigen, werde ich ihn dir gerne kaufen. Aber nachdem, was ich in deinem Hausrat gesehen habe, brauchst du keinen. So viele Tage gibt es in fünf Wintern nicht, daß du alles zur Schau stellen könntest.«

Emblas Augen versprühten Wut. »Soll ich dir Ehre machen mit dem von mir selber gekauften Schmuck?«

»Wer kennt schon deinen Schmuck?« fragte Ask und machte eine verächtliche Handbewegung in Richtung auf das Marktgetümmel, die sich an niemanden richtete, aber alle traf. »Dein Schmuck ist so unbekannt wie du selber!«

»Du schmückst dich also nicht nur mit geschenkten Falken, sondern auch mit anderen fremden Federn, Ask Schieflippe«, fauchte Embla. »Des Königs Schatten, dessen verborgene Taten alle rühmen, aber noch niemand eine sah, bedient sich sogar seiner Frau, um sich selber zu erhöhen!«

Der Glashändler glotzte wie ein breitmäuliger Fisch zwischen Mann und Frau hin und her, mit dem Kopf und mit seinen Gedanken ein wenig zu langsam, um wirklich zu verstehen, was sie meinten. Um so mehr verstand Folke. Ihn gruselte die Auseinandersetzung. Was hier mitten auf dem Marktplatz vor sich ging, war eine Schlacht, die nicht erst hier begonnen haben konnte.

Mit Asks Selbstbeherrschung war es vorbei. Mit erhobener Hand und hochrotem Gesicht machte er einen Schritt auf seine Frau zu.

Embla lächelte und wartete auf den Schlag. Während Ask noch zögerte, brachte sie es fertig, sich nach rechts und links umzusehen.

Entsetzt verstand Folke, daß sie nach Zuschauern, wenn nicht nach Zeugen suchte. Er zog sich zwischen die beiden Marktstände zurück, deren Durchgang durch einen Gedenkstein und einen Sack verstellt war, und kauerte sich hin. Hastig fing er an, an der Schnur des prallvollen und nach Heu duftenden Sackes herumzunesteln. Als er ihn geöffnet hatte, gab es für einen Händlergehilfen nichts mehr zu tun. Im Gang der Glashändler tat sich nichts Auffälliges. Die Beine der Käufer bewegten sich langsam vorwärts, und zwischen ihnen schimmerte ein rotes Kleid hindurch. Folke wußte nicht, was er noch tun konnte. Schließlich las er, daß Spjalbundi ostwärts im Land der Rus sein Geld gemacht und in Holmgard den Tod gefunden hatte.

Als Folke endlich vorsichtig die Augen hob, traf er auf Emblas Blick, in dem Hohn und Aufforderung lagen und sogar Triumph. Ask hatte sie nicht geschlagen, und die Waffen der Auseinandersetzung bestimmte immer noch sie. »Wir haben eine Abmachung«, erinnerte sie ihren Mann leise.

Folke war zutiefst dankbar, daß nicht er von einer Frau wie Embla an eine Abmachung erinnert werden mußte. Trotzdem hatte sie es wie ein Wirbel im Strom geschafft, ihn in den Streit hineinzuziehen.

Ask wandte sich mit blassem, schwitzendem Gesicht von seiner Frau ab.

»Und ich werde darauf achten, daß du die Abmachung mit meinem Vater wortwörtlich einhältst«, fuhr Embla unbarmherzig fort.

Wie ein Frettchen, dachte Folke ohne jegliche Bewunderung, denn er hatte diese blutrünstigen Jäger nie gemocht, auch wenn sie sich an Beute wagten, die fünfmal so groß war.

Ask hatte längst jede Pose vor seiner Frau aufgegeben, und die Zuschauer bemerkte er gar nicht mehr. Er zog die Mundwinkel breit und atmete fauchend ein, wie der wilde Hund Garmr, der heult und die Zähne fletscht, kurz bevor er den Tod findet. Embla rührte sich nicht vom Fleck. Vielleicht war sie gewohnt, gegen Hunde zu kämpfen. Und sie zu erledigen, dachte Folke.

Er wünschte sich weit weg. Aus Neugier hatte er in eine Ehe Einblick genommen, die ihn nichts anging, und diese Fahrlässigkeit hatte ihn bis in den ginnungagap geschleudert, in dem nichts als Leere herrschte.

»Meine Sippe würde nicht erfreut sein, wenn du sie durch deinen Geiz zum Gespött machst«, fuhr Embla genüßlich fort. »Außerdem: Erinnere dich, wie wir zu antworten pflegen!« Sie streckte ihrem Ehemann ihre gepflegte Hand entgegen und schien die Narbe in seinem Gesicht berühren zu wollen. Ask stand wie versteinert. Vor seinen Lippen verharrte der Zeigefinger, dann drehte Embla ihre Hand um, öffnete sie und befahl herrisch: »Deinen Beutel!«

Ask hob die buschigen blonden Augenbrauen, rührte die Schulterblätter wie nach dem Erwachen aus langem Schlaf und schüttelte langsam den Kopf. »Nein.« Dann legte er die Hände auf den Rücken und wanderte davon, nach links und nach rechts den Leuten zunickend, die unfreundlich zurückgrüßten oder ihn übersahen.

»König bist du noch lange nicht!« rief eine Stimme aus der Menge, dann schwieg sie.

Sehr klug, dachte Folke grimmig, als er bemerkte, wie sich ein Krieger aus dem Gewimmel löste und Ask geschmeidig wie eine Schlange folgte. Der Bewacher war so unauffällig, daß er ihn mehrmals aus den Augen verlor. Folke wußte nun, warum Ask außer seinem kostbaren Sax keine andere sichtbare Waffe mit sich führte.

Embla die eben noch so siegessicher gewesen war, sah ihrem Mann stumm nach. Als sie sich endlich von ihm abwandte, entrollte sich ganz von selbst die lockere Haarwelle in ihrem Nacken, und braunes Haar legte sich ihr über die Schulter. Später mußte Folke oft daran denken, daß es geschienen hatte, als habe sich ein Tuch zwischen ihr und Ask herabgesenkt, als sei damit die Verständigung zwischen den beiden an diesem dritten Tag der Ehe abgerissen.

Er machte einen weiten Bogen um Embla, als er sich nun aufmachte, seine Frau zu suchen. Folke hatte ein unbehagliches Gefühl im Magen, selbst als er die Frauen am Fuß des nördlichen Wallendes fand, wo sie Walderdbeeren aßen, die sie gerade gesammelt und auf einen Grashalm aufgefädelt hatten. Als Tordis ihm eine Handvoll davon auf einmal in den Mund steckte, hätte er sie beinahe ausgespuckt.

8
Sklavenmarkt

Ganz allmählich gelang es Tordis, ihren nachdenklichen Bootsbauer wieder aufzumuntern. Schließlich zog sie ihn auf die Füße. »Er fängt bald an«, sagte sie und zeigte auf die Fackel, die oberhalb des Südtors in den Burgwall gesteckt worden war.

»Du wolltest doch gar nicht hin.«

»Ich möchte hin«, sagte Gunnhild mit einem Seufzer. »Vielmehr, ich muß hin. Ich muß wissen, was ein Sklave kostet, der schmieden kann. Tjodolf wollte sich damit nicht befassen ...«

Tordis sah ihre Verwandte betroffen an. Es war ihr neu, daß Gunnhild sich darüber Sorgen machen mußte. Folke nickte. Er wußte, warum. Und Tjodolf schien nur zu wenigen Dingen Lust zu haben ... Trotzdem, er würde nicht mitgehen.

Während die Frauen sich das Gras von den Röcken klopften, blieb Halldis sitzen. Auch sie zeigte wenig Neugier auf den Sklavenmarkt. Sie hat vielleicht ihre Gründe, ihn nicht zu mögen, dachte Folke und sah mit schräggelegtem Kopf auf sie hinunter, aber ihre Herrin konnte trotzdem Gehorsam erwarten. Halldis durfte sich ziemlich viel herausnehmen.

Folke schlenderte langsam hinter den Frauen her, die sich mit frischer Kraft ins Getümmel stürzten und dabei keineswegs den kürzesten Weg zum Sklavenmarkt einschlugen. Geraume Zeit später überholte Halldis ihn in einem schwerfälligen Galopp, der gar nicht zu dem zierlichen Mädchen paßte.

Nicht sonderlich interessiert sah Folke einem jungen Mann zu, der auf einer Wolldecke saß und an einer rosafarbenen Figur schnitzte, die kaum daumenlang war. Nach wenigen Minuten schon hatte der Schnitzer grob einen Reiter mit spitzer Mütze aus dem Speckstein geschält. Neben ihm standen bereits fein ausgearbeitete, sauber polierte Krieger, Göttinnen, Hausherrinnen, Tiere. Nach Auftrag schneide er alles, was das Herz begehre, erzählte der Mann mit schnellen, hastigen Worten den Vorübergehenden, als sei er gewohnt, daß niemand für längere Zeit bei ihm stehenblieb.

»Wenn du einen Satz schwarze oder schwarzgestreifte Spielfiguren brauchst«, fuhr der Mann fort, ohne auch nur für einen Moment von seiner Arbeit aufzublicken, »dauert es vier Tage; alle anderen kannst du in zwei Tagen bekommen; der Stein ist weicher.« Feiner rötlichweißer Staub lag auf seiner Tunika, und als er ihn abschüttelte, sah Folke das mit Lappen umwickelte Bein, dem der Fuß fehlte. Die Staubwolke trieb mit dem Wind fort, aber ein beinahe öliger Belag blieb auf der Kleidung und der Haut des Schnitzers haften.

»Ich brauche keine Spielsteine«, murmelte Folke, voll Mitleid für den Mann, dem Odin auf diese entsetzliche Weise den Kriegertod verweigert hatte, »aber wenn du mir eine runde Dose schneiden könntest, die ungefähr so groß ist ...« Mit den Händen beschrieb er die Maße, und der Handwerker, der mittlerweile seine Arbeit unterbrochen hatte, sah aufmerksam zu.

»Willst du sie für dich selber oder für eine Frau?«

»Für meine Frau natürlich.«

»Schwarz kommt dann nicht in Frage. Rosa oder Grünweiß? Meine Vorräte stehen hinter mir.«

Er überließ es Folke, sich unter den Specksteinblöcken umzusehen, die er hinter sich aufgereiht hatte, und schnitt unterdessen fieberhaft weiter. Folke brauchte nicht lange, um sich zu entscheiden. Für die silberne Entenfußkette kam überhaupt nur ein grünliches Behältnis in Frage.

»Ich möchte die schönste grünweiße Maserung des gesamten Steins«, bat Folke.

Der Händler sah ihn unschlüssig an. »Wenn du das willst, ist der Materialverlust sehr hoch.«

»Das ist mir klar«, sagte Folke überrascht. Bis er selber eine gute Stevenkrümmung gefunden hatte, mußte er manches Holz verschneiden.

»Das kostet dann mehr«, erklärte der Handwerker ungeduldig. »Ich muß mir meine Steine von weither schicken lassen.«

»Ach so«, sagte Folke. »Trotzdem. Mach es so.«

Der Figurenschnitzer nickte, sagte, »In drei Tagen«, und nahm sein Messer wieder zur Hand, während Folke sich weitertreiben ließ, wohin der Strom ihn trug.

Lautes Gebrüll machte ihn auf einen Jungen aufmerksam, kaum älter als Grane, der nach seiner Mutter suchte, und es war nicht erkennbar, ob ihm die Tränen vor Wut oder vor Angst über die schmutzigen Wangen liefen. Er wurde von einem bäuerlichen Riesen auf die Schulter gehoben, damit er sich aus der Höhe umsehen konnte. Während der Kleine seinem Untermann auf der Schulter herumhüpfte und ihm die Spitze seiner schäbigen Schulterfibel ins Fleisch trieb, woraufhin auch der zu schreien anhob, stieß und drängte die Mutter sich auch schon durch die Menge.

»Wie oft habe ich dir gesagt, daß du dich auf dem Markt an mir festhalten sollst!« fauchte sie ihn an.

»Schimpf nicht«, sagte der Lange und leckte sich Blut von den Fingern. »Es ist nichts passiert. Und besser, er weint nach dir, als du um ihn.«

»In seinem Alter sollte er überhaupt nicht weinen!« Wütend schnappte sich die Frau den Kleinen und zog mit ihm davon.

»Hat er ja auch nicht, du milchlose Ziege«, brummte der Bauer leise hinter ihr her. Die Leute grinsten.

Als Folke weitergehen wollte, trat er fast einem Fremden auf die Füße, der ihm aufdringlich ins Gesicht starrte und dann auf einmal größtes Interesse für den Jungen zeigte. Folke konnte sich von dem unangenehmen Gefühl nicht freimachen, daß er zuerst selber unter Beobachtung gestanden hatte. Das Gesicht des braunhaarigen Mannes war so unscheinbar, daß er es an der nächsten Ecke vergessen hätte, wenn ihm nicht etwas an ihm bekannt vorgekommen wäre. Aber er wußte nicht, was.

Hinter dem Knecht hatte ein Weinhändler sein Faß aufgestellt, und daneben stand zu seiner Überraschung der Franke – der vielleicht gar kein Franke war, von dem er aber angenommen hatte, er sei längst abgefahren. Der Händler strich mit zärtlichen Händen über seine Ware. Als Folke die Tuchbahnen sah, entschuldigte er ihn in Gedanken. Einer, der Tuche verkaufte, konnte nicht aussehen wie ein Waffenhändler.

Als er endgültig beschloß, weiterzugehen, rauschte Embla die Gasse zwischen den Ständen herab und nahm Kurs auf den Tuchhändler. Bei den Kleidern, die sie trägt, dachte

Folke, während er sich eilig davonmachte, sind wahrscheinlich sämtliche Tuchhändler zwischen Bergen und Miklagard ihre persönlichen Freunde.

Der Händler Swjatoslaw hatte gerade einen Kunden. Folke beschloß, einen Moment zu warten. Vielleicht hatte er Tordis gesehen. Die gewohnheitsmäßig umherspähenden Augen des Händlers entdeckten Folke rasch, und er winkte ihm zu, während er ohne Unterbrechung auf den Mann einsprach.

Der Kiewer trug an diesem Tag einen dünnen wollenen Oberrock, der ihm bis zu den Knien reichte, und darüber einen Gürtel, an dem Messer, Wetzstein und Waage hingen. Die breiten Klappen am Halsausschnitt waren mit blauer und gelber Seide in denselben Mustern bestickt wie die Mütze. Swjatoslaw sah aus wie ein fremdländischer Jarl, aber als Folke vom Wallabhang heruntergestiegen war, kam er ihm mit ausgestreckten Händen entgegen und begrüßte ihn überschwenglich wie einen verloren geglaubten Nachbarn.

Etwas verlegen entzog Folke sich den russischen Pranken. »Ist meine Frau bei dir gewesen?« fragte er langsam.

Der Kiewer warf die Arme auseinander. »Deine Frau allein bei mir? Ich wünschte, sie wäre! Ich hätte noch ein schönes Haarnetz für sie.«

Folke sperrte die Augen auf. Swjatoslaw hatte erstaunlich schnell Schwedisch gelernt.

Der Kiewer biß die Schneidezähne aufeinander und fluchte gleichzeitig in einer langen Kette von unverständlichen Worten, die in eine Art Singsang übergingen. Folke schwieg. Vermutlich hing die seltsame Anrufung mit dem Glauben des Kiewers zusammen, und er scheute sich, ihn dabei zu stören. Swjatoslaw schaukelte mit geschlossenen Augen von einem Bein auf das andere und umschloß mit der Hand fest den Anhänger, den er auf der nackten Brust trug. Erst als er wieder losließ, erkannte Folke eine Art Bärentatze, die als Mittelstück in einer Kette mit angespitzten Bärenzähnen hing. Er war völlig überrascht, als Swjatoslaw die Anrufung abbrach und in normalem Ton fragte: »Schönes Kind schon gemacht?«

»Vielleicht«, gab Folke verdutzt zu und ärgerte sich, als der Händler hemmungslos kicherte. Schon wollte er sich verabschieden, da kam ihm eine Idee. Er packte den Kiewer am Ärmel und zog ihn hinter seine eigenen Auslagen. Swjatoslaw, der merkte, daß es sich um Vertrauliches handelte, nötigte Folke auf einen flauschigen tiefroten Teppich. »Hör zu«, befahl Folke, nachdem er seine Beine nach dem Vorbild des Händlers eingefaltet hatte. »Ich bekam durch Zufall eine vergoldete Schulterfibel mit kleinen Menschenköpfen und anhängenden Spiralen. Eine einzige, verstehst du? Ich möchte jetzt eine zweite davon kaufen, weil meine Frau sie sonst nicht gebrauchen kann. Hast du solche?«

Der Kiewer zwirbelte das eine Schnurrbartende zusammen, bis es dünn wie eine Angelschnur neben seinem Mundwinkel herunterhing. Die hellen Fältchen in seinen Augenwinkeln verschwanden, als er in gedämpfter Lautstärke eine Gegenfrage stellte. »Männer- oder Frauenköpfe?«

»Männer«, antwortete Folke fest und behielt den Mann im Auge.

Aber Swjatoslaw zuckte die Achseln. »Wenn Frauenköpfe: vielleicht Tjodolf Birkagoldschmied. Ich nicht.«

Folke nickte, ohne sich seine Überraschung anmerken zu lassen. »Solltest du zufällig eine angeboten bekommen, so wäre ich interessiert ...« Während er aufstand, entging ihm der eigenartige Blick, den ihm der Händler zuwarf, und einen Augenblick später hatte Swjatoslaw wieder sein übliches Lachen auf den Lippen. Folke hob grüßend die Hand und schlenderte davon.

Während er den Markt nach den Frauen durchkämmte, dachte er über Swjatoslaws Bemerkung über die Fibeln mit den Frauenköpfen nach. Diese unförmigen Kugeln auf Tjodolfs Fibeln waren unbestimmbaren Geschlechts, ja, eigentlich noch nicht einmal als Köpfe zu erkennen. Warum also hatte Swjatoslaw ausdrücklich auf Frauenköpfe hingewiesen? Vielleicht hatte Tjodolf früher schönere Fibeln gegossen und machte mittlerweile nur noch schnelle Massenware, Kopien von abgeschliffenen Kopien? Oder waren die Fibeln in Tjodolfs Regal nur der Ausschuß gewesen? Fragen über Fragen. Aber als er alles verworfen hatte, was zunächst nebensächlich schien, blieben nur zwei Fragen übrig, die wirklich wichtig waren: Warum hatte Tjodolf geschwiegen, und was wußte der Kiewer?

Ohne es zu wollen, war er am Südende des Marktes angekommen. Vor dem Burgwall war eine Plattform aufgebaut, auf der die Sklaven zur Schau gestellt werden sollten; noch hatte ihr Verkauf nicht angefangen. Vorerst standen sie neben dem erhöhten Holzgestell in zusammengeketteten Gruppen. Manche waren nur ein Häufchen Elend: Not hatte sie in die Abhängigkeit von großen Herren gebracht. Sie würden keine hohen Preise erzielen und wahrscheinlich im Land bleiben. Begehrt bei den Händlern aus dem Süden waren nur die gefangenen Krieger: Sie würden sie als Palastwache an arabische Kalifen weiterverkaufen oder gar an den christlichen Kaiser in Byzanz, der sie verschneiden lassen würde. Aus dem Augenwinkel besah sich Folke den Araber, der ein weißes Tuch um den Kopf trug. Der war einer von denen. Folke schüttelte sich bei dem Gedanken, daß ein Mann wie ein Schwein oder ein Bulle verschnitten werden konntc. Aus dem Süden war selten ein Verkaufter zurückgekommen und kaum einer als Mann.

Und dann entdeckte er plötzlich Embla vor sich. Sie flüsterte mit dem fränkischen Händler. Ihre Bekanntschaft schien sich doch nicht nur auf Tuche zu beziehen – aber zärtlich war sie auch nicht. Eine Geschäftsbeziehung. Und dann ging Folke auf, welche es war. Der Franke war Mittelsmann von Embla! Es waren ihre Sklaven, die jetzt als erste vorgeführt wurden, und es war seine Hand, in die der Araber die Münzen hineinzählte. Folkes Blick schweifte hinüber zu den Gefangenen: vermutlich Isländer oder Norweger, kräftige Leute, die gewohnt waren, Axt und Schwert zu schwingen. Sie versuchten ihre Ketten zu sprengen, als der kleine braunhäutige, adlernasige Käufer ihre Arme und Schultern betastete und nach einem kurzen Blick unter die Tuniken zufrieden nickte.

Folke wandte sich ab und bahnte sich gewaltsam seinen Weg durch die gaffenden und Angebote schreienden Sklavenaufkäufer. Er hielt es nicht mehr aus. Lieber ein verwahrlostes Boot als ein gutgenährter Sklave.

Danach zog er immer größere Kreise um die Marktstände herum, und schließlich befand er sich in der Straße von Tjodolfs Haus. Es war ihm recht. Die Frauen waren vermutlich auf einen Schwatz zu einer Nachbarin gegangen und längst nicht mehr auf dem Markt.

Als er durch die Hoftür trat, spürte er schon, daß etwas geschehen war. Die erste Magd, die ihm in den Weg lief, hielt er auf und befragte sie. Sie deutete schweigend ins Haus; er verstand nicht und rannte hinein.

Im Wohnraum brannte ein bullerndes Feuer und beschien flackernd den Rücken seiner Mutter, die vor einem der Betten saß. Neben ihr kniete Gunnhild und versuchte, die Hände und Füße der kleinen Halldis festzuhalten. Folke atmete erleichtert auf, weil es nicht Grane war, dem etwas passiert war, aber gleichzeitig packte ihn das Mitgefühl. Sie war doch auch noch ein Kind. Vor wenigen Stunden war das Mädchen ausgelassen herumgehüpft.

Jetzt waren Halldis' sonst runde rote Wangen eingefallen und bleich; ihre Arme und Beine zuckten, und über ihr Gesicht lief der Schweiß. Sie schien nicht genug Luft zu bekommen: Ihr Atem ging pfeifend – und stoßweise wie Träls Blasebalg, wenn Krampfanfälle kamen. Folke sah erst jetzt, welche Kraft Gunnhild aufbringen mußte, um Halldis zu bändigen.

»Ich kann dich ablösen«, bot er an und griff zu, während er sich nach Tordis umsah.

»Sie bereitet einen Trank zu«, antwortete Aasa auf die Frage, die er noch gar nicht gestellt hatte.

Im selben Augenblick betrat Tordis eilig den Raum, in der Hand eine irdene Schale, in der sie noch im Gehen mit einem Stößel stampfte und rieb.

»Was ist passiert?« fragte Folke.

Gunnhild und Tordis überließen Aasa die Antwort, weil sie als weise Frau am besten über Leben und Tod Bescheid wußte. »Du siehst es selber«, antwortete Aasa mit bekümmertem Gesicht. »Viel mehr weiß ich auch nicht. Auf dem Markt wurde Halldis plötzlich schlecht, und das Erbrechen setzte noch auf der Straße ein. Bis wir hier ankamen, hatte sie sich fast völlig entleert. Aber das scheint nicht einmal das Schlimmste zu sein. Jetzt schüttelt sie sich, als wollte sie das Fleisch von ihren Knochen lösen.«

Gunnhild, die fortwährend zwischen Entsetzen und Angst hin- und hergerissen wurde, krallte ihre Hand in den Arm ihrer Verwandten. »Ich lasse die Sklaven nicht an Bier und Met heran, das mußt du mir glauben, und die ganz jungen Mädchen schon gar nicht. Halldis am allerwenigsten.« Ihre Verteidigung endete mit einem kleinen Schluchzer.

»Nein, Gunnhild«, sagte Aasa sanft, »es macht dir niemand einen Vorwurf. Ich glaube nicht, daß Halldis zuviel gegessen oder getrunken hat. Sie war ja auch von Sonnenaufgang bis Mittag mit uns zusammen. Wenn sie bei Tjodolf zurückgeblieben wäre, dann vielleicht ...«

Um Gunnhilds Mund zuckte es bitter. Es war ihr nicht recht, daß Aasa ihren Mann in Verdacht hatte, junge Mädchen zum Trunk zu verführen, aber sie hatte ihn trotz verwandtschaftlicher Gefühle nüchtern beurteilt. Die Hausfrau blickte ein wenig traurig zu Aasa hinüber, die ihr tröstend die Hand auf die Schulter legte.

In diesem Moment bäumte Halldis sich auf, und Folke warf sich über sie. Auch Gunnhild sprang auf und mühte sich mit Halldis' Füßen ab, die bereits einen langen Riß in das Unterfell getreten hatten. Der Krampfanfall war schnell zu Ende. Folke lockerte seinen Griff und behielt Halldis im Auge. Es war ihm unbegreiflich, daß sie solche Bärenkräfte entwickeln konnte.

»Das war der vierte Anfall«, zählte Aasa flüsternd. »Sie hält das nicht lange durch, sie ist zu jung und zu mager.«

Entsetzt sah Folke seine Mutter an. Er hatte den Herzschlag hart unter den Rippen von Halldis fühlen können, aber bis dahin hatte er nicht gewußt, daß die Dicke der Speckschicht eines Menschen über Leben und Tod entscheiden konnte. »Kannst du denn nichts tun?«

Aasa wirkte unsicher. In ihre Fürsorge mischte sich zunehmend Angst. Sie hatte diese Krankheit noch nie bei Mensch oder Tier gesehen. »Ich weiß nicht, womit ich Halldis helfen könnte«, gab sie zu. Unterdessen zog sie die Schüssel, in der Tordis ein schwärzliches Pulver gemahlen hatte, zu sich heran und nickte ihr zu. »Gieß die Magsamen mit ein wenig Wein auf.« Und zu Folke gerichtet fuhr sie nachdenklich fort: »Es ist ein Versuch, mehr nicht. Ein wenig erinnert es mich an eine Vergiftung mit Fingerhut...«

»Du gibst doch sonst Milch«, schlug Folke hilfreich vor. »Die braune Ziege mit dem großen weißen Fleck an der Seite hatte ein ganz pralles Euter, als ich in den Hof kam. Soll ich...?«

Aasa schüttelte sofort den Kopf. »Nein. Bei dieser Art von Krämpfen gebe ich keine Milch. Das wäre nicht gut. Gunnhild hat schon eingewilligt wegen des Weins.«

Die Hausfrau hatte die Fäuste an den Mund gepreßt und ließ den Blick nicht von Halldis. »Nimm, soviel du willst«, sagte sie mit Tränen in den Augen. »Und was du willst.«

Tordis hatte den Trank fertig gemischt. Folke richtete das Mädchen auf, nachdem der nächste Krampfanfall vorüber war. Als sie Halldis die Lippen vorsichtig öffneten, mußten sie den Heiltrank in schaumige Blasen hineintröpfeln, die den ganzen Mundraum ausfüllten. So sehr sie sich auch abmühten, bekamen sie nicht mehr als zwei Nußschalen voll zwischen die Zähne der Kranken. Sie mußten schon damit zufrieden sein, daß sie wenigstens diese geringe Menge schluckte.

Kurz danach kamen die Krampfanfälle etwas schwächer, dafür öfter. Aasa hörte auf zu zählen und beobachtete Halldis' braungebrannte Beine. Sie mußten nicht mehr festgehalten werden, aber sie begannen zu zittern wie ein frischgeschorenes Schaf.

»Bedeutet das etwas?«

Aasa hob ratlos die Schultern, ließ sich von Tordis Bucheckernöl in die offenen Hände träufeln und massierte Halldis' Waden sanft, und sie gab auch nicht auf, als die Wirkung nicht sofort eintrat. Der wahre Heilkundige zeigt sich darin, daß er sich weder von der allzu schnellen noch von der ausbleibenden Wirkung beirren läßt. Gunnhild, die das wußte, war bei aller Angst um Halldis dankbar, daß ihr Schicksal in Aasas Händen lag.

Nach einer Weile fand Aasa, daß die Kräfte eines Mannes nicht mehr nötig seien und schickte Folke fort.

Folke zog sich mit Tjodolf zum abendlichen Schwatz in die hinterste Ecke des Hauses zurück. Aber Fröhlichkeit kam nicht auf, obwohl Tjodolf den Bierbecher überhaupt nicht aus der Hand ließ. Stocknüchtern fuhr er ein ums andere Mal aus seinem Sitz in die Höhe und fragte, wie es Halldis gehe.

»Unverändert.« Aasas Antwort blieb die gleiche, aber ihre Stimme wurde mit jeder Frage hoffnungsloser.

Die Männer gingen wie immer zu Bett. Da Gunnhild das Feuer nicht löschte, hatten die Frauen wohl vor aufzubleiben, aber sie sprachen nicht darüber, so wie Frauen, die über Tod und Leben zu wachen haben, stets ein Geheimnis zu bewahren scheinen.

Als Folke am Morgen aufwachte, war Halldis tot und ihr Leichnam schon aus dem Haus gebracht. Nach dem schweigsamen Morgenmahl verzog sich Folke nach draußen. Während er noch unschlüssig im Hof stand, hörte er hinter sich Aasas leisen Schritt. Sie schob ihn auf die Straße hinaus, und jäh überkam Folke das Wissen, daß es um Halldis ging.

»In nichts haben die Christen recht«, begann Aasa, und während sie durch einen Transportkarren getrennt wurden, der von einem sehr bedächtigen Ochsen gezogen wurde, fragte sich Folke, was jetzt wohl kommen mochte. Seiner Mutter würde es immer schwerfallen, den Christen recht zu geben, gleich in welcher Beziehung. Der Karren rumpelte vorbei. »... und darin auch nicht«, fuhr Aasa in eigensinnigem Ton fort: »Die Menschen sind nicht gleich. Noch nie habe ich jemanden sterben sehen wie Halldis.«

Folke war nicht sonderlich überrascht. Mutter Aasa machte sich immer mehr Gedanken als andere. »Daß du bei der zweiten Toten innerhalb weniger Tage fast die gleichen Worte verwendest, finde ich aber schon merkwürdig.«

Aasas Gestalt erbebte. Ihr Blick ging ins Leere über Folkes Schultern, und ihre Fingerspitzen glitten nervös auf der Bordüre ihrer Tunika auf und ab, ohne daß sie es bemerkte.

»Mutter, ist etwas?«

Aasa kehrte mit einem verhaltenen Seufzer in Folkes Welt zurück. »Ich hatte Embla vorübergehend aus dem Sinn verloren. Und du weißt gar nicht, wie sehr deine Bemerkung zutrifft, mein Sohn.« Aasa verlagerte ihr Gewicht, um mit dem Fuß gedankenlos einen Lehmklumpen einzuebnen, während Folke ungeduldig wartete. Zuweilen hatte er das Gefühl, nicht mit seiner Mutter Aasa, sondern mit der weisen Frau vom Bärenhof zu sprechen. In solchen Momenten spürte er große Ehrfurcht. Nichtsdestotrotz konnte es zuweilen lästig sein. Er schnaufte ganz leise. Aasa blickte plötzlich auf und lächelte ihn an. »Komm, wir werden uns überzeugen.«

Mit beinahe jugendlicher Geschwindigkeit eilte sie durch das Tor zurück. Sie rannte am Haus vorbei auf den Hinterhof. Folke sah schon von weitem, daß jemand die Bohlentür des Lagerschuppens, die sonst wegen des überstehenden Daches auch bei Regen aufbleiben konnte, geschlossen hatte. Während er sie aufstemmte, hörte er über die Stille im Hof hinweg das leise Knarren der Werkstattür. Aber als er sich umdrehte, war niemand zu sehen, auch die Werkstattür war geschlossen, und nicht einmal das Schmiedefeuer flackerte in der kleinen Wandöffnung.

Folke gab sich einen Ruck und trat ein.

Die Frauen hatten das Mädchen für ihre Fahrt zu Hel schon fertiggemacht. Auf einem Brett lag flach ausgestreckt ihr Leichnam. Die Füße waren von der Wolldecke unbedeckt geblieben. Folke sah staunend, daß sie Lederschuhe trug, wahrscheinlich die ersten ihres Lebens.

»Gunnhild hat sie liebgehabt wie ihre eigene Tochter«, erklärte Aasa leise und zog die Decke beiseite.

Folke nickte bedrückt und wußte immer noch nicht, was seine Mutter hier wollte. Aber was sie auch vorhatte: Gunnhild würde es nicht recht sein. Sie hatte das junge Mädchen mit allem ausgestattet, was sie für ihr Weiterleben benötigte, sogar mit den Webbrettchen, die erstmals mit silbernen Drähten statt mit Wolle bestückt waren. »Ist sie ...?«

Aasa nickte. »Sie ist eine freie junge Frau seit heute morgen. Sie wird im Sippengrab eingehügelt. Wir haben ihr Mund und Augen zugedrückt, aber viel hat es nicht genutzt. Ich weiß nicht, ob ihr hugr hinausgefunden hat ...«

Folke sah es selbst. Halldis war steif, aber in einer schrecklichen Art und Weise, und sie erinnerte ihn in allem an die tote Embla. »Wolltest du mir das zeigen?«

Aasa schüttelte den Kopf. »Halldis wird uns selbst etwas zeigen, hoffe ich.« Unter den Augen ihres erstaunten Sohnes streifte sie Halldis das Hemd von den Schultern. Dann beugte sie sich hinunter und prüfte nüchtern wie ein Sklavenhändler die Haut, Stück für Stück von den Achseln bis zum Ansatz des kleinen Busens. Endlich richtete Aasa sich wieder auf, aber sie war sichtlich enttäuscht.

»Was suchst du, Mutter?« fragte Folke zögernd.

Aasa wurde plötzlich von Zweifeln befallen. »Nach einem Stich«, antwortete sie leise, »wie von einer Biene oder Wespe oder Hornisse ...«

»Hm«, brummelte Folke. Ihm war nicht wohl bei der Sache. Wenn Halldis frei war, würde Hel sie holen kommen, hoffentlich nicht gerade jetzt. Fast gegen seinen Willen beugte er sich vor und betrachtete Halldis' rechten Arm, der mit geballter Faust ausgestreckt neben ihr lag. Dann zeigte er auf einen roten Flecken mitten auf dem Daumenballen. »So etwa?«

Aasa hatte trotz ihres Alters noch gute Augen. Sie wußte sofort, daß es das war, was sie gesucht hatte: eine verwaschene Rötung und mitten darin ein blauschwarzer Einstich. »So etwa. Genau so. Laß uns jetzt gehen. Ich wollte nur das wissen.« Aasa deckte Halldis sorgfältig zu, und Folke, dem es nun nicht schnell genug gehen konnte, wartete mit der Unterlippe zwischen den Zähnen an der Tür. Er verriegelte sie sorgfältig, bevor er fragte: »Was hat das zu bedeuten? Du verschweigst mir etwas!«

Nebeneinander gingen sie durch den immer noch stillen Hof, auf dem sich kein Sklave und kein Huhn zeigte. Die Hühner herauszulassen und zu füttern war Halldis' Aufgabe gewesen.

»Nein«, sagte Aasa endlich. »Unnütz schwatzen bringt Unglück. Und solange nur ein Ding von zweien sichtbar ist, kann man keinen Zusammenhang sehen.«

»Jetzt aber gibt es anscheinend zwei Dinge und auch etwas zu bereden. Nicht, daß ich wüßte, was das ist. Aber du wirst es mir nun gleich sagen.« Folke führte seine Mutter einfach zum Tor hinaus, und sie schlugen den Weg zum Hafen ein.

Aasa, die Folke nicht nur als Sohn liebte, sondern auch als Verbündeten schätzte, zögerte immer noch; möglicherweise waren ihre Schlußfolgerungen zu schwer für eine leichtgewichtige Sache. Vielleicht hätte sie ihre Beobachtungen noch für sich behalten sollen. Es kostete sie auch Überwindung zuzugeben, daß eine Fahrt zu Verwandten von seltsamen Todesfällen überschattet sein sollte. Aber es war zu spät. Folke würde nicht lockerlassen, bis er alles wußte. »Die Freigelassene Embla starb einen seltsamen Tod, ich sagte es dir schon. Ich hatte große Mühe, ihre verrenkten Knochen in die Reihenfolge zu bringen, die Hel bei ihren Dienerinnen erwartet. Dabei entdeckte ich zufällig die Spur an ihrer Brust.«

»So wie bei Halldis?«

»Ja, so ähnlich. Zuerst dachte ich an einen Schlangenbiß, weil sie im Wald gefunden wurde ...«

»Oder an einen Pfeil«, warf Folke ein.

Aasa schüttelte den Kopf. »So dünne Pfeile kenne ich nicht. Nein, ich meinte wirklich einen Schlangenbiß ...«

Folke verstand endlich. »Aber dann war da nur ein Loch und nicht zwei.« Bei sich dachte er, daß der Biß sehr wohl eher einem Pfeilschuß als einem Schlangenbiß ähnelte, obwohl er nicht dicker als ein Rosenstachel gewesen sein konnte.

»Ja. Außerdem war sie, soviel ich hinterher in Erfahrung bringen konnte, eine Frau mit Verstand und Mut. Ein Messer hatte sie bei sich. Gewiß hätte sie den Biß aufgeschnitten und ausbluten lassen ...«

Folke beschleunigte den Schritt und zwang seine Mutter, ihm zu folgen. Der Hafen öffnete sich vor ihnen, und einem Hafen konnte er nicht widerstehen, was immer sonst geschehen mochte.

»Andererseits war Halldis den ganzen Morgen bei Gunnhild und mir. Einer Schlange wird sie mitten in der Stadt kaum begegnet sein«, ergänzte Aasa atemlos.

Folke, der mit den Augen einem Schiff folgte, das gerade aus dem Hafentor gerudert wurde, was ihn aber nicht hinderte, in Gedanken dem Köder zu folgen, den Aasa ausgelegt hatte, faßte knapp zusammen, was sie gesagt und was sie nicht gesagt hatte: »Und nun glaubst du zu wissen, daß es Bisse waren, und sie waren tödlicher als die einer Kreuzotter.«

Aasa fuhr zusammen, als sich unter ihrem Fuß etwas bewegte; aber es war keine Schlange, sondern ein dickes Tau, das auf einen breiten Knorr zukroch. An seinem anderen Ende stand ein gutmütig grinsender Riese, dessen Zunge zu schwerfällig war, um eine vornehme Frau anzusprechen. Sie lächelte ihm freundlich zu und trat beiseite, während der Seemann das Tau erleichtert zu sich hin rauschen ließ. Und dann gingen Aasas unruhige Gedanken zurück zum Nachmittag, als Halldis' Krankheit begonnen hatte. »Ich hätte sie vielleicht mit einem Zwiebelumschlag retten können, wenn ich da schon an einen Biß gedacht hätte«, meinte sie und wußte selber nicht, ob es wahr war. Sie zog ihren weichen Umhang dichter über der Brust zusammen. Entweder ließ der scharfe Wind sie frieren oder der Gedanke an ein beißendes Tier, das womöglich wie Odins Wolf Freki gierig auf weitere Beute lauerte. Aber solche Gedanken wollte sie um keinen Preis laut aussprechen.

Und dann sagte Folke: »Hoffentlich werden nicht noch mehr Frauen gebissen.«

Oder Männer oder Kinder, dachte Aasa und konnte ihr aufsteigendes Entsetzen kaum verbergen.

Lokis Blutsbrüder

9

Zu viele Fibeln

Als Folke und Aasa wieder das Haus betraten, war es so still wie zuvor. Gunnhild räumte auf, Tjodolf war nicht zu sehen.

»Ich helfe dir«, bot Aasa an.

Gunnhild sank unter ihrer teilnahmsvollen Stimme weinend auf ein Bett. »Als Kleinkind habe ich sie gekauft«, schluchzte sie, »aber das habe ich vergessen und sie erzogen wie meine Tochter.«

Aasa umarmte ihre Verwandte; zu Gunnhilds Kummer kam hinzu, daß sie keine eigenen Kinder bekommen hatte.

»Sie war so geschickt in allem; ich lernte sie gerade am großen Webstuhl an.«

Folke zog sich lautlos in den Nebenraum zurück. Halldis hatte meistens fleißig gearbeitet; sie hatte die Wollstränge mit den kleinen Brettchen den ganzen Tag nicht vom Leib abgeknotet. Im Tod noch hatte sie das Webmaterial einer freien und angesehenen Frau erhalten. Deshalb auch war Gunnhild ihr gegenüber so nachsichtig gewesen.

»Es sollte nicht sein«, fuhr Gunnhild fort und suchte tränenblind nach einem Tuch. »Tjodolf hat mir einen goldenen Säugling angefertigt, den ich Freyja im Heiligtum von Uppsala geopfert habe, und auch ein Halsband ...« Sie umschloß fest die Meerniere, die an einer Kette um ihren Hals hing. »Aber es hat alles nichts geholfen, und meiner Halldis habe ich auch noch Unglück mit meinem hugr gebracht ...«

Aasa nickte still. Es würde Gunnhild jetzt im Moment nicht trösten zu wissen, daß es nicht ihr hugr gewesen war. Später würde sie es ihr sagen. »Du wirst dir ein neues Sklavenmädchen kaufen. Und was Halldis betrifft, so wirst du anfangen, dich auf das Zusammentreffen mit ihr im Hügel zu freuen, und ihr werdet später gemeinsam eurer Sippe raten und helfen, und sie wird endlich die Stellung einnehmen, die du ihr zugedacht hast. ›Die weise Gunnhild und ihre Tochter Halldis‹, werden sie sagen ...«

Gunnhild wollte es nicht hören. »Ein neues Mädchen werde ich mir nicht kaufen ... Tjodolf hat sich auch niemals einen neuen Jagdhund abgerichtet, nachdem der verschwunden war, den er so liebte.« Sie drehte das mittlerweile feuchte Tuch in ihren Händen zu einem festen Strick zusammen, den sie wieder auseinanderdrehte und dann auf den Knien faltete. »Er würde auch nie einen abgerichteten kaufen. Er glaubt, ich wüßte es nicht ...«

Folke hatte noch nichts davon gehört, daß Tjodolf jemals einen Jagdhund besessen hatte. Auf dem Hof strolchte nur ein kurzbeiniger Köter herum, dem man ebensooft auf der Straße begegnen konnte und der anscheinend niemandem gehörte. Dieser Hund war sicherlich kein geliebter Jagdhund.

»Wo ist Tjodolf überhaupt?« fragte Aasa.

Gunnhild seufzte tief und stopfte das Tuch in ihre Spangentasche. Dann stand sie mühsam wie eine alte Frau auf. »Ich weiß es nicht«, sagte sie.

»Nicht in der Werkstatt?« Aasa war überrascht.

»Wenn du mich so fragst, Schwägerin, so ist Tjodolf in diesem Sommer höchst selten in seiner Werkstatt.«

Aasa biß sich auf die Lippen. Ohne es zu wollen, hatte sie etwas angeschnitten, das besser ungesagt geblieben wäre. Gunnhild war jetzt so voller Bitterkeit, daß sie alles erzählen würde, was ihr auf der Seele lag, nur um sich selber zu quälen. Besser war es, in Gunnhilds Nähe zu bleiben, ohne sie zu Bekenntnissen zu veranlassen, die sie später bereuen würde. Aasa war dankbar, daß weder Tordis noch Folke im Raum waren. Sie stand auf, fing an, die Nachtlager aufzuräumen und behielt Gunnhild im Auge.

Gunnhild legte schweigend das Bärenfell zusammen, das sie über Halldis gebreitet hatte, als kurz vor dem Ende heftige Frostschauer über sie hinweggefegt waren. Sie legte den Kopf in den Nacken und atmete tief ein.

Aasa runzelte bekümmert die Stirn. Warum hatte sie sich nicht selber um diese Gegenstände gekümmert, die an die schrecklichen letzten Stunden erinnerten? Aber es war zu spät. Vorsorglich trat sie an Halldis' Lager, um wenigstens das zerrissene Rentierfell unauffällig zu entfernen.

Als sie mit behutsamen Bewegungen das Fell aus der Ritze zwischen der Brettkante und der Farnkrautfüllung zog, fiel ihr die Fibel vor die Füße, die Folke gefunden hatte. Und sie war offen! Wie leicht konnte sich jemand daran verletzen. Aasa blickte sich um. Gunnhild hatte nichts bemerkt, und das war gut so. Sie hätte es sicherlich nicht ertragen, an dem Mädchen nun auch noch zweifeln zu müssen.

Als Aasa nachdenklich in den Nebenraum hinüberging, um das Fell zu verwahren und ein anderes zu holen, erschrak sie zutiefst über den Schatten, der dort im Halbdunkel stand. Dann erkannte sie ihn. »Folke«, sagte sie ärgerlich, »wie kannst du mich so erschrecken!«

Ihr Sohn machte eine Grimasse und deutete mit dem Daumen in den Herdraum. »Ich konnte doch nicht hinaus«, murmelte er. »Was sollte ich denn tun?«

»Wenn es nur das ist«, sagte Aasa säuerlich und drückte ihm die Fibel in die Hand, »so kannst du dir überlegen, wie sie auf Halldis' Lager gekommen ist. Vor allem, wann du zuletzt auf diesem Platz gesessen hast. Das wird dich vielleicht eine Weile beschäftigen.«

»Nein, überhaupt nicht«, widersprach Folke. »Weder meinen Packsack noch die Fibel habe ich jemals dort liegenlassen, wo Halldis lag.«

»Du hast also nicht nur gelauscht, sondern uns auch noch heimlich beobachtet«, rief Aasa empört aus.

Folke legte beschämt den Finger an die Lippen, aber seine Mutter schüttelte den Kopf. »Gunnhild ist hinausgegangen – zu deinem Glück.«

»Gut«, sagte Folke und nahm seiner Mutter das Schmuckstück aus der Hand.

»Sie war wahrscheinlich neugierig.« Aasa, die immer das Gute suchte und in letzter Zeit immer öfter das Schlechte fand, konnte ihren Kummer nicht verbergen.

Wahrscheinlich glaubt sie selber nicht daran, dachte Folke und runzelte die Stirn. Dann schloß er die Fibel mit einer Kraft, die auch ausgereicht hätte, seinen Bogen bei der Jagd zu spannen. Und das Mädchen sollte es fertiggebracht haben, sie zu öffnen? Eigentlich war es unmöglich. Tordis hatte er helfen müssen. Konnte das Mädchen sich vielleicht dabei verletzt haben? »Ich glaube, ich weiß jetzt, welches Tier Halldis gebissen hat«, sagte er zögernd.

Aasa blickte auf die Spange und verstand ihn sofort. Eine Nadel würde den Stich erklären. Doch dann zögerte sie. »Und Embla? Nein, das kann wohl nicht sein.«

Folke betrachtete ratlos die Fibel. »Aber es hätte sein können. Wenn sie nun vergiftet wäre!«

»Ach, Folke«, sagte Aasa, nur wenig belustigt. »Jetzt tragen dich deine Vermutungen wieder einmal auf Huginns Schwingen fort. Ich weiß, daß die Franken Gesetze erlassen haben gegen Männer, die mit Gift an Stichwaffen töten.

Glaubst du nun, daß bei uns Gesetze notwendig werden gegen Frauen, die mit Fibeln vergiften?«

»Wer weiß«, sagte Folke eigensinnig, aber seine Mutter hatte den Vorratsraum bereits verlassen und hörte es nicht mehr.

Folke überlegte, wen er fragen könnte. In dieser ganzen großen Stadt kannte er nur seine Verwandten, die als mögliche Quellen für Auskünfte über geheimnisvolle Dinge gleich ausfielen: Tjodolf, der nicht einmal über seine eigenen Fibeln Bescheid wußte, und Gunnhild, die mit ihrer Trauer genug zu tun hatte. Dag, der Wikgraf, der Mann für das Grobe, der allem aus dem Wege ging, was nicht zu seiner Arbeit gehörte, und Erling, der mit einem Vers aus seinem großen Schatz von Dichtung antworten würde, kamen auch nicht in Frage.

Dann fielen ihm die Händler ein. Sie hatten die größte Erfahrung mit Fremdländischem. Mit frischem Mut stieß er sich von der Wand ab, an der er seinen schwitzenden Rücken gekratzt hatte, und ging hinaus.

Im Hof kniete Aasa neben einem ihrer Kräuterkörbe und suchte für ein kleines Mädchen einen Strauß heraus; neben ihnen saß der Köter und lauschte mit gespitzten Ohren. Vermutlich war er froh, wenn er nicht fortgejagt wurde. Die Nachfrage nach Aasas Heilmitteln stieg rasch: Es sprach sich herum, wenn eine heilkundige Frau in der Stadt war. Folke winkte ihr nur zu, um sie nicht zu unterbrechen, während sie dem Mädchen Anweisungen erteilte. Dann verließ er den Hof.

Der Franke war sicherlich schon abgereist. Die größeren Händler tätigten ihre Geschäfte vor und während des größten Besucherstroms. Was in den Geldbeuteln dann noch übrig war, räumten die kleinen Krämer ab. Allerdings war der Kiewer so undurchschaubar, daß Folke nicht einmal wußte, ob er ihm zu den großen oder den kleinen Händlern zählen sollte. Aber er würde es wenigstens versuchen. Im Eilschritt machte Folke sich auf zum Markt.

Embla hatte sich bisher mit Käufen zurückgehalten. Es gab nicht viel, womit Birkas Markt sie nach Lundenvik und Haithabu noch überraschen konnte. Zudem war sie von der Organisation des Sklavenverkaufs sehr in Anspruch genommen worden: Neue Kleidung für die Männer hatte beschafft werden müssen, Vorabsprachen mit Interessenten waren getroffen und die Übernahme des Geldes ausgehandelt worden; für alle möglichen Fälle und Zwischenfälle hatte ihr Mittelsmann genaue Anweisungen erhalten. Es war Emblas Gewohnheit, nicht mehr in Erscheinung zu treten, wenn es erst soweit war; um so umfangreicher war ihre Planung.

Emblas Interessen beschränkten sich keineswegs auf den Sklavenhandel; nun, nach Hochzeitsfeier und Sklavenverkauf, konnte sie sich endlich anderen Dingen widmen.

Die Wegbeschreibung ihrer vertrauten Sklavin im Kopf, verließ sie zügig die Stadt in Richtung Koggenhafen. Sie nickte hochmütig, als der Posten am Tor sie freundlich mit ihrem Namen begrüßte.

Im Koggenhafen genügte ein herrisches Winken, um den Knecht des fränkischen Händlers in sein Boot zu scheuchen und aus Leibeskräften an Land rudern zu lassen. Embla konnte man in dieser Gegend mit keiner anderen Frau verwechseln; das wußte sie, und der Franke wußte es ebenso.

Als sie über eine Leiter aus Tauwerk und Holzsprossen über die Bordwand gestiegen war, reichte ihr der fränkische Händler die Hand. »Hier entlang, Herrin«, murmelte er. »Du solltest dich an Deck besser nicht sehen lassen.«

Embla nahm seine Hand nicht, aber sie folgte ihm zum

Achterschiff, wo der Schiffseigner eine winzige Kammer besaß, die hauptsächlich durch die Ruderpinne ausgefüllt wurde.

Nachdem der Kaufmann seinen Gast auf einer Schiffstruhe zum Sitzen genötigt hatte, holte er eine Schatulle aus einer Ecke hervor. Embla lehnte sich kaum an die Truhe, es war ihr hier, im Bauch eines Schiffes, unbehaglich. Mit abweisendem Blick folgte sie seinem Tun, und dabei lauschte sie den Geräuschen des Schiffes, dem Gluckern des Wassers und dem Murmeln der Männer, die sie an Deck nicht gesehen hatte.

Der Kaufmann hatte inzwischen in seinem Wachstafelbuch nachgeschlagen, dann eine Weile leise gerechnet. »Du bekommst zehnmal ein halbes Pfund Silber«, sagte er, »ich selber behalte zehn vom Hundert, wie abgemacht, und zahle dir deinen Gewinn in Darahim aus. Der Araber hat am Ende doch mehr als der Geizkragen aus Bolgar geboten. Ist dir das recht?«

Embla nickte gleichgültig. Ihr war die Zukunft stets wichtiger als die Vergangenheit. »Hast du meinen Auftrag jetzt endlich erfüllt?«

Der Kaufmann wickelte die Münzen in einer Lederhaut ein und wischte sich verstohlen die Stirn. »Ja«, sagte er und konnte ein leises Stöhnen nicht unterdrücken.

Embla bemerkte erst jetzt, daß der Kaufmann angeschlagen schien. »Die Nachricht ist erfreulicher als dein Anblick.«

»Das gebe ich zu, Herrin. Euer nordischer Met bekommt mir weniger als unser Wein.«

Embla lächelte spöttisch. »Er scheidet starke von schwachen Männern.«

Das kann gut sein, dachte Heriward mit vor Kopfschmerzen wäßrigen Augen, seltsam nur, daß so mancher metfeste Nordmann durch Wein schnell gefällt wird. Aber er widersprach Embla nicht: Es gab bessere Methoden, mit ihr auszukommen. Das war das Geheimnis seines langjährigen kaufmännischen Erfolges bei ihr.

Embla betrachtete den Händler mitleidslos. Es konnte sein, daß seine Beschwerden vorgetäuscht waren. Sie kannte ihn gut. Er war schnell wie eine Blindschleiche und brauchbar für alle Dienste – nur war sie sich manchmal nicht sicher, in wessen Dienst er gerade stand. »Dann hol es«, forderte sie, weil er keine Miene machte, sich zu erheben. Zusammengesunken wie ein alter Mann in der Frühjahrssonne schien er ihre Anwesenheit vergessen zu haben. »Ich möchte schnell wieder in das Haus meines Mannes, wie du dir denken kannst.«

Heriward sah sie an und lächelte verzerrt: »Ich muß dich enttäuschen«, sagte er ruhiger, als er innerlich war. »Ich konnte es noch nicht abholen; ich wurde jedoch benachrichtigt – ich meine, ich habe mich davon überzeugt, daß alles zu deiner Zufriedenheit ausgeführt wurde.«

»Meine Zufriedenheit«, fauchte Embla, die in diesem Moment den Grund für seine Hinhaltetaktik begriff, »hätte damit begonnen, daß ich es in meinen eigenen Händen halte! Heute – wie abgemacht! Aber für Zufriedenheit ist es zu spät, die kannst du nicht mehr retten. Vielleicht noch deinen Ruf«

Heriward erbleichte, soweit ihm das noch möglich war. »In zwei Tagen«, sagte er hastig, und es war halb Bitte, halb Versprechen. »Du bekommst es übermorgen, ganz bestimmt.«

»Übermorgen«, wiederholte Embla in schneidendem Ton.

Selbst dem Knecht, der am Schott wartete, gefror das Blut in den Adern. Als er Embla an Land zurückruderte, hatte er Mühe, einen gleichmäßigen Ruderschlag einzuhalten.

Viele Händler waren mit Packpferden und Kiepen in den Straßen unterwegs zu den Schiffen und Fähren. Folke begann zu ahnen, daß er womöglich zu spät kam.

Zu seiner Erleichterung war der Russe noch dort, obwohl sich der behelfsmäßige Marktplatz schon weitgehend geleert hatte. Zurückgeblieben waren Haufen von Unrat, Pferdeäpfel und Kuhdung, zerrissene Schnüre und zersprungene Töpfe, und überall zertrampeltes Gras. Nur in einer Ecke lagerten noch die Händler aus Lappland.

Swjatoslaw war nicht weniger prachtvoll gekleidet als am Vortag – seine Reisekleidung konnte das nicht sein. Folke bremste seinen Lauf zu seinem gewohnten langbeinigen, schnellen Schritt ab.

Der Kiewer empfing ihn mit einem breiten Lächeln und weit offenen Armen, bereit, dem jungen Mann, der so oft zu ihm kam, Freundschaft und Aufmerksamkeit zu schenken. Folke aber starrte über seine Schulter hinweg auf Embla, die eben die Stadt durch das nördliche Tor betrat. Er war vor Überraschung völlig wehrlos, als Swjatoslaw ihm beide Wangen küßte. Der Händler forderte ihn auf, sich zu setzen und bot ihm ein honigsüßes Gebäck an; währenddessen sprachen sie beide nicht.

»Ich will dich etwas fragen«, sagte Folke dann, damit sich der Russe kein Geschäft ausrechnete.

Swjatoslaw zupfte lächelnd an seinem Bart und nickte. Dies war nicht der Tag für Geschäfte. »Ratschläge, mein Freund, sind unbezahlbar. Du sollst sie heute kostenlos haben.« Er sah gleichmütig zu, als Folke seinen Beutel hervorzog und öffnete.

Folke wunderte sich kurz, weil Freundschaft bei Wikingern nicht auf dem Markt verschenkt wurde, dann bemühte er sich vorsichtig, die Nadel zu öffnen, ohne sich zu stechen, und hielt dem Händler die offene Spitze vor das Gesicht. »Du bist weit herumgekommen. Hast du schon mal davon gehört, daß man eine Nadel vergiften kann?«

Swjatoslaw, die Hände auf den Knien, blickte die Fibelrückseite starr an und preßte die Zähne zusammen. Erst nach einer Weile brachte er sie mühsam auseinander. »Verkaufen?«

»Nein«, erklärte Folke geduldig, »ich will nicht verkaufen, dich nur fragen. Verstehst du? Ob du ein Gift kennst.« Er bemühte sich, ihm in einfachen Worten verständlich zu machen, was er wissen wollte.

Aber der Russe hatte offenbar auf einmal sein Verständnis für die einfachsten Worte abgelegt. Folke ließ die Fibel auf seine Knie sinken und stieß die angehaltene Luft aus. Während er den Kiewer ratlos ansah, fuhr ihm durch den Kopf, daß der Mann ihm mit jedem Markttag fremder wurde. Warum, zum Beispiel, nahm er die Fibel nicht in die Hand? Er hatte noch keinen Händler erlebt, der nicht zuerst anfaßte und prüfte, bei solchem Material auch biß. Aber kaufen wollte er.

Während neben ihnen Packpferde wieherten, Transportkästen geschleppt und Körbe gewuchtet wurden, saßen Swjatoslaw und Folke wie auf einer einsamen Insel und starrten sich an. Allmählich beschlich Folke der Verdacht, daß seine Gedanken wirklich Irrwege gingen, wie Aasa gesagt hatte. Mitten im Marktgetümmel schienen sie so unwichtig ...

Und doch gab es Ungereimtheiten, die er nicht auflösen konnte. Wenn sich ein Mann mit seinem Messer verletzte, dann war es die linke Hand oder das linke Bein. Bei Frauen konnte das nicht anders sein. Halldis aber hatte den

Stich am rechten Handballen gehabt. Vielleicht war es doch ein Pfeil gewesen. Er atmete tief ein. »Hast du so eine Fibel schon einmal gesehen?« erkundigte er sich entschlossen.

Der Händler brummte vor sich hin, und seine Augen wichen Folkes forschendem Blick aus. Folke gab nicht nach. Endlich nickte Swjatoslaw widerstrebend.

Ein Funke von Hoffnung glomm in Folke auf. Er beugte sich vor. »Ist es eine Frauen- oder eine Männerfibel?«

»Für Frauen«, antwortete Swjatoslaw ruhig. »Bei Finnen Spirale nur für Frauen.«

Endlich hatte er eine klare Antwort. Folke zweifelte nicht daran, daß der Händler in diesem Punkt genau Bescheid wußte. Aber Erling hatte auch eine eindeutige Auskunft gegeben. Eine genau entgegengesetzte.

Während Folke nachdachte, hatte der Russe sorgfältig seinen Rock zugeknöpft. Dann stülpte er sich seine kegelförmige Mütze auf und begann den Teppich zusammenzurollen, obwohl Folke noch daraufsaß. Aus dem Nichts tauchte der krummbeinige Mann mit den schrägen Augen auf und blieb lauernd neben Swjatoslaws Kiepe stehen. Folke wußte nun endlich, daß der Mann sich als Wächter der russischen Schätze betätigte.

Verwundert verfolgte Folke, mit welcher Hast Swjatoslaw die wenigen Waren, die er noch ausgelegt hatte, in Tücher und Felle einschlug und verstaute. Der Wächter rührte keine Hand.

»Warte!« rief Folke barsch und streckte die Hand aus. Unter den Sachen, die Swjatoslaw einpackte, war ein Beutel, dessen Verschnürung ihm seltsam bekannt vorkam. »Was ist das?«

Swjatoslaws Augen irrten fieberhaft umher, er suchte nach einem Ausweg, doch schließlich gab er nach und holte das Säckchen heraus. Mit bebenden Fingern löste er den Knoten eines schmalen, auf Brettchen gewebten blauen Bandes mit goldgelber Kante.

Das Muster kannte Folke. Solche Bänder hatte Halldis gewebt. Als der Kiewer den Hals des Beutels aufzog, klirrte es leise, und Folke sah, was er schon geahnt hatte: Fibeln aus Tjodolfs Werkstatt. Er zog eine heraus und betrachtete die schön gearbeitete Bronzefibel auf seiner Handfläche. Sie hatte eine ordentliche Schließe, keine einzige Spirale, die Köpfchen waren deutlich als Frauenköpfe erkennbar, der Guß war bestens.

»So ist das also«, sagte Folke heftig. »Du verkaufst auch Fibeln mit Köpfen ...«

Der Russe riß ihm den Beutel aus der Hand. »Genug!« fauchte er, und der schlitzäugige Wächter schob sich an Folkes Seite. Swjatoslaw schnürte das Säckchen zu, ohne daß Folke sich rührte. Er hatte keinen Anspruch auf die Fibeln, noch nicht einmal auf Auskunft; jetzt nicht mehr, wo er den Beweis hatte, daß Tjodolf in die Sache verwickelt war. Aber eines interessierte ihn noch: »Willst du fort?«

Der Händler machte eine unbestimmte und beiläufige Geste über die Insel und das Meer.

»Hast du ein Boot?« Im Hafen hatte ein slawisches Schiff gelegen, aber er hatte es nicht mit dem Kiewer in Zusammenhang gebracht. Nichts an dem Mann sah seemännisch aus, er war ein Waldmensch, der sich im Freien nicht wohl fühlt. Und sein Begleiter gehörte in das kalte Grasland weit jenseits von Bolgar.

»Nein.«

Folke würde nicht mehr erfahren. Swjatoslaws Gutwilligkeit hatte mit der Geschwindigkeit einer zuschnappenden Fuchsfalle aufgehört zu existieren. Plötzlich hatte der Krummbeinige Pfeil und Bogen in der Hand und legte aus kürzester Entfernung auf Folke an. Der hölzerne Schaft war kurz wie ein Kinderspielzeug, aber das dreieckige Blatt würde Adern spielend aufschlitzen. Seine Adern. Folke nickte und zog sich langsam zurück. Dann drehte er sich um und hetzte den Häusern entgegen, die ihm mehr Schutz bieten würden als Krieger des Wikgrafen, die gerade nicht anwesend waren.

Swjatoslaw sah ihm finster nach und packte dann in großer Eile weiter, während sein Helfer die Waffen verschwinden ließ. Dann machten sie sich mit einem Abstand von zwei Pferdelängen auf den Weg. Mit gesenktem Kopf trottete der Russe die leichte Neigung hinab, und kein flüchtiger Beobachter hätte wahrnehmen können, wie sorgsam er seinen Weg sicherte, und auch nicht, daß er unauffällig durch einen bis an die Zähne bewaffneten Wilden geschützt wurde.

Im Hafen begann Swjatoslaw gewandt Verhandlungen um zwei Bootsplätze auf einem der ablegenden Schiffe.

Mutter Aasa war fort, als Folke zurückkam, und eine Magd erzählte ihm, daß sie zu der kranken Bodil gerufen worden war, der es jetzt schlechter gehe.

Tjodolf war wieder nach Hause gekommen. Er saß in sich gekehrt und mit trübem Gesicht am Feuer und ließ sich durchwärmen. Gunnhild hatte sich zu ihm gesetzt, und Folke ahnte, daß sie über Halldis gesprochen hatten. Scheu wollte er umkehren, aber sie ließen ihn nicht gehen. Wie auf dem Teppich des Russen wurde er gegen seinen Willen schon wieder genötigt, irgend jemandes Gesellschafter zu sein. Folke vibrierte vor innerer Unruhe.

Tjodolf und Gunnhild schwiegen. Der Goldschmied seufzte ab und zu in das Knistern der Holzscheite hinein. Er saß mit rundem Rücken auf einem Schemel, die Hände untätig zusammengefaltet zwischen den gegrätschten Beinen. Seine Trauer mußte groß sein, wenn er sie nicht im Met zu ertränken versuchte.

Folke war unbehaglich, und er suchte nach etwas, um die Situation zu entkrampfen. Endlich fiel ihm eine Frage ein. »Gibt es hier auf Birka Tiere, die tödlich beißen oder stechen? Schlangen oder Hornissen?«

Tjodolf sah mit blutunterlaufenen Augen auf. »Ich weiß, was du meinst. Hornissen habe ich im südlichen Danelag gesehen. Die gibt es hier nicht. Nur Kreuzottern. Aber sie sind selten tödlich. Meistens nur für ganz kleine Kinder oder wenn sie ins Innere beißen, in die Zunge zum Beispiel ...«

Tjodolf mußte reden. Folke merkte es und marterte sich den Kopf, womit er den Redefluß unterhalten konnte. Nur nicht wieder diese unerträgliche Stille aufkommen lassen. Aber nichts wollte ihm einfallen.

»Du solltest Embla etwas Besonderes schmieden, etwas Einmaliges, und als Geschenk verehren«, schlug Gunnhild leise vor. Folke schrak verwirrt auf, weil er im ersten Moment an die tote Freigelassene dachte. »Ask wird sich nicht mehr lange mit einem Platz an der Seite des Königs begnügen. Bald wird er zwei haben wollen ...«

»Oder drei«, knurrte Tjodolf »Er ist dürr wie ein Gerippe, aber er macht sich immer breiter.«

»Eben.«

»Was das betrifft, Gunnhild, so werde ich bestimmt nicht die Fußspuren meines Königs küssen, und schon gar nicht die seines ehrgeizigen Gefolgsmanns. Das Küssen überlasse ich Ask. Und gewissen anderen.«

»Das hat er nicht nötig«, sagte Gunnhild, ohne auf die gewissen anderen einzugehen: Sie wußte, wen Tjodolf meinte, aber Folke wußte es nicht, und er wollte gerne. »Er hat andere Methoden.«

Folke, der Hausherrn und Hausherrin abwechselnd ansah, wunderte sich, daß Ask so stark sein sollte, der Mann, den Embla mit Worten fast in den Staub getreten hatte.

»Und das Schmuckstück?« fragte Gunnhild hoffnungsvoll.

Tjodolf schüttelte unnachgiebig den Kopf. Er brachte weder Ask noch dessen neuer Frau große Freundschaft entgegen. »Tu du ihnen doch einen Gefallen«, sagte er gereizt. »Es heißt, daß Ask in diesem Jahr statt des Königs das Opfer an Odin bringen wird. Fahr du doch mit nach Uppsala, wenn du glaubst, daß du dich anbiedern mußt! Vielleicht danken sie es dir.«

Gunnhild sah entsetzt aus. »Wann hätte jemals ein einfacher Mann ohne Jarlsrang das neunjährige Opfer bringen dürfen!« Etwas ruhiger fügte sie hinzu: »Um mich geht es gar nicht. Ich habe an dich gedacht ...«

Folke hielt es nicht mehr aus. Er stand auf und ging hinaus, wo er seine Mutter traf, die eben zurückgekommen war und berichtete, daß Bodil nun von Hel aufgenommen worden sei.

10

Das Blot

Den Rest des Nachmittags ließ Folke sich beim Holzhacken den Wind um die Stirn wehen, und danach hatte er wieder einen genügend klaren Kopf, um zu begreifen, wie verwickelt diese Fibelangelegenheit in Wahrheit war. Sofern er überhaupt vorhatte, etwas zu unternehmen, mußte er seinen Verwandten umgehen; Tjodolf würde ihm wahrscheinlich verbieten, sich weiter einzumischen.

Noch lieber allerdings würde er abreisen. Als er die Axt abstellte, um zu verschnaufen und um Ideen zu fassen, die er gleich darauf wieder verwarf, fühlte er eine vertraute Hand im Nacken.

»Soll ich meinem wilden Holzzurichter den Schweiß abwischen?« fragte Tordis zärtlich und reichte ihm einen Becher Wasser.

Folke strahlte. »Das ist eine sehr gute Idee. Aber hier sind zu viele Augen.«

»Hühner, Würmer, Vögel ...«, zählte Tordis lachend auf. »Und ich meinte wirklich nur den Schweiß.«

»Mm«, stimmte Folke an ihrem Ohr zu und drückte seine Frau fest an sich. »Damit fangen wir an ...«

Tordis löste sich von Folke und blickte ihm ernst ins Gesicht. »Gunnhild hat Aasa gebeten, die Nornen nach ihrem Schicksal zu fragen. Sie hat jeden Mut verloren.«

»Aber Aasa hat abgelehnt«, riet Folke. Er kannte seine Mutter besser als Gunnhild.

Tordis nickte. »Ja, obwohl Gunnhild das Wissen um ihre

Zukunft vielleicht etwas Trost hätte geben können. Wir können Gunnhild und Tjodolf auf keinen Fall jetzt allein lassen. Aasa und ich haben uns abgesprochen, abwechselnd bei ihnen zu bleiben. Zur Zeit ist deine Mutter an der Reihe.«

»Ich weiß etwas Besseres«, schlug Folke vor, und Tordis hätte fast meinen können, daß er ihre Sorge nicht teilte, wenn sie ihn nicht so gut gekannt hätte. »Schick Aasa zu einer Kranken und Grane zu Gunnhild. Und Tjodolf versorge mit Met.«

Tordis runzelte die Stirn. »Und was sollen wir tun? Das hört sich nicht so an, als ob du für uns eine Aufgabe hättest.«

»Unsere Aufgabe ist langfristig. Wir werden die Sippe stärken.«

Tordis lächelte wider Willen. »Seitdem du diesen Stein hast, bist du ganz verändert!«

»Das teile ich Swjatoslaw mit«, sagte Folke. »Er wird glücklich sein.«

Mehr aus dem Wunsch, der trüben Stimmung zu entgehen, als aus Überzeugung, machte Folke sich abends mit dem Fibelbeutel am Gürtel noch einmal auf den Weg zum Stadthaus des Schnitzmeisters. Es dämmerte und war kurz vor Mitternacht. Die meisten Einwohner von Birka waren jetzt bei ihrem Abendessen im Haus und würden bei Dunkelheit schlafen gehen.

Am Hafen ging es noch ziemlich lebhaft zu, dort wurde unter lautem Gebrüll und »Hol-durch«-Rufen ein Mast gesetzt. Einige Männer verholten Schiffe, die am frühen Morgen auslaufen sollten. Einen Augenblick schwankte Folke, ob er zusehen sollte, dann entschied er sich dagegen. Tordis würde froh sein, wenn er bald wieder im Haus wäre.

Die Straße der Fährleute lag still da, nur aus den Häusern der käuflichen Frauen fiel flackerndes Licht aus den offenen Türen. Die Straße aber war finster, und Folke kam ungehindert voran. Das Lachen aus den Häusern folgte ihm, doch es war nicht die derbe Vergnügtheit der Männer am Hafen, für die der Kampf mit den Masten und Schiffsrümpfen Sport und Spiel zugleich war.

Lachen und Licht in seinem Rücken wurden von einem aufziehenden Wolkengebirge verschluckt. Als er das andere Ende der Straße erreicht hatte, war es still und dunkel. Folke hatte keinen Grund, sich zu verbergen, aber ganz wohl war ihm nicht. Ihm fiel ein, daß seine Mutter der Meinung war, auch nächtlicher Totschlag sei von Menschenhand ausgeführt, niemals durch Riesen. Ob sie recht hatte?

Er war erleichtert, als er Erlings Haus erreichte. Die Haustür war verschlossen – zuerst dachte er, es sei niemand zu Hause. Aber dann sah er gegen den Nachthimmel weiße Rauchfäden aufsteigen, und es kam ihm so vor, als ob sich drinnen etwas rührte. Er lauschte mit erhobenem Kopf. Wahrscheinlich war der Schnitzmeister nicht anwesend und seine Frau allein nicht lauter als eine Maus im Gerstensack.

Wenn er nicht so intensiv nach der Maus gehorcht hätte, hätte er leicht das Vibrieren der Bogensehne überhören können, die irgendwo auf der Straße gespannt und losgelassen wurde. Instinktiv warf er sich zu Boden und lag schon, als der Pfeil über ihn hinwegschwirrte und mit dumpfem Aufprall gegen die Hauswand schlug.

Folke wagte nicht einmal den Kopf zu heben, sondern spähte durch die Haarsträhnen hindurch in die Düsternis der Straße. Er mußte fort, bevor die Wolke den Mond freigab.

Er sah niemanden, aber er hörte schleichende Schritte. Sein Verfolger wechselte die Position und war dann wieder still.

So lange, wie er benötigte, um Folke wieder genau ins Auge zu fassen und den Bogen zu spannen, war Folke außer Gefahr. Für wenige Sekunden. Wie eine übergroße Eidechse kroch er eilig auf Fingern und Zehenspitzen lautlos am Haus entlang, und sobald er hinter der Ecke war, sackte er erschöpft auf den Bauch. Das Sirren des Pfeils neben seinem Ohr hatte er erwartet, trotzdem klang es bedrohlich wie ein angreifender Wespenschwarm. Nicht weit von ihm fuhr er in die Erde.

Aber vorübergehend war Folke in Deckung. Und gerade noch rechtzeitig. Als er vorsichtig um die Ecke lugte, wurde es fast taghell. Dankbar berührte er Thors Hammer, das Amulett, das an seinem Hals hing. Thor hatte ihn beschützt.

Und er hielt immer noch seine breite Pranke über ihn: Der Angreifer befand sich plötzlich mitten im Mondlicht. Bevor Folke sein Gesicht sehen konnte, drehte er sich hastig um und tat ein paar Schritte von ihm fort. Folke schnellte in die Höhe.

Aber Thor verteilt Glück und Pech gleichmäßig.

Im selben Moment, als die nächste Wolkenwalze den Mond verdeckte, kamen johlend und lachend mehrere Männer aus einem der Frauenhäuser heraus – und verschluckten Folkes Feind in ihrer Runde; nach einer Weile zogen sie in Richtung Hafen davon.

Folkes Herz klopfte noch vor Erregung. Er huschte zur anderen Hausecke, warf sich dort erneut auf den Boden und spähte ringsum.

Aber er sah weder eine verstohlene Bewegung noch sonst etwas Feindliches. Auch die Geräusche der Natur sagten ihm, daß niemand umherschlich: Eine Maus raschelte im liegengebliebenen Laub, und ein Käuzchen rief leise. Lärmfetzen wurden aus dem Hafen herübergeweht.

Folke stand auf und wartete noch einen Augenblick. Der Angreifer war fort.

Danach gab es keinen Grund mehr, seinen ursprünglichen Plan aufzugeben. Folke stellte sich hinter eine Hausstütze, die ihm nur unzureichend Schutz bot, und pochte mit ausgestrecktem Arm an die enggefügten Bohlen der Tür. Licht schien nicht hindurch, aber jemand sprach laut.

Folke wartete und klopfte dann noch einmal fester. Erlings Frau hatte ihn gehört, daran konnte kaum Zweifel sein, aber sie öffnete nicht. Wütend riß er den Pfeil aus dem Türholm und wollte gerade verschwinden, als er ein Stöhnen hörte. Es schien, als brauchte jemand seine Hilfe.

Er legte den Pfeil auf den Boden und lief auf leisen Sohlen unter den schrägen Stützpfosten hindurch hinter das Haus. Die Hintertür war ebenfalls verriegelt. Mit einem federnden Sprung schoß er zum Sims des kleinen Windfensters hoch, hielt sich mit den Fingerspitzen fest und kletterte auf den Bohlen lautlos in die Höhe.

Der Ausschnitt des Wohnraums, den er einsehen konnte, war nicht übermäßig groß, aber er sah genug, um zu verstehen, daß hier ein Blot, ein Opfer, im Gange war. Folke biß die Zähne aufeinander, und die Röte stieg ihm ins Gesicht. Er war auf unrühmliche Weise in eine private heilige Handlung eingedrungen.

Und doch klammerte er sich weiter an die Wand, den Kopf in der Öffnung, die er fast ausfüllte.

Den Blotmann hatte er noch nie gesehen. Wahrscheinlich gehörte er zur Sippe der Hausfrau, und sie hatte ihn gerufen. In seinem blitzsauberen, frisch geglätteten stahlblauen Mantel mit silberner Kante konnte er sich mit jedem Vornehmen Birkas messen; er schien auf die Frau hinunterzublicken, obwohl er wesentlich kleiner war als sie. Über der Schulter hing ihm am Gurt ein kurzes Schwert, und in der Hand hielt er ein Messer. Die Frau stand wie ein gefügiges Schaf mit ausdruckslosem Gesicht neben ihm.

Auf dem Feuer vor ihnen befand sich der große schwarze Kessel, der eine dampfende Flüssigkeit enthielt. Folke erkannte durch die Dampfschwaden ein stattliches schwarzes Bullkalb mit weißer Stirnblesse, das an einem Ring im Boden neben dem Hochsitz des Hausherrn angebunden war und mit den Augen rollte. Von Zeit zu Zeit stöhnte es und gab ein klägliches Muhen von sich.

Die heilige Festversammlung war klein; Folke verstand nicht, weshalb ausgerechnet Erling fehlte. Aber der Friede im Haus lag greifbar auf den Gesichtern von Mann und Frau – sie standen hier für die ganze Sippe und feierten etwas, das sich Folkes Kenntnis entzog.

Er hätte sich liebend gern zurückgezogen, aber nun traute er sich nicht mehr, aus Angst, entdeckt zu werden. Sein Leichtsinn konnte die ganze schwedische Sippe zugrunde richten.

Der Blotmann hatte seine stille Andacht beendet. Er zog das Kalb am Strick näher zum Boden, und als es, zu Tode geängstigt, seinen Hals streckte, schnitt er ihm mit einem einzigen Hieb seines scharfen Messers die Kehle durch.

Erlings Frau warf sich neben dem Tier zu Boden und fing den dicken Blutstrahl in einer tiefen Schale auf. Währenddessen säbelte der Blotmann das Geschlechtsteil des Stiers samt Hoden ab und legte sie beiseite. Dann begann er, das Fleisch zu enthäuten und aufzuteilen. Folke mußte die Ohren spitzen, um seine gemurmelten Worte zu verstehen.

»Freyr, ich gebe dir die besten Stücke. Freyja, ich gebe dir die besten Stücke. Euch beiden gebe ich die Zeugungskraft des Stieres, des schönsten und kräftigsten des Stalles, er wurde für cuch aufgezogen. Moge auch die Manneskraft von Erling Grimsohn wieder in dieses Haus zurückkehren.« Inzwischen hatte er drei Schalen mit großen Fleischstücken gefüllt, alles andere blieb auf dem Boden liegen. Wie von selbst glitt ihm die dampfende Blutschale in die Hand: Er goß einige Tropfen durch den Ring auf den Boden und das übrige über die breiten Hände der Frau. »Ich röte deine Hände«, beschwor er Frau und Götter, »so wie ich früher auch Erlings Hände gerötet habe. Freyr und Freyja, euch bitte ich, Erling in seiner Hütte auf Adelsö zu erinnern, wo er jetzt sein sollte, wenn die Sippe noch irgendeine Bedeutung für ihn hat.«

Zumindest verstand Folke nun, daß das Blot nicht trotz, sondern wegen Erlings Abwesenheit abgehalten wurde.

Der Blotmann beugte nochmals ehrfürchtig seinen grauen Kopf und sprach: »Hoenir, Wächter des Verstandes, und Lodur, Gefährte Odins, ich danke euch für eure Anwesenheit. Heimdall, Gehörnter von neun Müttern, ich danke dir für deine Wache!«

Folke biß die Zähne zusammen. Wenn der Wächter Heimdall seine Anwesenheit als Frevel ansah, mußte er ihn nun auf der Stelle zerschmettern. Er zog den Kopf zwischen die Schultern und wartete auf die Strafe.

Heimdall aber hatte nichts gegen Folke.

Folke atmete auf. Als er wieder wagte, durch die Öffnung zu blicken, war der heiligste Teil der Opferhandlung vorbei. Geschäftig wie jede Hausfrau bei der Zubereitung von Essen, ließ Erlings Frau die Fleischstücke ins Wasser gleiten, salzte und warf eine Handvoll Kräuter hinterher.

Der Blotmann schlug unterdessen dem Kalb den Kopf ab, schlitzte den Stummel der Luftröhre auf, hakte seinen Zeigefinger ein und trug den Kalbskopf zur Tür hinaus. Es dauerte eine Weile, bis er mit leeren, blutigen Händen zurückgekommen war und sich schweigend neben den Hochsitz gesetzt hatte. Da er den Arm wie einen halben Ring um sein Gesicht legte, wußte Folke, daß er in die Zukunft zu schauen versuchte, und nach seinem Ausdruck zu urteilen, war sie düster. Erling würde wohl nicht zu seiner Frau zurückkehren.

Die Frau ließ den Blotmann in Ruhe, obwohl sie danach gierte, sich die Sorgen des letzten Jahres von der Seele zu reden. Sie war einsam geworden, seitdem Erling so oft fort war, und die Sippe war weit weg. »Ich bin froh, daß du gekommen bist«, sagte sie scheu, als sie es nicht mehr aushielt.

Der Blotmann blinzelte und kehrte aus seinem Einssein mit den Göttern zurück. Dann seufzte er und wischte sich den Schweiß von der Stirn, der weniger von der Hitze herrührte, als von der Anstrengung. Er nickte.

»Ich wünschte, Embla wäre stark genug, um Ask an Erlings Stelle neben Knuba zu setzen. Ich brauche Erling mehr als der König ...«

Der Blotmann nickte wieder und fing dann an, von anderen Dingen zu reden. Die Frau legte hin und wieder Holz nach und rührte im Topf, für Folke wurde es Zeit hinunterzusteigen. Die beiden würden jetzt essen, trinken und lachen. Möglicherweise würde das Blot zu Ehren der miteinander verheirateten göttlichen Geschwister auf dem gemeinsamen Lager enden. In Haithabu hatte dieser Brauch keine Bedeutung mehr, jedenfalls sprach man nicht darüber. Aber Erlings Frau gehörte wohl zu denen, die in jeder Beziehung auf Überlieferung und Recht pochen.

Leichtfüßig wie eine Katze sprang Folke hinunter und brauchte nun nicht mehr zu befürchten, daß man ihn hörte.

Mittlerweile war es ganz dunkel geworden, und er hob

die Hand, um nicht gegen die Hausstützen anzurennen. Plötzlich griff er in etwas Nasses, Glitschiges.

»Brr«, knurrte er angeekelt, obwohl er sofort wußte, daß es nur der Kalbskopf sein konnte, der auf dem Pfahl vor dem Haus aufgespießt worden war. Seine Hand klebte, und auch nachdem er sie auf dem taufeuchten Boden abgewischt hatte, steckte ihm der Blutgeruch noch in der Nase.

Lautlos trabte er die Straße entlang, den Pfeil in der Faust. Ihm war, als müßte er sich auf etwas besinnen. Aber war es schon geschehen, oder würde es erst kommen? Das rhythmische Stampfen seiner Füße auf dem Boden hämmerte ihm zwar die Fragen in den Kopf, die Antwort aber brachte es nicht.

Vor ihm glitzerte ein schmaler Streifen Wasser, wo das Mondlicht zwischen zwei Wolkenfeldern hindurchfiel. Aber die Wolken waren noch dunkler als vorhin, und es konnte jederzeit anfangen zu regnen. Folke sah in die fliegenden Wolkenfetzen und beschleunigte seine Schritte. Utgards eisige Wesen waren unterwegs, aber nur für diejenigen, die an sie glaubten. Folke wußte mittlerweile, daß seine Mutter recht hatte.

Querab von ihm wurde eine Haustür aufgestoßen, und Folke sprang mit einem Satz in den Schatten eines Zauns, während ein Mann aus dem Licht auf die Straße torkelte. Er war angetrunken – sonst hätte er den Lärm, mit dem Folke aus seiner Sichtweite verschwand, nicht überhört.

Folke war in ein Brett gerannt, das über zwei Böcken lag, hatte den darauf stehenden Bottich heruntergestoßen und war im Kalkputz ausgeglitten. Er fluchte leise und schüttelte sich große Kleckse Schmiere von den Händen, die mit sattem Klang auf den Boden klatschten. Nun roch er wenigstens nicht mehr nach frischem Blut.

Der Hausbesitzer, im ersten Schlaf, war benommen aufgewacht. Er stieß die Tür auf, stellte fest, daß es dunkel war, und verschwand schimpfend wieder im Inneren, um eine Fackel zu holen. Bis er sie angezündet hatte, blieb Folke gerade genug Zeit, um sich hinter einem umgedrehten Boot zu verstecken. Als der wütende Hausherr mit der entflammten Fackel vor sein Haus trat, drehte der Betrunkene sich bedächtig um, und der Schein war ausreichend, um Folkes Erinnerung blitzartig zu erhellen. Diesen Mann hatte er schon gesehen. Nachts im dunklen Wald, und kurz danach hatte er die Fibel gefunden. Der Mann war auch auf dem Markt gewesen.

Und der Mann hatte Todesangst.

Der zornige Hausbesitzer hatte inzwischen die Bescherung auf seinem Grundstück entdeckt. Er löschte die Fackel und marschierte mit schwankenden Schritten wie ein Seemann, mit geschwollenen Nackenmuskeln und geballten Fäusten auf den vermeintlichen Täter zu. Als Seemann hatte er Folkes Sympathie, obwohl er gerechtigkeitshalber den Betrunkenen ein wenig bedauerte, der nun gleich verdroschen werden würde.

Der Knecht ahnte, was kommen würde. Er setzte sich schwerfällig in Bewegung und rannte, so gut er konnte, auf den Hafen zu, den Fährmann auf den Fersen.

Kurz vor den Stegen holte der Fährmann ihn ein, trat ihm mit der Wucht einer Hafenramme in das Hinterteil und sah zufrieden zu, wie der Störenfried über den Bohlenrand hinausschoß und mit lautem Klatschen im schwarzen Wasser versank.

Die Männer auf den Booten waren dergleichen gewohnt – fuhren im Halbschlaf auf und hatten den beinahe Ertrunkenen am Kragen, noch bevor er und sie selber begriffen, was eigentlich geschehen war.

Der Fährmann lachte schallend. »Erst hat er sich in meinem Putz gesuhlt, nun in eurem Hafenwasser. So reine Haut hat er noch nie gehabt!«

Folke, der vorsichtig gefolgt war, nickte säuerlich. Das konnte er bestätigen. Leider war er selber derjenige mit der saubergeätzten Haut. Jetzt wußte er, wie einem Salzhering zumute sein mußte.

»Die Wache soll ihn zum Trocknen aufhängen«, brummte die verärgerte Stimme von einem der Seeleute, und dann klapperten Hölzer, als die Männer in den Booten sich wieder hinwarfen.

Bis der Mann sich über das Päckchen mehrerer Schiffe an Land vorgearbeitet hatte, wo er sich mit den Händen über dem Kopf auf dem Boden zusammenkauerte, war sein letzter Rest von Trunkenheit ausgeschwemmt. Folke kümmerte sich nicht weiter um ihn, sondern rannte nach Hause.

Zuallererst goß er sich zwei Eimer Wasser über den Leib – so, wie er war, in voller Bekleidung.

Der herrenlose Hund stand schweifwedelnd und mit hoffnungsvollen Augen neben ihm. Als Folke ihn mit tropfenden Fingern ausgiebig getätschelt hatte, war er um drei nachdenkenswerte Begegnungen und einen Freund reicher.

Ausgekühlt und mit kreisenden Gedanken wälzte sich Folke zwischen den Rentierfellen. Wer war der Mann, der auf ihn geschossen hatte, und warum hatte er es getan? Erst als Tordis Hand sich beruhigend auf seine Brust legte, ohne daß sie aufgewacht wäre, wurde ihm wärmer, und er schlief ein.

Am nächsten Morgen war ihm, als habe er neben einem Feuer zwischen zwei Emblas gesessen, die um ihn gekämpft hatten, und weil beide nicht von ihm lassen wollten, entschlossen sie sich, ihn zu opfern.

Diese düstere Vision versuchte Folke abzustreifen, aber es glückte ihm nicht. Auch Grane auf seinen Knien hielt nicht viel von einem nachdenklichen Vater. Tjodolfs Armbänder, die im Feuerschein rotgolden glänzten und leise klingelten, interessierten ihn viel mehr. Grane kletterte dem Schmied auf den Schoß, und der ließ den Jungen damit spielen, während er sein bärtiges Gesicht am glatten von Grane rieb.

»Was sagen denn die Leute über Embla?« fragte Folke, während er sein Warmbier langsam in einer Schale kreisen ließ, bis die Schaumspur genau bis zum oberen Rand reichte.

»Man hält sie für schamlos«, antwortete Tordis sofort und hörte auf zu essen, bis sie sich durch das Nicken der Sklavin bestätigt sah.

Aasa lächelte. »Und für schamlos ehrgeizig«, ergänzte sie.

Gunnhild tauchte für einen Moment aus ihrer Trauer auf, verwundert und eine Spur ärgerlich. »Von wem wißt ihr das denn alles? Ich habe überhaupt noch nichts gehört.«

Tordis bekam einen spitzbübischen Ausdruck im Gesicht. »Ich habe«, erklärte sie, »seit unserer Ankunft mit bestimmt fünf, nein, sechs jungen Frauen geredet, die ich alle von früher kenne und die jetzt nach Birka verheiratet sind. Und sie alle wußten genau über Embla Bescheid.«

Aasa schüttelte milde den Kopf. »Viel können sie nicht wissen, es werden Gerüchte sein, gespeist aus Eifersucht und Befürchtungen.«

Tordis verzog den Mund. »Man muß Embla ja nur ansehen, um zu wissen, was sie für eine Frau ist.«

»Vielleicht ist sie so schamlos, wie ihr meint, vielleicht folgt sie auch nur der fränkischen und normannischen Mode.«

Tordis legte den Kopf schief und betrachtete nachdenklich ihre Verwandte. »Meinst du wirklich?« Aasa war stets auf dem laufenden, und sie irrte sich selten. Plötzlich sah Tordis Emblas Kleidung mit ganz anderen Augen an. Wie sich ein enges Kleid wohl auf der Haut anfühlte? Selber hätte sie überhaupt nichts dagegen gehabt, die schweren großen Fibeln, unter denen sie immer schwitzte, und gar die lästige Enge des Wickelrocks los zu sein.

Folke kümmerte sich weniger um die Bekleidungsfrage. Er trank den letzten Rest Bier aus und ließ sich dann eine Kelle Brei einfüllen. »Warum ehrgeizig, Mutter?«

»Man sagt es. Embla soll sehr wütend gewesen sein, als ihr zukünftiger Mann in England gestorben war.«

»Da kann Ask, der noch nicht einmal Jarl ist, aber keine Entschädigung für sie sein.« Tordis fand, er habe auch nicht verdient, Jarl zu werden, denn das stand immer noch den besten Männern des Landes zu: einer, der Frauen quälte, womit auch immer, schied für sie aus.

»Oh, was das betrifft, so wird sie ihn schon dazu bringen; übrigens ist er selber auch sehr ehrgeizig. Es heißt, er habe geschworen, in diesem Jahr noch Jarl zu werden.«

Aasa muß ihr Wissen aus einer anderen Quelle als Gunnhild haben, dachte Folke erstaunt. Gunnhild wunderte sich nicht. Sie kannte die Quelle. Aasa war gestern einige Stunden im Hause von Bodil und deren jüngstem Sohn gewesen. Der älteste Sohn war Erling, Schnitzmeister des Königs Knuba. Man wußte dort recht gut Bescheid darüber, was an Knubas Hof vor sich ging, besser sogar als Erling, den seine Handwerkskunst, nicht sein Ehrgeiz, dorthin verschlagen hatte.

Folke kam ein Verdacht, als er sich an die Andeutungen erinnerte, die er gestern nicht verstanden hatte. »Hat das alles etwas mit Erling zu tun?«

Aasa blickte unwillkürlich zum Hausherrn hinüber. Er

kannte die Verhältnisse am besten und Erling am längsten. Sie hatte bisher die einzelnen Fäden ihres Wissens auch noch nicht zu einem einzigen Strang verbinden können. Aber es gab etwas, das von einem Menschen zum anderen führen mußte, von einer Handlung zur anderen, und irgendwo hatte alles auch mit einer Fibel zu tun, durch deren Muster sie sich an etwas erinnert fühlte, das sie einmal gesehen oder gekannt hatte. Vielleicht rührte die Fibel auch nur an eine Harfensaite ihrer Seele und brachte eine benachbarte Saite ebenfalls zum Klingen. Sanft legte Aasa ihre Hand auf Tjodolfs Knie, der in Gedanken versunken mit Grane spielte.

Als Tjodolf aufsah und bemerkte, daß alle Gesichter ihm zugewandt waren, befreite er seinen Bart aus Granes Faust, zog sich einen Goldring vom Arm und steckte ihn zwischen die kleinen Finger. »Ihr gebt ja doch keine Ruhe«, seufzte er. »Ich habe es gestern schon bemerkt. Man kann jedem nur raten, Ask aus dem Wege zu gehen. Erling tat es nicht. Vor zwei, drei Jahren wurde Ask das erste Mal zu einem Gastmal von Knuba eingeladen. Ich war auch dort, das letzte Mal. Bereits während das Handwasser von den Sklavinnen herumgereicht wurde, fing Ask an zu reden, ausdauernd wie ein Skalde und ohne, daß er jemandem eine Gegenmeinung zu diesen Zukunftsplänen erlaubt hätte. Er sprach sehr leise, und nur wenige konnten es hören. Aber was er sagte! Alles Unsinn. Dann kam es, wie zu erwarten, wenn Erling in der Nähe ist. Er stand plötzlich hinter Ask, hörte eine Weile zu und deklamierte dann einen Vers aus der Havamal. Aber laut!« Tjodolf lachte, als er zurückdachte, wie still es auf einmal im Saal geworden war und wie jeder, selbst Knuba, gelauscht hatte.

Gunnhild dachte traurig, aber auch ein wenig erleichtert, daß Tjodolf nun wieder lachte.

»Welchen Vers sagte er denn auf?«

Tjodolf breitete die Arme aus und legte sie dann rasch wieder um Grane, denn er wollte nicht, daß der Junge abrutschte und woanders spielen ging. »Könnt ihr euch das nicht denken?« fragte er.

Folke war lange genug bei Aasa in die Lehre gegangen, um zu wissen, was Tjodolf meinte, aber er wollte Tjodolf die Genugtuung nicht nehmen. Er blinzelte seiner Mutter zu, und sie lächelte flüchtig zurück, ganz gefangengenommen von Tjodolfs Bericht.

Tjodolf richtete sich auf und schob das Kinn vor:

»Mit seinem Verstand
soll man stolz nicht prahlen.
Vorsicht befolge man;
wer weise schweigend
zur Wohnstätte kommt –
nicht trifft Unglück den Achtsamen.«

»Oh«, sagte Tordis mit rundem Mund.

Tjodolf nickte.

»Womit hat Ask denn geprahlt?« fragte Folke.

»Mit geblähter Luft«, warf Gunnhild ein, und ihre Lippen wurden vor Zorn ganz schmal.

Der Hausherr seufzte und nickte. »Er ist wie ein Blasebalg. Wenn man losläßt, fällt er zusammen. Im Kampf taugt er nichts; er umgibt sich – wenn es gefährlich wird – mit gut entlohnten Kriegern. Einen Zweikampf hat er noch nie ausgetragen. Man munkelt allerdings: einmal in Norwegen – aber das weiß ich nicht genau. Aber auf jeden Fall hat er seine schiefe Lippe seit damals. Und auf See hat man ihn nur spucken sehen …«

»Angst.« Folke kannte selbst einen solchen Fall. Panik

im Boot ließ sich weder fortreden noch beschwichtigen. Sie endete erst, wenn man den Mann gnädig wieder an Land setzte. Aber Ask brauchte, wie es schien, sogar an Land Gnade.

»Die lassen sich von ihm bezahlen, daß sie kämpfen?« fragte Tordis und wußte gar nicht, wen sie mehr verachten sollte, den Käufer oder die Verkäufer von Waffengewalt.

»Sie verlangen Bezahlung, keine Geschenke«, bestätigte Tjodolf, »aber nicht Ask bezahlt sie, sondern Knuba. Man fragt sich auch, wie er den Wikgrafen so um den Finger wickeln konnte. Bis jetzt ist jeder Ärger, den Ask vom Zaun gebrochen hat, von Dag zu seinen Gunsten entschieden worden. Ask schafft alles; er ist einer, der nur tut, was ihm nützt, und der mit allen Sitten bricht, die ihm nicht nützen können.«

»Ich verstehe aber nicht, wieso Erling ihm so wichtig sein soll«, wandte Folke ein, der gern alles klärte, was überhaupt zu klären war.

Tjodolf gab ihm recht. »Erling ist auch nicht wichtig, aber bisher war er Knuba ein altgedienter Gefährte, abgesehen davon, daß er der beste Handwerker ist, den sich ein König wünschen kann. Ask wird ihn aus dem Wege räumen aus innerem Bedürfnis, nicht aus Notwendigkeit. Erling wird auch gar nicht bemerken, weshalb Knuba ihm eines Tages seine Freundschaft entziehen wird.«

»Und da ist nichts zu machen?« fragte Folke erstaunt. »Du läßt Ask einfach so gewähren?«

Tjodolf zuckte die Schultern. »Was soll ich machen? Ich habe das Ohr des Königs nicht. Ask hat es.«

»Und Erling?«

Tjodolf sog die Luft leise zwischen seinen abgenutzten und nicht besonders sorgfältig geputzten Zähnen ein. »Er benutzt seinen Kopf nur noch für seine Schnitzereien.

Wenn man mit ihm über anderes sprechen will, ist er meistens betrunken oder tut wenigstens so ...«

»Vielleicht«, sagte Gunnhild, »betrinkt er sich auch, damit man ihm dieses andere nicht sagt.«

»Wir reden kaum mehr miteinander«, murmelte Tjodolf gedankenverloren.

Als Gunnhild aufstand, um die zusammengesammelten Breischüsseln zum Abwaschbottich zu bringen, hatte Folke das unangenehme Gefühl, daß in diesem Spiel Erlings Name für viele andere stand. Für jeden Menschen in Knubas Reich – auch für seine eigene Sippe in Haithabu – würde die Zukunft schwarz werden, wenn ein Mann wie Ask einen anderen willkürlich in einen Sack stecken und die Bänder zuziehen durfte.

11
Ask Schieflippe

In den Straßen von Birka begann das Leben an diesem Morgen wieder seinen gewöhnlichen Gang – der beständige Lärmpegel, der drei Tage über der Stadt gelegen hatte, war abgeklungen; die meisten Händler waren abgereist. Sklavinnen waren überall dabei, die Straßen vor den Pforten und Zäunen zu säubern. Während Folke müßig zusah, beendeten die meisten ihre frühmorgendliche Arbeit, schütteten den Dreck in den Bach und kehrten in die Häuser zurück. Tor auf Tor verschloß sich wieder, und es wurde still. Der Hund, der sich angewöhnt hatte, Folke nachzulaufen, saß neben ihm und blickte wie er die Straße hinauf und hinunter.

»Tja«, sagte Folke zu ihm, »gehn wir wieder hinein.«

Wenn es nach ihm ging, so würden sie in drei oder vier Tagen abreisen. Von Birka hatte er genug gesehen; außerdem kommen an einem Ort, der von anderen verlassen wird, wehmütige Gefühle auf, man denkt zurück an Gespräche, die man hatte, an Begegnungen, an ein gemeinsam geleertes Methorn …

Folke stieß einen tiefen Seufzer aus, lehnte sich an die Innenwand der Hofumzäunung und bückte sich, um seine Schuhe fest zu verschnüren, in die er vor dem Frühstück nur schlampig hineingestiegen war. Tordis ärgerte sich immer, wenn er mit heruntergetretenen Hacken durch das Haus schlappte.

Neben Folkes Hand lag eine von den Tonscherben, mit

denen der ganze Hof gegen den Frühjahrsmatsch ausgestreut war. Die Schüttung war überall, außer auf dem eigentlichen Hühnerhof, fast eine Handbreit hoch und auch bei Platzregen trocken, viel trockener als der annähernd wasserundurchlässige Muschelschalenbelag anderer Höfe. Tjodolf, der, wie Folke inzwischen festgestellt hatte, über die Goldschmiedekunst lieber erzählte, als daß er sie ausübte, hatte auch berichtet, daß Träl Jahr um Jahr körbeweise Scherben ausstreue, und die Nachbarn immer wieder versuchten, von ihm Scherben zu bekommen. Folke hatte nach der langatmigen Beschreibung, die auch ein wenig Eigenlob enthielt, weil es natürlich Tjodolfs Idee gewesen war, nicht mehr ganz so begeistert genickt.

Die Scherbe war noch nicht zertreten. Was ihn aufmerksam gemacht hatte, war der saubere, hartgebrannte Abdruck eines Gesichtes. Folke fuhr kurz durch den Sinn, das Tjodolf sich etwas mehr um das hätte kümmern sollen, was Träl dort hinwarf, nicht wieviel es war. Er hob sie auf und betrachtete sie. Der Abdruck in der verlorenen Form war gar nicht zu vergleichen mit den unförmigen Kugeln, die Köpfe darstellen sollten und die er in Tjodolfs Werkstatt gesehen hatte. Er konnte die spitzen Ohren und die runde Nase erkennen, sogar die feinen Striche von Schnurr- und Kinnbarthaaren.

Es war die Form, in der seine Fibel gegossen worden war.

Die Fibel, die Tjodolf nicht gekannt hatte. Ausgerechnet von hier stammte die Fibel, deren Geheimnis er nachjagte.

Und als Folke sich umsah, entdeckte er noch viel mehr Scherbenabdrücke mit gut erkennbaren Gesichtern, wenn auch die Haarsträhnen zuweilen fehlten und die Vertiefungen flacher waren.

Folke wurde wütend. Hier hatte ihn jemand gründlich an der Nase herumgeführt, und er konnte sich nicht erklären, warum. Schnurstracks marschierte er zu Träl in die Werkstatt, den munteren Hund bei seinem Fuß.

Der Sklave sah überrascht auf, als er den Raum betrat, und dann entstand eine argwöhnische Furche zwischen seinen fast schwarzen Augenbrauen. Er ließ die Arme auf die Arbeitsbank sinken.

Folke hielt ihm wortlos eine Handvoll Scherben entgegen. »Du hast die Fibel genau gesehen, als ich sie Tjodolf zeigte«, sagte er herausfordernd, als Träl sich wieder seiner Arbeit zuwandte. »Warum hast du nicht gesagt, daß du sie kanntest?«

Träl paßte gerade ein Stück gewachsten Stoff als Trennlage in die innersten Winkel eines Tonmodels ein. Es war eine kniffelige Arbeit, die viel Sorgfalt erforderte. Trotzdem brachte er es fertig, gelangweilt zu wirken, bis er schließlich unwirsch fragte: »Was soll ich sagen, wenn Tjodolf schweigt?«

Folke schob die Unterlippe vor. Ihm geschah ganz recht. So leicht war Träl nicht zu übertölpeln. Er versuchte es von einer anderen Seite. »Wann hat Tjodolf diese Form zum ersten Mal gemacht?«

»Vor zwei Wintern. Er gab die fertige Fibel weg, als die Fährzeiten gerade gewechselt hatten, das weiß ich noch. Der Käufer hatte es eilig.«

Am Tag des Winterbeginns hatte der Käufer sie also geholt, und wenn er es eilig hatte, so möglicherweise deshalb, weil Seereisen zu der Jahreszeit mit jedem Tag unsicherer wurden. Auch der Mälarsee war dann kein Vergnügen mehr. »Wer war der Käufer? Kanntest du ihn?«

»Nein, ich kannte ihn nicht. Tjodolf erledigt seine Geschäfte allein.«

Das klang glaubhaft. »Und seitdem hat er sie immer wieder gemacht?«

»Wie kommst du darauf?« fragte Träl, voller Abneigung gegen einen Quälgeist, den er leider nicht aus der Werkstatt werfen konnte. »Er hat sie nie wieder gemacht.«

Folke spürte das, aber er war hartnäckig wie eine Hundenase auf der Fährte des Wildschweins. Er ärgerte sich ohnehin maßlos, daß er dem Mann jede Antwort einzeln entlocken mußte und sein Verdacht, daß hinter dieser Sache mehr steckte, als man den Scherben ansah, nahm rasch zu. »Sackweise Ton von einer einzigen Fibel? Und erzähl mir nicht, daß sie vorher entstanden sind! Das sind Scherben vom Abdruck eines Abdrucks!«

Träl leugnete nicht mehr. »Wir müssen schließlich leben«, sagte er kurz und bündig. »Und Tjodolf arbeitet fast nie mehr.«

»Er arbeitet nicht«, wiederholte Folke atemlos.

Träl schüttelte den Kopf.

Plötzlich erinnerte Folke sich, daß er den Sklaven mit einem gefüllten Beutel auf dem Markt beobachtet hatte. »Und du verkaufst sie auch?«

Träl nickte gequält. »Aber nicht die, die du meinst. Tjodolf durfte nur die eine Fibel mit Männerköpfen herstellen, Kopien darf er nicht verkaufen. Ich glaube, das wollte der Käufer so.«

»Was also verkauft er?«

Träl flüsterte nun fast. »Fibeln mit Frauenköpfen.«

Folke atmete hörbar ein und aus. So war das also. Die Fibel glichen sich aufs Haar – mit Ausnahme der Menschenköpfe. Und der Unterschied war nicht sehr groß, wenn man nicht genau darauf achtete. Ob er das mit seinem Versprechen vereinbaren konnte? »Verkauft ihr sie nur an Swjatoslaw, den Russen?«

Träl erbleichte und antwortete nicht.

»Los! Sag schon«, drängte Folke. »Wenn du verkaufst, mußt du auch wissen, an wen.«

Träl aber starrte einen Moment lang in das kleine Arbeitslicht, das neben der Tonform blakte. »Ich könnte mich selber ernähren und eine Frau dazu. Ich hätte schon lange gute Lust, mich selbständig zu machen.«

»Und warum tust du es nicht?«

Träl blickte seinen Befrager endlich offen an. »Und Gunnhild und die anderen? Wovon sollen die leben? Kannst du mir das sagen?«

Nein, das konnte Folke nicht. »Dieser neue Entwurf«, fing er zögernd von neuem an, »ist also von dir?«

Träl lächelte verhalten, dann nickte er zufrieden.

»Ich habe schon gesehen, daß er ganz anders als eure früheren Fibeln ist«, bestätigte Folke und bewunderte im stillen die Hände, die solche Kunstwerke schaffen konnten. Seine eigenen waren nach mehreren Jahren Bootsbauerei zu grob für das Arbeiten mit Material von der Feinheit von Spinnennetzen und in der Größenordnung von Sandkörnchen.

»Wieso?« knurrte Träl zwischen den zusammengebissenen Zähnen. »Ich arbeite genauso gut wie Tjodolf.«

Folke nickte freundlich. »Das will ich nicht bestreiten. Dein Fibelentwurf ist bestimmt schön, aber eben anders, ganz anders.«

»Nein«, knurrte Träl starrsinnig.

»Doch, wirklich! Tjodolfs Entwurf ist aus vielen kleinen Begebenheiten zusammengesetzt, jede Figur ist anders, sie erzählt eine Geschichte. Man muß hinsehen, um überhaupt etwas zu erkennen. Bei deiner runden Fibel ist auf einen Blick klar, was du meinst: die Midgardschlange, die die Welt umfaßt. Verstehst du?«

Träl verstand nichts, vor allem nicht das Lob, mit dem Folke versuchte, seinen gelungenen Entwurf zu preisen. Er hörte nur Herabsetzung. Seine Wut fand keine Worte, und aus seiner Kehle kam ein tiefes Knurren.

Plötzlich hörte Folke neben sich das helle Knurren des jungen Hundes. Er schmiegte sich eng an Folkes Bein, bleckte die spitzen Zähne und gab das Warnsignal des Mannes aus vollem Herzen zurück. Hätte Folke ihm nicht rasch in den wolligen Nacken gegriffen, wäre er dem alten Mann an die Waden gegangen. Er wand sich und versuchte, sich freizustrampeln, schnappte aber nicht nach Folkes Hand.

Die Hand im Fell, erhielt Folke jäh einen Schlag, und er wußte hinterher nicht, von wem und warum er ihn erhalten hatte. Aber eins wußte er: »Du hast den Jagdhund von Tjodolf verschwinden lassen. Du hast ihn in den Blotkessel gesteckt!«

Träl wich seinem Blick aus und schluckte. Sein spärlich behaarter Kehlkopf bewegte sich so langsam nach unten und wieder zurück, wie er schließlich antwortete. »Ich hatte doch keine Schmiedehände. Tjodolf ist aus einer bekannten Sippe, und seine Fibeln sind gut. Ich bin von schlechter Herkunft, und meine Fibeln waren schlecht. Was konnte ich schon tun außer bloten?«

»Und danach?«

»Sieh doch selbst«, sagte Träl stolz. »Andere werden mit ihrem hugr geboren, ich habe mir eins geschaffen. Und seitdem mache ich beste Fibeln ...«

Jetzt wußte Folke Bescheid. Träl hatte sich selber geschaffen, aus dem Nichts war er zum Meister der Werkstatt geworden. Aber in dem Moment, wo ein anderer seine Entwürfe anzweifelte – auch wenn es ihm nur so vorkam – verlor er das Zutrauen zu seiner eigenen Kunst.

Vielleicht goß er schon jetzt viel schönere Fibeln als Tjodolf. Aber noch beharrte er darauf, daß sie von Tjodolfs Entwürfen nicht zu unterscheiden waren.

Folke wandte sich zum Gehen. Der Hund klebte fast an seinem Bein, als hätte er in diesem Raum Angst. Während Folke ihn ein wenig fortschob, fiel ihm noch etwas ein. »Warum hast du überhaupt einen neuen Entwurf gemacht?« Als der Zorn in den Augen des Sklaven erneut aufglomm, beeilte er sich zu ergänzen: »Ich meine, jetzt?«

Träl verzog sein Gesicht zu einer Grimasse. Dann antwortete er vorsichtig: »Es kam mir merkwürdig vor, daß die Fibel plötzlich wieder hier war ...«

Das konnte Folke verstehen. Er selber hatte dazu beigetragen, ihr Auftauchen mit einem Geheimnis zu umgeben. Langsam zog er die Tür auf, und der Hund entwischte ins Freie.

»Es wäre besser, du würdest Tjodolf nichts sagen«, rief Träl leise hinter ihm her.

Folke nickte. Es würde vor allem Gunnhild viel Kummer ersparen. Es hatte andererseits auch keinen Sinn, Tjodolf ins Gewissen reden zu wollen. Er lebte in den Tag hinein, so wie er es in seiner Jugendzeit als Krieger gewohnt gewesen war. Eine geregelte Arbeitszeit wie in Thorbjörns und Folkes Bootsbauerei gab es damals für ihn nicht. Und später hatte er sich wohl nicht mehr umgewöhnen können ...

Ohne ins Haus zu gehen, verließ Folke den Hof. Er mußte nun ein wenig nachdenken. Tordis würde ihn nicht vermissen. Sie hatte Gunnhild eine Stoffbahn abgeschwatzt, die die Hausfrau für Halldis gewebt hatte. Jetzt wollte Gunnhild diesen Stoff nicht mehr unter den Augen haben. Folke bezweifelte allerdings, daß es eine gute Idee von seiner Frau war, sich ausgerechnet mit diesem Stoff in diesem

Haus an einem engen Kleid nach Emblas Art zu versuchen, Embla der Lebenden natürlich.

Es waren wirklich nur noch wenige Kaufleute und Gäste in den Straßen. Schon wurde Folke von den Einwohnern im Vorübergehen neugierig gemustert. Manche kannten ihn aber auch als Verwandten von Tjodolf, dem Goldschmied, und nickten ihm zu.

Sein Weg führte ihn an einem Gräberfeld vorbei zum Burgwall, der sich an der Stadt- und an der Seeseite steil erhob, fast unzugänglich für Angreifer. Über ihm hing oberhalb der Burgmauer das Gesicht eines Wachmanns, dessen Augen ihm eine Weile folgten; aber da er von der Stadt kam, gab es keinen Grund für erhöhte Aufmerksamkeit. Verblüfft bemerkte er, daß der Hund ihm nachgelaufen war. Bald auf drei Beinen, bald auf vier, wieselte er ins Gebüsch und wieder heraus.

Folke folgte dem schmalen Pfad zwischen dem Steilufer und der Burg hinaus auf die Landzunge, die den Häfen Windschutz gegen Südwest bot und Thorsnäbb genannt wurde, wegen des hölzernen Thor an der äußersten Kante der Klippe. Jahraus, jahrein schaute der Donnergott über das Wasser und wies den Kaufleuten den Weg in den Hafen, ohne einen Unterschied zwischen Wikingern, Franken und Slawen zu machen. Ob einer an ihn oder an andere Götter glaubte – er hieß alle willkommen.

Folke wurde unwillkürlich langsamer.

Thors Geist durchwehte die gesamte Landspitze, und in Folke kam dankbare Andacht auf, weil er ihn in der Nacht beschützt hatte. Allerdings: Sowenig wie Thor ein stiller Gott war, so wenig leise ging es hier zu; die Wellen an der südlichen Kante der Halbinsel schlugen im stetig wehenden Wind polternd auf die Felsen. Folke hätte seinen Dank auch laut herausbrüllen können – Thor hätte ihn gut verstanden und vielleicht augenzwinkernd seinen Hammer als Antwort geworfen.

Thors Kopf war rund, ausgehauen aus dem oberen Teil eines Pfostens; seine Nase zwischen den apfelrunden Augen war abgeflacht und ging in den Schnurrbart über. An den Mundwinkeln trafen sich der Schnurrbart und der Kinnbart, und zwischen ihnen war der Mund weit geöffnet. Folke umschritt den Pfosten zweimal, und als er das Gesicht erneut von vorn betrachtete, ging ihm auf, daß es den Fibelgesichtern ähnelte. Er tätschelte ihm den Rundschädel und ging dann an die Nordseite der Halbinsel.

Von hier fiel sein Blick auf den Hafen und die Palisade, die ihn einfaßte.

Ein Schiff lief aus. Noch im Hafen wurde die Rah hochgezogen, und das Segel entfaltete sich, als der Drachen seine Nase durch das Tor steckte. Kein Knattern, kein Schlagen: Das rotgestreifte Wolltuch blähte sich, zog das Heck aus dem Hafen, der Schiffsführer legte Ruder, die Seeleute verkürzten die Backbordleinen und belegten sie. Folke nickte anerkennend. Der Schiffsführer verstand sein Geschäft.

Sehnsucht stieg in ihm auf, als das Drachenboot im hellen Licht des späten Vormittags leise und schnell nach Norden davonzog, die senkrechten Streifen des Segels in der Sonne blutrot, hinter sich ein schnurgerades Kielwasser. Dort mitzufahren würde ihm besser gefallen als über die zweifelhaften Geschäfte seines Verwandten mit Fibeln nachzugrübeln. Langsam wanderte er am Ufersaum entlang.

Er wußte jetzt immerhin, daß es außer dem Einzelstück, das in seinem Besitz war, noch Fibeln mit Frauenköpfen in größerer Zahl gab, die anscheinend der Russe auf dem Rückweg in seine Heimat mitnahm. Dazu kamen unendliche Mengen von schlechten Kopien – sie verschwanden vermutlich mit den kleinen Händlern in die Wälder des Svealandes. Aus all dem folgte, daß der Auftraggeber des Prunkstücks sich für gewöhnlich wohl nicht in Birka aufhielt. Tjodolf war leichtsinnig, aber nicht dumm.

Plötzlich hörte Folke Pferdehufe auf dem Uferweg. Es mußten mindestens zwei Pferde sein, vielleicht auch drei. Zu viele. Und Folke befand sich außerhalb des Stadtgebiets, nur mit einem langen Messer bewaffnet, und der Marktfrieden war seit heute früh aufgehoben.

Der Bootsbauer rutschte auf glatten Ledersohlen bis zum Wasser hinunter und verbarg sich hinter einem Felsen. Noch konnte er niemanden sehen. Er legte sich mit dem Rücken flach gegen den Felsen, die Fersen gegen angeschwemmte Tangbündel gestemmt. Dann fiel ihm der Hund ein. Er warf sich über ihn, klemmte ihm die Schnauze zu und schob ihn in seine Achselhöhle. Der Hund zitterte ein wenig, versuchte aber nicht zu jaulen.

Die Reiter hielten neben dem Thorspfahl und sprangen ab.

»Ich glaube nicht, daß es schwierig ist«, sagte eine helle Stimme, die ein wenig heiser war. Unverkennbar Ask. »Knuba ist manchmal ein Narr und Thorgrimm gleich eine ganze Narrenversammlung! Sie wollen nicht verstehen, wie wichtig der Hafen für unsere Zukunft ist. Vielleicht wichtiger als Haithabu. Wer weiß, wie lange Haithabu noch in unserem Besitz bleibt ...«

»Hm«, antwortete ein anderer unbestimmt, dessen Stimme Folke mit Sicherheit nicht kannte.

Er wälzte sich auf die Seite und spähte um die Ecke des Felsens. Am Ufersaum, wo er vor wenigen Minuten selber Ausschau gehalten hatte, stand nun Ask und blickte ebenfalls zum Hafen hinüber. Er war leicht bewaffnet; der Mann hinter ihm um so schwerer.

Ask hob den Arm und visierte wie an Pfeil und Bogen entlang zum Hafentor hinüber. Er schwenkte ihn nach außen, dann nach innen, – im Zentrum das Hafentor. Schließlich nickte er. »Es wird gehen.«

Folke wußte weder, was gehen würde, noch wem der beruhigende Ton galt.

Dem Krieger sicher nicht; dem war nur befohlen worden, den wichtigsten Mann des Königs zu schützen. Für dessen Arbeit brauchte er sich bestimmt nicht zu interessieren. Trotzdem blickten seine hellen Augen immer wieder zu Ask hinüber. Der Mann, den er schützen sollte, schien ihn mehr zu beschäftigen als der Weg, auf dem der Feind kommen konnte. Er war ein sehr junger Mann, wahrscheinlich das erste Mal als Krieger verpflichtet. Sein durchtriebenes Gesicht aber sah alles andere als unerfahren aus. Er trug die kürzeste Tunika, die Folke jemals an einem Mann gesehen hatte, und schwenkte sie keck wie eine Sklavin.

Ask maß mit den Armen, schritt hin und her und blieb endlich an einer Stelle stehen, die er mit dem Fuß markierte. »Hol einen dünnen Baumstamm«, befahl er.

Sein Begleiter lehnte Schild und Speer an einen Busch und verschwand mit der Axt zwischen den Bäumen. Kurz danach waren Axtschläge zu hören, deren Hall kaum verklungen war, als der Krieger schon wieder zur Stelle war. Lautlos, trotz des entasteten und eingekürzten Baumes auf der Schulter, stand er vor Ask, mit nacktem Oberkörper und sehnigen Muskeln, deren aufsteigende Wärme Mücken anlockte. Ask sah den Krieger mit hochgezogenen Augenbrauen an, während dieser stumm die Muskeln spielen ließ. Eine seltsame Spannung lag in der Luft. Folke fühlte sich auf seinem Beobachterposten unbehaglich.

Ask und sein Gefolgsmann schlugen den Pfosten durch die schwarze Erde in einen Spalt im Felsen ein, danach visierte Ask wieder zum Hafentor hinüber. Folke begriff, daß er den Endpunkt einer Linie markierte, die etwas mit einer Erweiterung des Hafens zu tun hatte. Ask, dem Folke ehrliche Arbeit gar nicht zugetraut hatte, schlug wieder zu und der junge Krieger gleich danach. Der Schall fing sich innerhalb der Hafenpalisade und kam als doppelter Knall zurück.

»Du müßtest das Ebergelübde ablegen, wenn wir jetzt Wintersonnenwende hätten«, keuchte der Junge nach einer Weile.

Ask hob die Brauen und ruhte sich auf dem Stiel seiner Axt aus. »Warum?«

»Du schwitzt und stinkst wie Freyrs Eber«, antwortete der Wachmann freimütig, aber es hörte sich wie ein Lob an und wurde auch so entgegengenommen. »Und wenn dein Werk gelingen soll, kann es nicht schaden, sich Freyrs Hilfe zu holen.«

»Ich weiß nicht, ob das so gut wäre«, entgegnete Ask und sah sich verstohlen zum Thorspfahl um. »Hier ist Thors Platz.« Aber das hölzerne Gesicht schwankte nur ein wenig in einem Windstoß. Man konnte es für ein Nicken halten. »Vielleicht hast du recht«, gab Ask versonnen zu. »Ich werde es mir überlegen.«

»Sag mir Bescheid! Freyr ist auch mein Gott.«

Ask runzelte die Stirn. »Bist du nicht etwas zu jung für Freyrs Bräuche?«

Der Krieger kicherte. »Ich bin für nichts zu jung.«

»Nun gut. Ich werde dich rufen lassen. Oder auch nicht, wie es mir gefällt.«

Der Jungkrieger schien sich aus der Zurückweisung nichts zu machen. Er nickte gleichmütig, während Ask am Pfahl rüttelte und zufrieden war, als er sich nicht rührte.

»Dies wird mit Freyr oder Thor oder beiden auf jeden Fall

der größte und beste Hafen im Norden«, prahlte Ask. »Die Händler werden sich sicher fühlen wie in Odins Enddarm.«

Der junge Mann nahm wortlos seine Waffen wieder auf, jedoch so lässig, wie es keinem zukam, der einen wichtigen Gefolgsmann des Königs schützen sollte. »Und wer wird an seinem After wachen?« fragte er frech.

Folke wunderte sich, daß Ask ihm alles durchgehen ließ.

»Ich«, antwortete Ask belustigt.

»... und die Hand aufhalten«, ergänzte der Junge tollkühn.

»Und die Hand aufhalten. Einige andere werden sich beteiligen, vielleicht der König«, sagte Ask und blickte versonnen über die Bucht, die zukünftig ein weiteres Bauwerk seiner Planung beherbergen würde. Abgaben an Häfen und Sunden für die Gunst, hindurch- oder hinein- oder hinausgelassen zu werden – und handeln zu dürfen. Mit dem Wachturm von Gath* an der Schlei war der Anfang bereits gemacht, und nach Birka würden noch andere Bauten folgen. Ask war zufrieden. »Man muß nur aufpassen, daß es die richtigen Hände sind.«

»Du bist schlau wie Loki«, sagte der junge Mann bewundernd.

»Das versteht sich.«

»Man sagt allerhand über dich«, fuhr der Krieger zögernd fort, »aber ich glaube, du bist nicht halb so schlimm, wie man von dir sagt.«

»Ich bin alles, was man von mir sagt...« Ask leckte sich die schmalen Lippen und sah den Jungen überrascht an. Angenehm überrascht, wie Folke stirnrunzelnd feststellte.

»Um so besser.« Der halbnackte Jüngling, der ohne Waffen ganz unkriegerisch aussah, tänzelte zu dem gefährlich-

* siehe auch *Das Drachenboot*

sten Mann des Königreiches hinüber wie ein Auerhahn bei der Balz.

Folke stieg die Schamröte ins Gesicht, als er endlich begriff. Er zog sich so hastig zurück, daß er über angeschwemmte Hölzer stolperte, auf dem Felsen ausrutschte und wie ein Walroß ins Wasser platschte. Der Lärm hätte einen Toten aus Hels Reich zurückrufen müssen – nicht aber zwei Männer aus den Schlünden Utgards.

Als er die Halbinsel im Schutz der Felsbuckel halb umrundet hatte und den Männern am nächsten war, wurde die Gefahr am größten. Lautlos schlich er weiter und kam kaum vorwärts. Das aber war dem kleinen Hund an seiner Seite zu langsam. Hell kläffend umsprang er Folke.

Die Männer fuhren aus dem Gras hoch. Ask, trotz allem, was man über ihn sagte, der erfahrenere im Kampf, griff zu seinem Bogen.

Folke brach wie ein flüchtender Eber durchs Gebüsch. Als einer der langhalsigen Pfeile zischend neben ihm im Geäst einer Eibe einschlug, sprang er kopfüber hinter einen dicht belaubten Busch und kroch von dort aus weiter. Der zweite Pfeil blieb neben ihm in der Grasnarbe stecken, und Folke wußte, noch bevor er ihn herauszog, daß es kein Jagdpfeil, sondern ein lanzettförmiger Kampfpfeil war.

Die Abwehr war nur halbherzig gewesen; die Männer kamen nicht hinter ihm her. Trotzdem war Folke schweißnaß und außer Atem, als er in Tjodolfs Hof anlangte.

Am späten Nachmittag entschloß sich Folke, beim Steinschneider nachzufragen, ob die Dose möglicherweise schon fertig war. Erstens war er darauf gefaßt, daß sie Birka vielleicht ohne lange Vorbereitungen verlassen würden, zweitens – und das war der wichtigere Grund – hatte er die Hoffnung, daß ihm der ehemalige Krieger Näheres über die nächtlichen Pfeile erzählen konnte. Tjodolf war der letzte, den er fragen würde, und Erling war weit weg.

Mit seiner Pfeilsammlung unter dem sommerlichen Umhang erreichte Folke den Platz vor den Wällen, der ihm nun riesig vorkam. Die Händler waren offenbar bis auf die letzte Kiepe fort. Nur vor dem mittleren Tor qualmten Kochfeuer und liefen Gestalten zwischen den angepflockten Rentieren umher. Sein erstes Gefühl war Enttäuschung – wegen der Dose und der Pfeile. Aber dann sah er am Außenrand des Lappenlagers einen einzelnen Mann sitzen, mit gebeugtem Kopf und in seiner Einsamkeit scheinbar unberührt vom quirligen Lappenleben. Das mußte er sein.

Als Folke vor dem Schnitzer stand, sagte dieser, ohne den Kopf zu heben: »Deine Dose ist fertig. Sie ist das schönste Stück geworden, das ich je angefertigt habe.«

Es stimmte. Folke wagte das Prunkstück kaum anzufassen, das in der Hand des Schnitzers matt glänzte wie silbern bestickte grüne Seide. Es war eines Königs als Besitzer würdig. »Meine Frau wird dich rühmen«, sagte er mit rauher Stimme. »Von hier bis nach Haithabu und zurück. Wie heißt du?«

»Hrut, der Isländer.«

»Ich werde dir den Beinamen ›Steinseide‹ geben«, sagte Folke fest, »Hrut Steinseide aus Island. Der bist du.«

Hrut lächelte schwach und blickte erstmals auf. »Ich danke dir. Du bist sicher nicht böse, wenn ich dir sage, daß ich hundertmal lieber wieder ›Hrut der Pfeil‹ wäre?«

Folke hockte sich neben ihn. Er schüttelte den Kopf. »Ich bin auch ein guter Läufer, aber niemand hat mich je pfeilschnell genannt. Ich weiß, was es dir bedeutet haben muß. Bist du im Danelag verwundet worden?«

»Ja«, bestätigte Hrut mit glänzenden Augen. »Wenn ich

den Schlag nicht abgefangen hätte, wer weiß, ob Knuba dann noch lebte.«

»Dein Fuß für sein Leben. War es das wert?«

»Wie kannst du fragen, Folke Bootsbauer!« Hrut stocherte mit der Spitze seines Schnitzmessers im Boden vor seinem einen Fuß. »Jedenfalls dachte ich das ..., bis Ask kam.«

»Was hat Ask damit zu tun?« fragte Folke, während er die Dose vorsichtig auf der Wolldecke des Schnitzers abstellte und dann die beiden Pfeile unter seinem Umhang hervorzog. Hrut griff sofort nach dem dünnen, kurzen Pfeil, den Folke nach dem nächtlichen Angriff auf ihn vor Erlings Haus mitgenommen hatte. »Ask hat Knubas Kopf von vorn nach hinten gedreht«, sagte er. »Als Knuba noch ein Mann wie jedermann war, hat er für seine Krieger gesorgt.«

»Und jetzt?«

»Nichts mehr«, sagte Hrut hart. »Jetzt kümmert er sich um Wachtürme und Palisaden. Aber erzähl mir, woher du den Pfeil hast. Als ich zuletzt einen von der Art sah, steckte er im besten Kettenhemd aller Nordleute, und der Mann war tot.«

»In England?«

»Jawohl«, bestätigte Hrut. »Die Angelsachsen und die Franken benutzen solche Pfeile. Ihre Durchschlagskraft ist viel größer als die unserer Pfeile – als von dem anderen da, zum Beispiel.« Er deutete mit dem Kinn verächtlich auf den Pfeil, den Ask Folke nachgesandt hatte, und rollte den fremdländischen fast zärtlich zwischen den Händen. »Warum hast du sie mitgebracht?«

»Ich wollte dich etwas fragen. Und die Fragen hast du nun schon beantwortet.«

Hrut sah aus, als ob er es bedauerte. Er hätte wahrscheinlich noch stundenlang mit Folke über Waffengänge und Waffen schwatzen mögen. Aber Folke wollte wieder nach Hause. Er bezahlte den Schnitzmeister großzügig und sprang auf. Dann reichte er ihm den fränkischen Pfeil. »Möchtest du ihn haben? Als Erinnerung?«

Hrut strahlte. »Ich wagte nicht, dich zu bitten, weil ich nicht wußte, was er dir bedeutet. Ich werde ihn mir ab und zu ansehen: die einzige Waffe, die mich bei den Angelsachsen nicht getroffen hat ...«

Folke sah nachdenklich auf den Handwerker hinunter. »Vielleicht kannst du solche Pfeile selber herstellen? Zusammen mit einem Sklaven? Dann werden unsere Könige in Zukunft weniger Wikingerbeine aufs Spiel setzen müssen. Und vielleicht wirst du ja wieder ›Hrut der Pfeil‹ ...«

Hrut schnaufte überrascht und sah mit offenem Mund hinter Folke her. Erst als der letzte Käufer dieses Marktes zwischen den Häusern verschwunden war, stieß er sein Schnitzmesser bis zum Griff in den Boden und schwenkte den Pfeil in der Luft. Das Gebrüll, das er dabei ausstieß, war so kriegerisch, daß die Lappen zu Pfeil und Bogen griffen und ihre Rentiere an den Fesseln ruckten.

Aber sie beruhigten sich schnell, als sie sahen, daß der bisher so stille Nachbar nur einen Jubelschrei und keinen Kampfruf von sich gegeben hatte.

Eine der Lappenfrauen beschloß dennoch, ihn vorsichtshalber mit einer Schale Kräutersuppe zu befrieden.

12

Ein toter Knecht

Wieder schlief Folke eine Nacht schlecht. Als er am Morgen auf der Bettkante saß, sich die Schlaffalten aus dem Gesicht strich und die Rentierhaare von der Zunge zupfte, wußte er ganz sicher, daß es Zeit war, Birka zu verlassen.

Wenige Minuten später erfuhr er, daß es unmöglich war.

Aasa kam an sein Lager geschlichen, ließ sich auf die Knie sinken und flüsterte ihm zu, daß er in den Hof kommen solle. Nein, Tordis solle er nicht wecken, nur sofort kommen! Sie preßte die Lippen zusammen und atmete hörbar durch.

Folke stürzte hinaus.

An der Pforte zum Hof stand Gunnhild mit bleichem Gesicht. Halb innen im Hof, halb außerhalb lag ein Mann, das Gesicht unter schwarzen Haaren verborgen, zwischen den Tonscherben. Sein einfacher grauer Umhang war zwischen den Schulterblättern blutdurchtränkt und steif. Der Mann war zweifellos tot.

Folke zog erstaunt die Augenbrauen hoch. Gunnhild blickte ihre Verwandten vorwurfsvoll an, als ob dieses alles nicht nur seit, sondern wegen ihrer Ankunft geschehen sei. Dann legte sie die Hände vor das Gesicht. »Ich will keine Toten mehr sehen«, sagte sie mit erstickter Stimme, »selbst wenn sie nicht zu unserer Sippe gehören. Es ist zuviel.«

»Ich bringe ihn hinaus«, bot Folke hilfreich an. Es hätte

nicht viel gefehlt, und er hätte den Mann an den Füßen gepackt und in die Straße gezogen.

Aasa wurde wütend. »Unsinn! Wo hast du denn deinen Verstand? Du solltest lieber darüber nachdenken, warum der Mann hier liegt!«

»Warum ...?« Folke, der seit seinem hastigen Aufstehen noch gar nicht ganz zu sich gekommen war, begriff langsam, daß Aasa nicht ohne Grund ihn geholt hatte, während Tjodolf noch in festem Schlaf lag.

Aasa wich seinem fragenden Blick aus. »Halldis ist mir nicht aus dem Sinn gegangen«, gab sie leise zu.

Gunnhild, der ihre Ziehtochter erst recht nicht aus dem Sinn gegangen war, versteinerte wie in großer Kälte, so daß Aasa sie besorgt ansah. »Was verschweigt ihr mir? Was ist mit Halldis?«

Aasa nahm ihre Verwandte in den Arm und hielt sie fest. »Halldis hat sich vielleicht an einer Fibel verletzt ...«, sagte sie behutsam.

»In welcher Hand hielt Halldis den Löffel?« fragte Folke, der sich nicht darum kümmerte, daß Gunnhild vor Trauer und Entsetzen weiß im Gesicht wurde.

»Mit der linken.«

Folke warf seiner Mutter einen beziehungsvollen Blick zu. »Dann hat sie sich den Stich selber beigebracht.«

»Ich habe meine Meinung ja längst geändert«, gab Aasa zu. »Halldis ist ein Glied in einer Kette von Ereignissen, aber sie ist nicht ihr Ende. Ich fürchte, dieser fremdländische Mann gehört dazu – deshalb habe ich dich gerufen, Folke. Aber er ist auch nur ein Mittelglied. Auf ihn wird noch etwas folgen ...« Ihre Stimme wurde tonlos, während Folke sich schon neben den Toten kniete.

»Wir sollten ihn hineinbringen«, entschied Folke, »vielleicht trägt er etwas bei sich, das uns mehr sagt. Ich würde auch gerne wissen, woran er gestorben ist. Außerdem müssen wir Dag Wikgraf benachrichtigen, daß er den Toten abholen lassen soll.«

Aasa fand seine Entscheidungen richtig. Trotzdem wußte sie, daß Dags Ärger sich bald gegen Tjodolfs Sippe richten würde. Irgendwann würde er sogar behaupten, daß Folkes hugr unbequeme Tote geradezu anzöge.

Gunnhild hatte nicht alles verstanden, gleichwohl holte sie Träl und einen weiteren Mann, die den Toten in den Schuppen beförderten. Sie sah aus der Entfernung zu, wie Aasa und Folke die Tür hinter sich zumachten, als die Sklaven wieder aus dem Schuppen herausgekommen waren – diesem Häuschen, das seit wenigen Tagen als Rastplatz für Tote diente, die aus unbekannten Gründen umgekommen waren. Eigentlich war es Hels Sache, sich darum zu kümmern. Aber Gunnhild vertraute Aasa. Trotzdem floh sie vom Hof, um bei einer Nachbarin Schutz vor ihren eigenen Ängsten zu suchen.

In der Ruhe der Hütte, sah Folke erstmals das Gesicht des Toten: Er war der Betrunkene, den der Fährmann in der Nacht des Blots ins Wasser gejagt hatte.

»Kennst du ihn?« fragte Aasa, die ihren Sohn beobachtet hatte.

»Hm«, sagte Folke und kratzte sich seinen jugendlichen Bart, während er die Konsequenzen überdachte. »Ich bin nicht sicher.«

»Was er wohl hier wollte?«

»Er sieht aus, als ob er Angst gehabt hätte, es nicht zu schaffen«, sagte Folke. »Hat einer, der stirbt, noch Zeit, sich zu fürchten?«

»Die alten Dichter kümmern sich um solche Fragen nicht«, antwortete Aasa, während ihr Sohn den Toten auf den Bauch wälzte.

»Sieh mal, er war bewaffnet!« Folke hatte unter dem Umhang die dünnen harten Schäfte von Pfeilen gefühlt. Als er sie nun aufdeckte, kam ein ganzes Bündel Pfeile zum Vorschein. Sie waren dünn wie Schilfrohr; ihr viereckiges Blatt war so schmal wie der Schaft und saß auf diesem auf. »Kampfpfeile«, sagte Folke bedächtig. »Kampfpfeile, wie sie von Angelsachsen und Franken benutzt werden.«

»Nanu.« Aasa war verblüfft. »Ich wußte gar nicht, daß du dich mit südländischen Waffen so gut auskennst.«

»Eingetauscht«, erklärte Folke. »Wissen gegen Pfeil. Besser als Fuß für Leben.«

»Sicher, sicher«, stimmte Aasa verständnislos zu.

»Aber wo ist der Bogen?«

»Da war kein Bogen. Einen Bogen kann ich immerhin erkennen.«

Folke sah seine Mutter verschmitzt an. »Laß mir den kleinen Vorsprung. Ein einziges Mal. Er wird ihn wohl verloren haben ...«

Aasa lächelte versöhnt.

Währenddessen hatte Folke das Obergewand des Mannes hochgezogen und seinen Rücken entblößt. Er stöhnte erschrocken auf. Der Rücken des Toten war übersät von blauunterlaufenen Striemen, von denen einige aufgeplatzt waren. Verwischte Spuren von verkrustetem Blut röteten die ganze Rückenhaut und waren stellenweise mit dem Kittelhemd verklebt.

»Das ist ja seltsam«, sagte Folke mit zusammengekniffenen Augen. »Oder vielmehr grausam.«

Aasa nickte angewidert. »Sein Herr muß ihn einige Stunden, bevor er starb, verprügelt haben. Als Strafe war es zu hart. Wahrscheinlich ist der Herr sehr jähzornig. Welchen Sinn sollte es haben, seinen Sklaven so zu schlagen, daß er daran stirbt?« Sie überlegte einen Moment, bevor sie weitersprach. »Mit diesen Verletzungen wollte er doch zu mir. Vielleicht hat ihm jemand erzählt, daß ich ...«

»Er starb an den Schlägen?«

»Gewiß«, sagte Aasa. »Sieh hier die Einbuchtung. Vermutlich hat sein Herr ihm eine Rippe gebrochen, und daran hat der Mann sein Inneres aufgespießt.«

Folke suchte in seinem Kopf zusammen, was er über den Mann wußte: Viel war es nicht. Da wurde die Tür leise aufgezogen, und Träl steckte seinen Kopf herein. Seine Augen suchten Aasa, dann winkte er sie hinaus in den Hof. Folke hörte sie miteinander reden.

Danach kam Mutter Aasa kopfschüttelnd zurück. »Warum hat er das nicht eher gesagt? Träl hat mir gestanden, daß er den Mann kannte: Er habe sich schon früher nach dir erkundigt. Nun scheint mir doch wieder, er wollte heute nacht nicht zu einer heilkundigen Frau, sondern zu dem Mann, den er suchte.«

Folke zog die Stirn in Falten. »Was sollte er schon von mir wollen? Ich hab doch nichts ...« Im gleichen Moment wie seiner Mutter fiel es ihm wie Schuppen von den Augen. »Die Fibel! Er hatte ein größeres Recht auf die Fibel als ich«, murmelte er. »Dann muß doch er der Mann sein, der sie im Wald verloren hat!«

»Glaubst du, ein solcher Mann besitzt zu Recht eine königliche Fibel?«

Aasas Handbewegung deutete an, was sie von dem Mann hielt. Seine Kleidung war nicht ärmlich, aber ohne jeden Schmuck: ein graues Wollhemd über einer grauen Hose und darüber ein einfacher Umhang. So gekleidet ging nur ein Sklave oder ein Knecht. Folke mußte daran denken, wie er den unbekannten Frager für einen christlichen Aufwiegler gehalten hatte. Er hatte immerhin darin richtig geraten, daß er ihn für einen Fremden hielt.

»Vielleicht hat er sie selber gestohlen und beim Zusammenstoß mit mir verloren. Vielleicht dachte er, daß auf diesem Weg zur Nachtzeit nur Franken unterwegs sind ...«

»... und er die Fibel unter dreißig Franken suchen muß. Ja«, sagte Aasa zweifelnd, »dein Verdacht könnte stimmen. Andererseits war er tödlich verletzt. Da läuft man nicht mehr herum und sucht nach Fibeln.«

Folke wiegte den Kopf. Wie auch immer man die Sache drehte, sie blieb rätselhaft. »Ich muß den Besitzer der Fibel so schnell wie möglich ausfindig machen«, sagte er nüchtern. »Es wird weder bei Tage noch in der Nacht einen Grund geben, nach ihr zu suchen, wenn in aller Öffentlichkeit bekannt ist, daß sie sich bei ihrem rechtmäßigen Besitzer befindet.« Er deckte den Toten bis zum Gesicht mit seinem Umhang zu, lehnte sich mit verschränkten Armen an die Holzwand und betrachtete ihn. Er war vermutlich ein fränkischer Knecht und konnte ebensogut zu den Schiffsbesatzungen gehören wie zu den Leuten im fränkischen Hof in der Stadt. Oder zu denen des friesischen Hofs. Oder ... oder ... Es gab viele Möglichkeiten. Er seufzte.

»Ich glaube, Dag Wikgraf kommt schon«, sagte Aasa und lauschte nach draußen.

Folke, der hinter der Tür stand, zog sie auf. Aber statt Dag trat Tordis ein. »Oh, da bist du«, sagte sie zu Aasa. »Ich suche überall nach Folke.«

»Der ist hier«, brummte Folke, nicht erfreut darüber, daß nun auch seine Frau durch einen unbekannten blutverschmierten Toten erschreckt werden würde.

»Ach«, sagte sie und blickte hinter die Tür; den toten Knecht streifte sie nur mit einem Blick. »Und warum schließt ihr euch hier mit diesem Toten ein, statt ihn auf sein Schiff zu bringen? Gunnhild ist bestimmt nicht erfreut über solche Gäste.«

Folke packte seine Frau am Arm und zwang sie, ihn anzusehen. »Du kennst ihn? Wer ist er?« Er hätte beinahe schwören können, daß Tordis verlegen wirkte, und das konnte er sich am allerwenigsten erklären.

Tordis befreite sich verärgert aus seinem Griff. »Er ist der Knecht des Tuchhändlers«, sagte sie bestimmt.

»Der Franke?«

Tordis stutzte, dann zog sie die Schultern hoch. »Das hat er nicht gesagt. Der Händler spricht eher Dänisch als Schwedisch, aber nicht besonders gut. Er sieht aus wie tausend andere Männer auch, nichts Auffälliges ...«

»Verkaufte er auch Felle?«

Tordis überlegte kurz. »Nein, aber ich glaube, er nahm Felle in Zahlung.«

Folke deutete mit den Händen auf seinem Kopf herum und sprach sehr schnell. »Blonde Haare, aber sehr dunkle Augenbrauen und Augen? Und er handelte mit Sklaven.«

»Das ist er«, sagte Tordis und nickte. »Aber Sklaven? Ich weiß nicht. Am Verkaufstag war ich beim Tuchhändler. Er ließ sich von diesem Mann vertreten. Nur Gunnhild ging zu den Sklavenhändlern ...«

Aasa, die das Gespräch aufmerksam verfolgt hatte, lächelte leise. Als ihr Sohn genug erfahren hatte, um eine Weile beschäftigt zu sein, nahm sie die junge Frau beim Arm und ging mit ihr hinaus. »Was hast du eigentlich bei dem Tuchhändler gemacht?« hörte Folke sie sanft fragen.

»Oh, Mutter« , brach es aus Tordis heraus, »er hatte ja so schöne Stoffe. Und dann etwas, das ich noch nie gesehen habe: ein Kleid, das zum Verkauf auslag, weißt du, ein solches, wie Embla es trägt ...«

»Ein fertiges Kleid?« fragte Aasa verblüfft. »Wie kann er denn ein Kleid verkaufen, das für eine andere Frau genäht wurde?«

»Das weiß ich nicht«, bekannte Tordis, und ihre Stimme hörte sich ganz träumerisch vor Glückseligkeit an, »aber mir paßte es, als hätte er an mir Maß genommen.«

»Oh, Tordis, welch schreckliche Vorstellung! Du hast es bei ihm anprobiert?«

Folke lauschte und konnte sich gut vorstellen, daß seine Mutter nun den Kopf schüttelte, und über seine Frau mußte er lachen. Über Embla war sie anfangs entsetzt gewesen, jetzt lief sie dort auf dem Hof mit Aasa herum und versuchte, sie zu beschwatzen, damit sie solche Kleider ebenso schön fand. Dabei sah er gar keine Notwendigkeit, daß seine Mutter zustimmen mußte, wenn Tordis sich anders kleiden wollte. Außerdem hatte sie mit ihrer Morgengabe ausreichend Mittel bekommen, um sich diesen Luxus leisten zu können.

Folke trat in die Tür und lehnte sich lässig an den Türholm, der unter seinem Gewicht ächzte – Tjodolf hätte ihn längst erneuern müssen. »Kauf dir das Kleid doch, Tordis!«

Tordis fuhr herum und fragte atemlos: »Meinst du wirklich?«

Folke nickte. »Du bist schöner als Embla. Du würdest dem Kleid viel mehr Glanz verleihen. Wie eine fränkische Königin würdest du aussehen.« Mit einer imaginären Kopfbedeckung in der Hand verbeugte er sich höfisch.

Tordis machte sich lachend von Aasas Arm frei und wollte ins Haus laufen. Plötzlich kehrte sie um und kam enttäuscht zurück. »Ich glaube, er ist fort. Die meisten Händler sind fort ...«

»Na ja«, gab Folke zu. Das war mehr als wahrscheinlich. »Vielleicht fährt er nach Haithabu«, versuchte er, sie zu trösten. »Ich glaube sogar bestimmt, daß er dort hinkommt. Er hat ja von Haithabu erzählt ... Ich nehme an, daß er dort sein Dänisch gelernt hat.«

Tordis verzog das Gesicht. Es war unwahrscheinlich, dann hätte sie ihn ja schon früher dort sehen müssen.

Wenige Minuten später betrat der Wikgraf mit zwei Männern seiner Wache den Hof. Wie Aasa es vorausgesehen hatte, drückte seine Miene tiefe Abneigung gegen eine Sippe aus, die ihn ständig mit Leichen belästigte. Aber er wies die Männer an, den Toten auf ein Brett zu heben.

»Und du konntest nicht selber veranlassen, daß er zum Schiff des Franken getragen wird?« fragte er Folke mit leisem Hohn. »Du bist wohl gewohnt, daß in deinem Gau dein König für dich alles erledigt – wo immer du herkommst!«

Folke sah ihn überrascht an. »Bis kurz bevor du kamst, wußte ich nicht, wohin der Mann gehört. Mittlerweile weiß ich es, aber das nützt auch nichts. Der Herr der Leiche ist abgesegelt.«

»Er ist nicht abgesegelt!« widersprach der Wikgraf unwirsch. »Das Schiff liegt im Koggenhafen, wie seit Tagen, und rührt sich nicht.«

Als die Männer den Knecht des Tuchhändlers endlich aufgeladen und verschnürt hatten und schon zum Tor hinausgetrabt waren, begleitete Folke Dag den Hochmütigen höflich bis zum Tor. »Übrigens, Knuba ist auch mein König«, sagte er, »er kennt mich nicht, und ich kenne ihn nicht. Aber mein Wikgraf in Haithabu kennt mich, und er ist gewohnt, daß ich rätselhafte Todesfälle für ihn aufkläre. Das Leichenschleppen überlasse ich für gewöhnlich anderen.«

Dag sah Folke entgeistert an. »Rätselhaft?« Dann schob er den zweiten Mann mit seinem Schild vorwärts, als sei er froh, endlich die Straße des Königs betreten zu können, und hastete mit den Männern davon.

Folke schloß das Tor nachdrücklich hinter ihm.

»Oh, Folke«, tadelte Aasa ihren Sohn, »das war aber sehr übertrieben. Wenn das unser Wikgraf wüßte.«

»Würde er lachen. Knuba und seine merkwürdigen Gefolgsleute fangen an mich zu ärgern«, sagte Folke sehr bestimmt, und Aasa dachte sich gleich, daß da noch etwas vorgefallen sein mußte, von dem sie nichts wußte.

Folke ging schnurstracks zu Tjodolf, der trotz der Ereignisse auf seinem Hof noch in seinem Bett lag und mit offenem Mund laut schnarchte. Folke rüttelte ihn unbarmherzig wach und informierte ihn mit wenigen Worten.

Tjodolf stemmte sich schlaftrunken auf den Ellenbogen, während sein Verwandter berichtete. Er war zu gutmütig, um Folke übelzunehmen, daß er sich kurzerhand an die Stelle des Hausherrn gesetzt hatte. Wenn er es genau bedachte, war er sogar ganz froh. Bei der Erwähnung von Dags Fassungslosigkeit lachte er leise, und danach war er endlich richtig wach. Er setzte sich auf.

»Was willst du wissen? Du willst doch etwas wissen? Sonst hättest du mich ausschlafen lassen.«

»Diese Fibel, die ich gefunden habe – wann hast du sie gemacht?«

»Das weißt du?« fragte Tjodolf und schnalzte mit der Zuge, als hätte sich Folke in ein Betriebsgeheimnis gedrängt.

Folke blähte empört die Wangen. Tjodolf hatte nicht einmal ein schlechtes Gewissen, daß er seinen Verwandten im dunkeln hatte herumtappen lassen. Aber er verkniff sich eine Bemerkung darüber und nickte.

Tjodolf sah ihn betrübt an. Gerne würde er seinem Verwandten helfen, er wußte nur nicht, wie. Dann hellte sich sein Gesicht auf. »Er hat mir eigentlich nicht verboten, darüber zu reden, ich hab's nur nie getan.«

»Dann tu es jetzt.«

»Er hat mir viel Geld dafür gegeben.«

»Nicht für das Schwelgen«, sagte Folke, »sondern für die Kunst. Je königlicher eine Fibel ist, desto lauter muß man sie loben, finde ich. Normalerweise findet der Käufer das auch.«

Tjodolf, dem die Haare wild über die Augen hingen, kratzte sich seinen verstrubbelten Kopf. Der Vorhang war völlig ausreichend, um mitten am Tag Dämmerung vorzutäuschen, und entsprechend nachgiebig war er noch gestimmt. »Im Sommer vor zwei Wintern. Nach der großen Mittsommerfeier fing ich an, bei Winterbeginn war ich fertig. Er war pünktlicher als ich: Er mußte noch ein paar Tage warten.«

Dann stimmte es also, was Träl ihm erzählt hatte. »Und seitdem hast du die Fibel nie mehr gesehen?«

Der Goldschmied schüttelte bedächtig seinen Kopf.

»Wer war der Käufer?«

»Er war ein Händler, kein gewöhnlicher Käufer.«

Folke, der immer noch in der Hocke neben Tjodolfs Bett saß, verlor vor Überraschung fast das Gleichgewicht. »Ich war der Meinung, du hättest nur eine einzige Fibel verkauft ...«

Tjodolf strich sich die Haare zurück und grinste. »Du meinst – bei einem Wiederverkäufer nicht weniger als hundert Fibeln ...«

»So ungefähr.«

Tjodolf schüttelte den Kopf. »Nein, es war ganz anders. Der Mann wollte nur diese eine, und er wollte auch nur die Hälfte. Die schönere.«

Folke zog die Augenbrauen bis zum Haaransatz hoch.

»Die obere«, erklärte Tjodolf und lachte. »Noch nie habe ich vorher eine Fibel ohne Nadel und Lager abgegeben. Das war die teuerste Fibel in meinem Leben! Und die Spiralen stammen natürlich auch nicht von mir, wie du dir denken kannst.«

»Ich weiß schon: Finnen und Karelier. Die Fibel muß dort drüben gewesen sein.« Dann fragte Folke gespannt: »Wie hieß der Käufer?«

»Ich sagte dir ja: Er war ein Händler und wollte sie weiterverkaufen. Du kennst ihn nicht.« Tjodolf verschränkte die Hände hinter seinem Kopf und blinzelte gähnend auf Folke hinunter. »Ein Russe.«

»Swjatoslaw?« fragte Folke ahnungsvoll.

Plötzlich saß Tjodolf gerade wie eine Tanne auf der Bettkante. »Das stimmt«, stellte er staunend fest. »Ich glaube, deine Mutter hat recht, wenn sie deinen Verstand lauter lobt als Gunnhild ihre Hühnereier.«

Folke interessierten weder die Eier noch die Henne. Ihm ging es um die Taube, und er war der Falke. »Wolltest du keine Nadel anbringen?«

»Ich durfte nicht. Aber ich erfuhr nicht, warum.«

»Dann war das alles für dich wohl ein gutes Geschäft?«

Tjodolf wiegte den Kopf. Diese Frage hatte er sich selber immer wieder gestellt. »Ich weiß nicht recht«, sagte er unsicher. »Gold hat er mir ja genug gegeben, aber nur für die eine; nicht für die hundert, die ich nicht machen durfte.«

»Hättest du lieber die anderen hundert angefertigt?«

»Sie hätten mehr Gold gebracht, aber vielleicht weniger Ruhm.«

»Bisher habe ich vom Ruhm der einen noch nichts gehört«, sagte Folke steif, »und das kann anders ja auch nicht sein, da du selbst dich noch vor einigen Tagen nicht erinnert hast, daß sie von dir stammt.«

Erstmals sah Tjodolf Folke wirklich unsicher an. »Nun«, sagte er gedehnt. »Das ist wohl wahr. Aber jetzt, wo du Bescheid weißt und dein gut geschmiertes Mundwerk auch mein Loblied anstimmen könnte, wird es wohl schneller gehen. Schließlich bist du mein Verwandter.«

Folke mußte lachen über Tjodolfs Unverfrorenheit. Daß er jetzt immer noch die Fibeln mit den Frauenköpfen verschwieg, war allerdings blanke Unehrlichkeit. Aber Tjodolf sah das wohl anders; er sah überhaupt nur, was ihm paßte. Folke erhob sich. »Sobald ich weiß, wer der jetzige Besitzer ist, werden wir ein großes Heldenlied auf den Fibelkünstler anstimmen ...«

»Ich wußte ja, auf dich ist Verlaß, Verwandter.« Tjodolf gähnte schläfrig und sank zu einem kleinen Nachschlaf auf sein Lager zurück.

»Übrigens, ist es eine Männer- oder eine Frauenfibel?«

Tjodolf fuhr hoch, als hätte einer »Feinde!« gerufen. »Ja, für wen sie jetzt ist, möchte ich auch gerne wissen«, bestätigte er voller Empörung. »Oval – wie eine Frauenfibel; ein Einzelstück – wie eine Männerfibel; eine Nadel für die Finger von Riesen; und Spiralen – von tückischen Zwergen wie einen bösen Zauber angehängt. Die Fibel ist nun für Midgard, für Asgard und für Utgard – oder am besten für keinen mehr!« schrie er schließlich, außer sich vor Zorn.

Tjodolf war in seinem künstlerischen Stolz verletzt, Folke verstand es gut. Er hatte sich auch schon über stümperhafte Reparaturen an seinen Schiffen geärgert. »Für Götter und Menschen ist sie«, sagte er gutmütig, »für wen sollte ich sonst dein Lied singen?«

Die Hausherrin kehrte von ihrem Besuch bei der Nachbarin zurück; Tordis, die doch noch schnell auf den Markt gelaufen war, hatte sie mitgebracht, und Aasa kam von selbst. Die Frauen schwatzten, aber Gunnhild hörte Folke noch reden.

»Nanu?« fragte sie ungläubig. »Seid ihr so fröhlich, daß ihr singen wollt?«

»Eigentlich nicht«, widersprach Folke mit einem Seufzer,

»wir haben nur von Heldenliedern und Lobliedern gesprochen, von Trauergesängen und anderen ...«

»Sing mir das Lied vom König von Thule«, verlangte Granc, den es mit den Frauen hereingeweht hatte, und er bettelte, bis sein Vater ihm den Gefallen tat. Grane sang für sein Leben gern, und zu Hause lief er am liebsten mit der Vatermutter Aasa mit, die ihm vorsang oder von den Göttern erzählte, was fast dasselbe war. Aber wenn sein Vater mit ihm sang, war ihm, als fliege er auf Thors Bockwagen hoch über der Erde dahin ...

Mimirs Haupt

13
Tjodolfs Jagdhund

Wie viele Männer mochte es wohl in Birka geben, die nachts auf einen Bootsbauer aus Haithabu mit fränkischen Pfeilen schossen? Die Wahrscheinlichkeit sprach dafür, daß es nicht allzu viele waren. Die Wahrscheinlichkeit sprach auch dafür, daß es etwas mit der Fibel zu tun hatte. Der einzige, der sowohl mit der Fibel als auch mit fränkischen Pfeilen in Zusammenhang zu bringen war, war der fränkische Schiffsknecht. Aber wer hatte ihn so verprügelt, und warum? Oder hatten die Prügel nichts mit der Fibel zu tun?

Folke stand auf der Schwelle des Hauses und überlegte, nachdem Grane ihn nach dem dritten Lied entlassen hatte. Es wurde gelegentlich Zeit, dem Jungen Bogen und Pfeil fertig zu machen, das Singen sollten die Frauen übernehmen. Dafür würde er ihm das Spiel auf der Hneftafl beibringen …

Seine Gedanken schweiften wieder zur Fibel ab. Der Kiewer hatte keinen Anspruch auf die Fibel erhoben – er hatte sie kaufen wollen. Auf dem Markt war Folke noch nicht viel an diesem Gespräch aufgefallen, jetzt um so mehr. Vermutlich hatte der Händler sie verkauft und war überrascht gewesen, sie in Folkes Hand wiederzusehen – aber er hatte nicht genug von der Angelegenheit gewußt, um einfach zu behaupten, daß sie ihm oder einem anderen gestohlen worden war. Warum war die Fibel nicht beim letzten Käufer geblieben? Auf jeden Fall mußte er seine Suche nach dem

Besitzer beim Russen beginnen. Dringend. Denn jetzt ging es auch um sein Leben. Vielleicht war Swjatoslaw doch noch nicht fort. Nicht jeder fand sofort ein Schiff. Folke tätschelte dem Hund nachdenklich den Kopf.

Er zog entschlossen die Tunika unter dem Gürtel glatt und trat in den Hof. Noch bevor er die Hofpforte erreicht hatte, hörte er auf der Straße einen gleichmäßigen Singsang, dessen Worte er anfangs nicht verstand. Aber dann schälten sich aus dem Pfeifen des harten Windes Worte heraus, die er kannte:

»Vieles weiß ich,
Fernes schau ich:
der Rater Schicksal,
der Schlachtgötter Sturz.«

Folke ahnte, wer da kam, und grinste. Gleich darauf bog Erling schwankend ins Tor ein, wobei er den einen Türpfosten rammte, bevor er im Hof landete und wieder sicher auf beiden Beinen stand. Er schien sehr vergnügt zu sein. Als er Folke bemerkte, schob er seinen lose sitzenden Lederhelm nach hinten, riß die Augen weit auf und runzelte die Stirn. »Ein Skalde grüßt den anderen. Warst du nicht vor ein paar Wintern bei mir auf Adelsö?«

»Vor ein paar Tagen«, stellte Folke respektvoll richtig. Der Mann, der schon lange kein Krieger mehr war, einst aber berühmt, und der damals auch das Ohr und die Zuneigung eines gerechten Königs besessen hatte, war ein großer Mann. Einer aus der Zeit der Helden, nach der sich so viele zurücksehnten. Daß jetzt sowohl Erlings Kopf als auch die Gerechtigkeit des Königs geschrumpft waren, tat Folkes Hochachtung keinen Abbruch. »Ich heiße dich im Namen meines Verwandten Tjodolf willkommen!«

»Kann er das selber nicht mehr?« fragte Erling belustigt. »Ist er auch alt geworden?«

Folke wand sich innerlich. Der Schnitzer machte sich über ihn lustig! »Er schläft.«

»Ho! Schläft!« brüllte eine Stimme neben Folkes Ohr, und Tjodolf stürzte über die Schwelle, so schnell es sein verletztes Bein zuließ. »Erling Drachenkopf!«

»Tjodolf Zaunfresser!«

Dann lagen sich die beiden Männer in den Armen.

Über dem ungewohnten Lärm waren die Hausbewohner im Hof zusammengelaufen und sahen verwundert zu, wie die zwei Männer sich gegenseitig auf den Rücken klopften und lachten, daß es durch den Hof schallte, dann zogen sie untergehakt ins Haus.

Folke blickte Gunnhild fragend an. Sie flüsterte ihm zu: »Erling ist schon mehrere Jahre nicht hiergewesen und Tjodolf nicht bei ihm.«

»Warum nicht?« fragte Folke, wo es doch so offensichtlich war, daß sie eine alte Freundschaft verband.

»Ich muß nun hinein.« Gunnhild eilte fort.

Folke ging ihr gemächlich nach. Seine Suche nach dem Russen war einstweilen aufgeschoben.

Im Haus saß Tjodolf schon in seinem Hochsitz, neben ihm in Gunnhilds etwas niedrigerem Stuhl der Gast. Gunnhild wirtschaftete im Vorratsraum. »Möchtest du Wein haben, Erling?«

»Gunnhild«, antwortete Erling ausnahmsweise ernst, »im Reich der Franken habe ich an der Seite des Königs und deines Hausherrn so viel Wein getrunken, daß ich ganze Seen davon ausgepißt habe. Hier aber, im Herzen des Sveareiches, pisse ich nach Wikingerart Met und Bier!«

Gunnhild hatte es gutgemeint. Wein war nur für ganz besondere Anlässe gedacht. Sie wurde rot vor Ärger.

»Und einen König brauchen wir zwei nicht«, setzte Tjodolf hinzu, und Folke mit seinen geschärften Sinnen hörte sofort die Befriedigung heraus. Er fragte sich, ob der Aufstieg Erlings beim König vielleicht der Grund für das Zerwürfnis gewesen sein konnte – Erling als Berater neben dem König, während Tjodolf, als Krieger ausgemustert, nur eine ungeliebte Arbeit hatte.

Folke suchte sich einen Schemel und setzte sich still zu den beiden Männern. Sie würden sich nicht gestört fühlen – vielleicht im Gegenteil. Ältere Männer lieben Ohren, die ihre Geschichten noch nicht gehört haben. Er nahm Grane auf seine Knie, der Erling nicht aus den Augen ließ.

Die Männer schwiegen, bis Gunnhild mit dem Bier kam, ein Horn voll mit dem besten Bräu des Hauses. Wortlos übergab sie es Tjodolf. Dieser nahm einen tiefen Schluck, blickte Erling fest an und hob das Horn in die Höhe: »Ich trinke dir zu.«

Gunnhild brachte das Horn zu Erling, der es genauso feierlich entgegennahm und dem Hausherrn zutrank. Dann furchte er die Stirn, nahm noch einen Schluck und sagte zu Folke: »Ich bin zu alt, um noch jahrelang zu prüfen, wem ich meine Freundschaft schenke. Mein Weib gab sie dir schon – selbst wenn du es nicht bemerktest. Obwohl ihr Geschmack nicht immer der beste ist: Dieses Mal hat sie recht.«

Er bot Folke das Horn an, und der legte seine beiden Hände um die von Erling und trank ihm danach ebenfalls zu. Folke war so überwältigt von der Ehre, die ihm Erling antat, daß er außer einem Dank nichts zu sagen hatte.

»Dein Verwandter ist doch sonst nicht auf den Mund gefallen, Tjodolf«, brummte Erling schmunzelnd und griff mit langem Arm nach dem Bierhorn. Dann kümmerte er sich eine Weile ganz allein um dessen Inhalt, aber er schien ihm wenig anzuhaben, im Gegenteil, Erling wurde immer nüchterner.

»Er wird seine Gründe haben zu schweigen, Erling.«

»So, wie ich die meinen habe, nicht mehr zu schweigen. Tjodolf, warum hast du Folke mit der Fibel zu mir geschickt?«

Folke sah auf. Nie hätte er gedacht, daß diese Fibel die Gewohnheiten eines Mannes wie Erling so umwerfen könnte, daß er bereit war, um ihretwillen eine zerbrochene Freundschaft zu flicken. Oder hatte das Blot ihn in die Stadt zurückgeführt? Auf jeden Fall war es gut, daß er selber hiergeblieben war. Folke versuchte, nicht allzu neugierig auszusehen.

Während Tjodolf seine Lippen wie ein Pferd hin und her schob, rutschte Grane gelangweilt von Folkes Knien. »Mir schien, daß ich am Ende nicht ein gutes Geschäft gemacht, sondern daß mich einer hereingelegt hätte«, sagte Tjodolf und glättete die Lippen wieder manierlich, als hätte er endlich die richtige Witterung aufgenommen.

Erling lachte von Herzen. »Und ich sollte dein Rätsel also lösen, mit Folke als ahnungslosem Boten.«

»Ja, das dachte ich mir«, bekannte Tjodolf freimütig.

Erling schüttelte ein wenig betrübt den Kopf. »Du hast dich nicht verändert, Tjodolf. Ich, versoffener Skalde, durch Asks Gnade noch an Knubas Seite, eigne mich dazu nicht. Und du mußt auch schon versoffen sein, wenn du nicht merkst, daß du im eigenen Hause einen guten Spürhund hast. Warum läßt du ihn nicht los?«

Tjodolfs Blick verwirrte sich. »Wen meinst du?« fragte er betroffen.

»Deinen neuen Jagdhund«, antwortete der Besucher mit ungewohnt metallischer Stimme. »Er läuft mit der Nase am Boden durch Birka und nimmt Witterung auf. Richtige Spuren – falsche Spuren? Ich weiß es nicht. Aber es muß hier Leute geben, die schon Angst bekommen haben, wie man hört.«

Tjodolf schrumpfte ein wenig zusammen unter diesem Tadel, aber dann richtete er sich auf und blickte böse auf seinen Gast hinunter. »Was wirfst du mir eigentlich vor? Wenn ich dich recht verstehe, willst du, daß ich Folke loslasse, beklagst dich aber gleichzeitig, daß ich es schon getan habe!«

»Du hast und hast auch nicht«, antwortete Erling verdrießlich. »Du hättest ihm sagen müssen, daß es deine eigene Fibel ist, angereichert um einigen Firlefanz, der nicht von dir stammt …«

Folke hörte überrascht, daß Erling es gewußt hatte. Allmählich schien ihm, daß alle Welt sich redliche Mühe gegeben hatte, ihm soviel wie möglich zu verschweigen. Er ballte die Fäuste und versuchte ruhig zu bleiben.

Tjodolf hob die Hand und winkte erleichtert ab. »Er weiß es schon. Er hat es ganz allein herausgefunden.«

»Eben.« Erling brütete eine Weile über dem frisch gefüllten Horn, das ihm Tjodolf wie zur Versöhnung hastig in die Hand gedrückt hatte. Er trank nicht. »In Zeiten, die Männer wie Ask hochspülen, müssen die anderen zusammenhalten, die wirklichen Männer, meine ich.«

»Darauf trinke ich«, sagte Tjodolf zufrieden, konnte das Horn aus Erlings Hand kaum abwarten und nahm dann einen langen ergiebigen Schluck. »Ich bin froh, daß wir wieder versöhnt sind.«

»Das ist aber nicht dir, sondern deinem Verwandten zu verdanken«, erklärte Erling wahrheitsgemäß. »Er macht einiges gut, was du zertreten hast.« Aber Tjodolf war bereits ein wenig zu bierselig, um die harte Wahrheit herauszuhören. »Du kannst immer noch nicht zwischen Freund und

Feind, zwischen Sippe und Geschäft unterscheiden, Tjodolf Zaunfresser.« Erling sprach so leise, daß Folke schon einen Moment später nicht wußte, ob er diese Worte wirklich gehört hatte.

Und dann fiel ihm auf, daß Erling sich mit dem Trinken jetzt sehr zurückhielt. Das mußte einen Grund haben. Er nahm nur einen winzigen Schluck, als das Horn bei ihm vorbeikam.

»Ich hörte«, fing Erling beiläufig an und warf Folke einen verstohlenen Blick zu, ehe er weitersprach, »daß du Embla gefunden hast ...?«

»Jaa«, sagte Folke wachsam.

»Sie war eine Nachbarin von mir.«

»Ich weiß.«

Erling, der nun sicher war, daß der junge Mann gut zuhörte, lehnte sich in seinem Sessel nach hinten. »Sie war eine gute Frau. Sehr hilfsbereit, manche sagen: zu hilfsbereit!«

»Deine Frau zum Beispiel«, warf Tjodolf ein, dessen Augen glasig zu werden begannen.

»Mein bärtiges Weib hat strenge, unnachgiebige Maßstäbe. Aber ich sage: Es gibt nichts Besseres für einen Mann, als sich an einem fremden Ort an einem Herdfeuer hinzuhocken, den warmen Geruch nach Frau zu schnuppern, das Schaf wiederkäuen zu hören und ein freundlich gebrachtes Bier zu trinken.« Erling warf einen beiläufigen Blick auf den Hausherrn, der eingenickt war, und fuhr dann mit Wärme fort: »Ich bin in meiner Jugend oft genug auf Fahrt gegangen, Folke: Krieg, Eroberung, Handel, Neugier – alles, was du willst, waren die Gründe. Und hätte ich dort, wo ich an Land ging, immer eine Frau wie Embla vorgefunden, so wäre weniger Streit und Totschlag gewesen. Wie oft haben wir Krieger uns aus Langeweile, aus Überdruß und aus Sehnsucht in die Haare gekriegt. Mancher kam dabei ums Leben. Ja, wir hätten alle eine Embla gebraucht, um unser heißes Blut zu kühlen. Embla hatte ein weites Herz, sie war eine erfahrene Frau, nichts war ihr fremd zwischen Island und Svealand und die Männer nicht von Irland bis Särkland.«

Als er schwieg, war es still. Erling trauerte um die tote Embla, Folke war sich ganz sicher. Hinter Erling stand Gunnhild und hörte mit gesenktem Kopf zu.

»Aber vor Ask hatte Embla Angst.«

Folkes und Erlings Augen begegneten sich. Folke holte tief Luft. Das war es! Der Holzschnitzer des Königs war gekommen, um ihm das mitzuteilen. Tjodolf würde es nicht erfahren, er schlief mittlerweile tief, er schnarchte beim Einatmen und pfiff beim Ausatmen, obwohl sein Kopf auf der schmalen, scharfen Kante des Hochsitzes lag.

Folke blickte auf seine Füße und scheuerte die großen Zehen aneinander. »Sie gehörte ihm früher, hörte ich?«

Erling nickte. »Das war wohl ihr größtes Unglück. Bei den Göttern, an die ich nicht glaube, weil ich weiß, wer sie erfunden hat – er muß sie behandelt haben wie ein Waldtroll seinen ärgsten Feind. Aber dann wurde er ihrer überdrüssig und gestattete, daß sie sich freikaufte. »Ask!« stieß er gehässig aus. »Ask ist ein Mann der neuen Zeit, in der Schnitz- und Sangeskunst nichts mehr gelten. Wenn solche Leute anfangen, das Land zu lenken, werden die wirklichen Werte unseren Händen entgleiten.« Er machte eine kleine Pause und sprach dann in seiner gewohnten ruhigen Weise weiter. »Schnitzkunst ist lautloser Gesang – beides ist dasselbe. Das sind meine Götter! Sie sind vergänglich, sagst du? Na und, sage ich! Jeder kann sie für sich selber erschaffen, täglich, stündlich. Da gibt es keinen, der dir vorschreiben könnte, wie dein Gott auszusehen hat und wie du ihn anzubeten hast. Meine Götter kümmern sich nicht darum, ob ich ein weißes Hemdchen wie ein Christ anhabe. Und wenn ich die Hände wie ein Christ falte, geben sie mir einen Schubs, damit ich weiterarbeite. So sind meine Götter!« Erling verstummte und lächelte beschämt. »Ich wollte von anderem reden. Und du auch.«

Folke seufzte. Nein, eigentlich wollte er nicht von anderem reden. Aber er mußte. Die Dinge drängten.

Bevor er aber dazu kam, schlug Tjodolf seine Augen auf und sagte mit glasklarer Stimme: »Wer niemals trinkt, ist gefährlich. Gerade du solltest das wissen, Erling. Nimm dich vor ihm in acht!« Sein Einwurf verlor sich in erneutem Schnarchen, und bald schlief er tiefer als vorher.

»Weißt du, was er meint? Wer trinkt nicht?«

»Ask.«

Folke nickte. Beide Männer warnten aus unterschiedlichen Gründen vor Ask. Ihn beschäftigte trotzdem Embla mehr als Ask. Brennend gerne hätte er etwas an Gunnhilds Ohren vorbei gefragt. Er wußte nicht, wie sie zu Erlings Frau stand. Aber Gunnhild wich nicht von ihrem Posten. Schließlich begann er etwas umständlich: »Embla hat dir wohl viel erzählt?«

Erling lächelte vergnügt. »Wenn du mich fragen willst, ob ich oft bei ihr war, so tu das ruhig. Ich denke, Gunnhild weiß manches ...«

Folke sah auf und begegnete Gunnhilds mildem Blick. Plötzlich ging ihm auf, daß er sich mit seiner falschen Zurückhaltung lächerlich gemacht hatte. Sie wußte längst Bescheid.

Erling sprach jetzt, als müsse er sich rechtfertigen, vielleicht vor sich selber noch mehr als vor seinem Zuhörer: »Ja, vor meinem selbstgerechten Weib mit der Stimme einer Riesin und der Großzügigkeit eines Fliegenschnäppers bin ich oft genug geflohen, wenn ich ihre Klagen nicht mehr aushielt. Zu Embla der Schönen, die mich ohne zu fragen hereinholte und in Ruhe schlafen ließ. In ihrer unscheinbaren Hütte konnte ich meine Seele und meinen Körper wieder zusammensetzen; in meinem eigenen prachtvollen Haus irrte meine Seele nackt umher, gejagt von Vorwürfen, Forderungen und Vorschlägen.«

Kein Wunder, daß Erling sich auf Adelsö ein kleines Nest gebaut hatte. Folke verstand ihn nun besser.

»Tjodolf verträgt aber auch gar nichts mehr«, sagte Erling übergangslos und schnalzte mißbilligend mit der Zunge. »Du machst ihn doch nicht etwa zum Weichling, Gunnhild?«

»Nein«, antwortete sie bekümmert, »aber in letzter Zeit schlagen seine Gefühle nach allen Richtungen aus. Die Hochzeit hat ihn aus seiner Bahn geworfen, er ist schläfriger, betrunkener und fauler denn je. Ich glaube, daran ist Ask schuld. Immer wenn er an ihn denkt ... Ich hoffe, er findet wieder zu sich selbst.«

Erling stand auf. Er kicherte in sich hinein, dann kniff er Gunnhild freundschaftlich in die Wange. »Er braucht vielleicht auch eine Embla.«

Gunnhilds Gesicht versteinerte. Schweigend ging sie vor Erling her zur Tür. Folke, der aus Höflichkeit mitging, war gar nicht darauf gefaßt, als Erling sich umdrehte und ihm zuflüsterte: »Übrigens sah ich die Fibel bei ihr, am letzten Abend ihres Lebens ... Ich ging gleich wieder, weil sie einen Kerl bei sich hatte.«

Folke blieb mitten im Raum stehen, während ihn ein Wirbel von Fragen und Vermutungen packte und zualleroberst die Erkenntnis, daß Erling die Angst Emblas vor Ask und die Fibel in einen Zusammenhang brachte. Aber noch wichtiger war die Bestätigung, daß beide, die Frau und das Mädchen, im Besitz der Fibel gewesen und beide danach gestorben waren. Was auch immer Asks Anteil an der Angelegenheit war, eins war sicher: Die Fibel brachte den Tod.

Folke wollte mit seiner Mutter sprechen, bevor er das Haus verließ. Als er sie nach einer Weile gefunden hatte, stand sie im Wirtschaftsraum vor dem altertümlichen Webstuhl und schob das Webschwert durch die Kette.

»Weißt du, du solltest dir einen waagerechten Webstuhl nach Art des Südens bauen lassen«, schlug sie vor. »An dem geht es schneller, der Stoff wird einfach schöner... Denk an die neuen Kleider. Die erfordern wahrscheinlich dichteres und gleichmäßigeres Gewebe. Es ist auch viel geschickter, zu treten, als mit dem unhandlichen Ding zu schlagen. Ich verstehe gar nicht, wie du das aushältst. Du solltest es mal bei mir im Bärenhof ausprobieren.« Aasa drückte den Schußfaden mit dem Webschwert nach oben und plauderte mit einer Gunnhild, die gar nicht im Raum war.

Folke, der darauf brannte, ihr zu erzählen, was er erfahren hatte, unterbrach sie ungeduldig. »Mutter, hör auf mit dem Klappern! Ich weiß jetzt mehr über die Fibel.«

Aasa drehte sich um und runzelte die Stirn. »Einer, der über nichts als Fibeln nachdenkt, sollte gelegentlich auch ein wenig mehr wissen als andere«, sagte sie, und Folke merkte, daß sie verärgert war.

»Ist etwas?« fragte er.

»Nun, du könntest dich ein wenig nützlich machen, zum Beispiel Holz hacken. Kleinholz fehlt jetzt dauernd, wo Halldis nicht mehr da ist. Lauter Männer im Haus, aber kein Holz! Und Gunnhild hat auch nur zwei Hände ...«

»Ich kümmere mich nachher um die Kleinigkeiten«, versprach Folke. »Jetzt muß ich dir von den großen Dingen erzählen.«

Aasa nickte versöhnt. Sie setzte sich auf einen Hocker und fing an, Wolle auf das Schiffchen zu wickeln, während sie Folke zuhörte. Er sprach leise, aber Tjodolf wäre ohnehin nicht erwacht, und Gunnhild räumte auf, tief in Gedanken, mit rastlosen, fahrigen Bewegungen. Aasa dachte flüchtig daran, daß sie ihr den Rest des Magsamenabsuds geben sollte, der nach Halldis' Tod übriggeblieben war, aber dann wurde sie ganz in Anspruch genommen von Folkes Entdeckungen. »Erling erwähnte nämlich, daß die Fibel – und er kannte sie, ich war ja mit ihr da – ...«

»Ja, ja«, sagte Aasa. »Ich habe noch ein gutes Gedächtnis. Weiter.«

»... bei Embla war. Danach sah er die Frau nicht mehr lebend wieder.«

»Und du meinst, daß Embla und Halldis sich beide an der Fibel stachen und daraufhin starben?« Aasa legte das Weberschiffchen beiseite. Es klang ganz unglaublich, aber ... »Eine Schlange kann auch zweimal beißen, eine Wespe ebenso«, sagte sie nachdenklich. »Die Giftwirkung nimmt aber ab ...«

»Und hast du nicht selber gesagt, Halldis hielte nicht durch, weil sie mager sei und kein Fett habe?« erinnerte Folke, der all das auch schon durchdacht hatte. »Embla hat lange mit dem Gift gekämpft. Weißt du noch, wie wir sie in der Nacht unserer Ankunft sahen?«

Aasa schauderte zusammen.

»Sie war nicht betrunken. Es war der Anfang ihres Todes. Sie muß viele Stunden gestorben sein – von hier bis zum Wald.«

Aasa nickte und griff sich an den Hals. »Ich glaube, sie hat nicht geschrien, wie ich zuerst dachte. Halldis hat auch nicht geschrien. Sie müssen beide erstickt sein. Das Gift hat ihnen die Luft genommen ...«

»Möglicherweise wäre ein kräftiger Mann wie Tjodolf nicht gestorben«, mutmaßte Folke.

»Vielleicht nicht. Wir werden es wohl nie erfahren.« Aasa legt die Hände an ihre Wangen und sah ihren Sohn besorgt an. »Hoffentlich werden wir es nicht erfahren! Hast du das schreckliche Ding gut versteckt, Folke? Wer es erst sieht, wird zum Benutzen gereizt. Du mußt es bewachen wie die Zwerge ihre Schätze. Versprich mir das!«

»Ja, Mutter«, sagte Folke, aber seine betont geduldige Zustimmung konnte Aasa nicht sonderlich beruhigen.

»Ich sagte dir schon, daß ich nicht altersschwach bin. Am liebsten wäre mir, du würdest es aus dem Haus bringen«, sagte sie gereizt. »Gift im Haus macht mir Angst. Und Grane ist nächst einem Baummarder der beste kleine Kletterer, den ich kenne. Vor ihm ist bald kein Honigtopf auf dem Balken mehr sicher.«

Das gab den Ausschlag. Folke lächelte stolz über seinen Sohn, der nicht nur wie ein kleiner Elfenkönig sang, sondern sich allmählich zum künftigen Krieger mauserte, und dann stand er auf, um die Fibel zu holen.

Kurze Zeit später war er mit dem Beutel zurück, dem man seinen gefährlichen Inhalt nicht ansah, im Gegenteil, das dünngegerbte Leder und die doppelten Nähte in gleichmäßigen Stichen verlockten durchaus, den Beutel in der Hand hin und her zu wenden und zu betrachten – und zu öffnen. Folke fühlte die Fibel zwar, aber er nahm sie trotzdem ganz vorsichtig heraus. Aasa versteckte die Hände auf dem Rücken und sah ihm zu.

»Wenn man es erst weiß«, stellte Folke nüchtern fest, während er mit dem Finger die Nadel federn ließ, »dann weiß man auch, daß die Nadel keine Stümperarbeit ist, wie

Erling dachte. Im Gegenteil, sie ist raffiniert gebaut. Wer sie öffnen will, muß sich stechen!«

»Du meinst, es hat jemand gewollt, daß ein anderer sich sticht?« fragte Aasa voll Abscheu.

»Nicht nur das! Diese Fibel wurde hier im Haus gegossen, war in unvollendetem Zustand zwei Winter lang auswärts bei einem Kiewer Händler, den du nicht kennst, und jetzt ist sie wieder hier, mit einer kräftigen, tödlichen Nadel. Was würdest du denn daraus schließen?«

»Die Schlange wurde im Land der Rus ausgebrütet«, sagte Aasa atemlos vor Entsetzen. »Und mit Giftzähnen zurückgeschickt.«

Folke nickte mit zusammengepreßten Lippen. Er wühlte in Gunnhilds Korb, in dem der Vorrat für das Schiffchen lag, suchte sich ein Fadenende und riß ein langes Stück ab. Darin wickelte er die Fibel sorgfältig ein und steckte sie wieder zurück in den Ledersack. Dann knöpfte er ihn am Untergewand fest und schlug das Wams darüber. »Ich bin vermutlich erst spät zurück.«

Aasa nickte erleichtert. Je länger er weg war, desto weiter würde er die Fibel fortbringen. Sie selbst hätte sie tief im Meer versenkt.

In Asks Haus, das nun auch ihr Haus war, stand Embla mit verächtlicher Miene vor der Frau, die bisher Asks Schlüssel wie eine Hausfrau aufbewahrt hatte und sie noch am Gürtel trug. Daß Ask sie beschlief, wann immer er Lust hatte, war ihr gleichgültig – die Schlüssel waren es nicht. »Gib sie mir«, forderte sie knapp und mußte sich zurückhalten, um sie ihr nicht eigenhändig herunterzureißen.

Die Sklavin legte mit demütig gesenktem Kopf ihre Hand schützend auf den Schlüsselbund und antwortete leise: »Ask hat sie mir anvertraut. Er soll es mir selber sagen.«

Embla beabsichtigte keineswegs, mit der Frau zu rechten. »Vor allem den Schlüssel zur Truhe«, setzte sie hinzu.

Die Frau zitterte ein wenig, dann schüttelte sie den Kopf. »Die darf niemand öffnen außer meinem Herrn. Ich habe den Schlüssel dafür nicht.«

»Du lügst«, rief Embla, und eine steile Furche zwischen ihren Augen machte ihr Gesicht streng. So stand sie noch da, als Ask das Haus betrat.

Mißmutig betrachtete er seine Frau von hinten, die Arme in die Seiten gestemmt. »Schon wieder Unfrieden mit meinen Leuten?« fragte er. »Kümmere du dich um deine eigenen.«

Embla fuhr herum. »Sie enthält mir vor, was mein Recht ist! Die Hausschlüssel haben an meinem Gürtel zu hängen.«

Ask verzog das Gesicht; offenbar fand alles seine Billigung, was Embla ärgerte. Höhnisch sagte er: »Du hast einen Vertrag mit mir, aber mein Vertrauen hast du nicht.«

»Oh, was das betrifft«, erwiderte Embla gefährlich leise, »so brauche ich dein Vertrauen auch nicht. Aber die Schlüssel gehören zum Vertrag, auch der eine.«

»Den wirst du nie bekommen!« Asks Gleichmut konnte so schnell verbraucht sein wie Wasser, das einer ausgießt. Mit geballten Fäusten stand er vor seiner Frau.

Embla lächelte. Wenn Ask außer sich geriet, war ihr Sieg nicht weit, das hatte sie in den letzten Tagen immer wieder an ihm erprobt. »Geheimnisse?« fragte sie. »Männergeheimnisse? Was wäre, wenn dein König davon erführe?«

Die Frau hatte inzwischen die Schlüssel schweigend von ihrem Gürtel abgeknüpft und zu Asks Füßen niedergelegt. Dann eilte sie durch die Halle davon. Der Krieger, der mit Ask hereingekommen war, nutzte die Aufmerksamkeit, die sie hervorrief, um ebenfalls zu verschwinden.

Ask und Embla standen sich allein gegenüber.

»Weiß er eigentlich, daß deine Entstellung nicht von einem gewöhnlichen Kampf herrührt? Sondern daß man eine vornehme Frau aus deinen Klauen retten mußte und du schimpflich davongejagt wurdest?«

Ask lachte hohl. »Nein, aber wenn er es erführe, dann auch, daß diese Frau mir anschließend aufgedrängt wurde. Mit außerordentlichen Brautgaben.«

»Die du gern nahmst«, setzte Embla hinzu. »So gern, daß du bereit warst, dafür das Versprechen zu geben, Knuba an allen Übergriffen in Norwegen zu hindern. Du hast meinem Vater sogar einen Eid darauf geschworen, daß es kein zweites Haithabu geben wird.«

»Was geht mich Haithabu an?« murmelte Ask, aber er war nicht bei der Sache.

Embla studierte ihren Mann sehr genau. Die entscheidende Schlacht wird geschlagen, wenn man seinen Gegner kennt, und danach richtete sie sich. Genau kannte sie ihn noch nicht, aber sie lernte mit jedem Tag dazu. Sie war entschlossen, keinen Fußbreit von dem aufzugeben, was sie bereits gewonnen hatte.

Ask rieb sich die Hände und ging dann zum Feuer. Während er mit dem Schürhaken die Glut auffrischte, sagte er mit falscher Freundlichkeit, die Embla noch aufmerksamer hinhorchen ließ als zuvor: »Weißt du eigentlich, daß manche Leute seit deiner Ankunft auf ein fürchterliches Unglück warten? Es gab bei deiner Landung in Birka ein schlimmes Vorzeichen.«

Embla schüttelte argwöhnisch den Kopf.

»Es ist Blut vom Himmel gefallen.«

Embla lachte gezwungen laut. »Das sind Märchen für Christen! Damit kannst du mich nicht erschrecken. Und wenn schon, mit mir hat es nichts zu tun.«

»Vielleicht nicht. Dann hat es sicher auch keine Bedeutung für dich, daß kurz vor deiner Ankunft eine Frau auf gräßliche Art zu Tode kam. Embla hieß sie. Die einzige Embla, die es bis dahin in Birka gab. Die eine Embla ging, die andere kam. Stell dir vor, es käme zufällig noch eine ...«

Asks Stimme troff vor Genugtuung. Embla, die Lebende, überlief es kalt. Die Furcht vor übernatürlichen Mächten war ihre einzige Schwäche, und die hatte Ask sehr schnell herausgefunden.

Embla starrte ihren Mann sprachlos an; die Zunge versagte ihr den Dienst.

»Die erste Embla war einmal meine Sklavin ...« Ask ließ den Schürhaken im Feuer liegen und stolzierte mit schwingenden Hüften durch die Länge des Saals hinaus zur Tür, die er hinter sich offenließ.

Als er außer Sicht war, überwand Embla ihre Erstarrung. Sie ballte die Hände. Einen Augenblick später hatte sie sich einen Umhang übergeworfen und rannte in der beginnenden Dunkelheit den Weg durch den Wald, den sie schon einmal gegangen war.

14

Verworrene Spuren

Obwohl die Sonne hinter den schwarzen Wolkenbändern schon tief stand, war Folke entschlossen, den Kiewer jetzt zu finden oder gar nicht.

Am Hafen suchte er nur flüchtig in den schwojenden Booten. Er war überrascht, wie viele noch da waren. Aber dann dachte er an Asks Pläne zur Hafenerweiterung. Wahrscheinlich war Birka Heimathafen für viele Schiffe, und die blieben länger liegen als die fremden.

Es war wenig wahrscheinlich, daß Swjatoslaw auf einem Schiff herumsaß und auf das Ablegen wartete, denn dann würde er vielleicht viele Tage warten müssen. Der Wind frischte immer noch auf, er pfiff in den Wanten und klapperte mit losen Hölzern. Folke verlangsamte seinen Schritt, um sich umzusehen. Die Schiffer rechneten mit einer Wetterverschlechterung, wenn nicht gar mit Sturm. Einige brachten Anker aus, andere spannten zusätzliche Leinen zwischen den Hecks der Boote.

Nachdenklich betrachtete Folke den Himmel. Er war anders als in Haithabu. Zu Hause konnte Folke selbst Wolken und Wind berechnen, da wußte er, wo Thor hinwollte, wenn er eine schwarze Wolkenwalze über den Himmel schob. Hier narrte ihn Thor, hier hatte er andere Gewohnheiten – schwedische eben. Hier mußte Folke sich auf andere Männer verlassen.

Nicht aber bei der Suche nach einem Mann, der mit tödlichen Fibeln handelte. Da verließ er sich nur auf sich selbst.

Folke beschleunigte seinen Schritt wieder. Den Gedanken, sich an den Wikgrafen zu wenden, hatte er längst verworfen. Männer wie Dag erfüllten Aufgaben, die ihnen übertragen wurden; davon abzuweichen waren sie nicht verpflichtet. Er dachte mit Wärme an den Wikgrafen von Haithabu, der ihn, als er sich selber in eine Klemme gebracht hatte, mehr oder weniger gerettet hatte.* Damals hatte er zuviel geredet ...

Es fiel ihm wieder ein, was Erling über die Ängste einiger Männer gesagt hatte, und er mußte zugeben, daß es stimmte. Er hatte zuviel gefragt und als Antwort Pfeile erhalten. Der nächste Schuß würde von einem anderen Schützen kommen und besser treffen. Es kam jetzt auf seine Schnelligkeit an.

Folke fiel in Laufschritt. Mehr Hoffnung, etwas zu erfahren, hatte er bei den Fährleuten. Allerdings: Selbst, wenn sie etwas wußten, konnte es zu spät sein. Seine Besorgnis wuchs. Zu einer der anderen Inseln, nach Sigtuna oder nach Uppsala konnte man auch noch segeln, wenn es auf offener See bereits unmöglich war.

Zuerst lief er an den Anlegestellen der Fährleute entlang. Die meisten von ihnen hatten ihr Boot für die Nacht an Pfählen gesichert und waren noch beim Ausschöpfen von Wasser oder saßen schon auf dem schwarzen Felsen und schwatzten miteinander.

Eine Abwechslung war den Männern willkommen. Sie hörten neugierig zu, als er den Kiewer beschrieb. Auch die weiter entfernten Fährleute unterbrachen ihre Arbeit und schlenderten herbei. Schließlich umstanden sie Folke wie eine dichte, windabweisende Wand.

Keiner hatte einen Mann gesehen mit einem Schnurrbart,

* siehe auch *Der Thorshammer.*

der länger und dünner war als der von Thor, mit einer Nase wie eine Hagebutte und einem spitzen Hut.

»Rote Nasen gibt es hier wie Buckel am Meer«, meinte ein älterer Fährmann und schniefte durch seine eigene verschnupfte Nase. »Aber auf dem Marktplatz – als ich da Ware abholen sollte für Askö ...«

»Ist doch gleich!« rief ein anderer ungeduldig. »Jeder fährt mal irgendwohin. Was war da?«

»... sah ich von hinten einen Braunbären mit einem Hut auf dem Kopf wie die Götterburg Asgard. Sogar Walaskjalf schleppte er mit sich herum.«

»Das ist er«, sagte Folke sofort. Odins Saal Walaskjalf sollte auf einem kegelförmigen Berg liegen und war mit silbern schimmerndem Eis bedeckt. Reichlich Silberbordüre hatte auch den russischen Hut garniert. »Und, war der Mann hier?«

»Mit Asgard nicht.«

»Aber vielleicht ohne«, fügte ein anderer hinzu. »Und mächtig viele andere auch. Was meinst du, wen wir alles übersetzen müssen! Die säuerlichen Kleinkrämer, die vor Wut über ihre dürftigen Verkäufe nur herumrotzen, die zufriedenen Kiepenhändler, die die ganze Strecke so prahlen, daß man sie über Bord kippen möchte, die hungrigen Hausfrauen, die niemanden fanden und die satten Sklavinnen, die zu viele Männer fanden, die stinkenden Lappen, ihre knarrenden Schlitten und sogar Rentiere!«

Die Männer bogen sich vor Lachen, während der Spaßvogel sich räusperte und ins Gras spuckte. »Manchmal wäre mir lieber, wir ließen die Lappen schwimmen und nähmen ihre Rentiere in die Boote!« maulte er und lachte dann mit den anderen schallend.

Sie waren aufeinander eingespielt wie eine Bootsbesatzung und fröhlich noch dazu, aber Folke nickte ernst. Swjatoslaw sah ohne Mütze auch nicht anders aus als mancher Wikinger. Erst wenn er sprach ... Dann fiel ihm etwas ein. »Es könnte sein, daß in seiner Begleitung ein Mann war, der wie ein särkländischer Spielstein aussieht.«

»Wie ein Reiter, nur hatte er sein Pferd verloren?« fragte ein sehr junger Fährmann.

»Ja«, antwortete Folke hastig. »Hast du den übergesetzt?«

»Den hat niemand übergesetzt. Auch gekommen ist er nicht, war nur plötzlich da. Ich habe ihn in der Nähe gesehen. Er übte mit seinem Bogen.«

»Schießen, mitten in der Stadt?«

Der Junge, dem man die ganze Zeit hatte anmerken können, daß er etwas in der Hinterhand hatte, kicherte, verschluckte sich und würgte endlich heraus: »Er übte aussteigen. Der Bogen lag wie eine Faßdaube um seinen Körper ...«

Folke mußte selbst grinsen und schüttelte den Kopf. Er hatte gesehen, wie schnell der Fremde schußbereit war und wozu er übte. Es war längst nicht so komisch, wie die Fährmänner annahmen.

Sie machten anstandshalber teilnahmsvolle Gesichter, weil sie Folke nicht helfen konnten. Aber Folke war eher erleichtert. Er bedankte sich bei den Leuten und schlug den Weg zum Nordtor ein. Die Sprache. Er war sich selber nicht mehr sicher, jetzt wo er argwöhnisch geworden war. Ein- oder zweimal hatte der Kiewer ganz gut in der Zunge der Wikinger gesprochen – in der singenden Art der Ostschweden. Hatte er sich da verplappert, oder waren das zufällig die Sätze gewesen, die er ordentlich beherrschte? Folke konnte sich nicht mehr darauf besinnen, was er gesagt hatte.

Das Nordtor wurde nur noch lässig bewacht. Die Krieger interessierten sich nicht für einen Mann, der die Stadt in Richtung Koggenhafen verließ.

Folke lief diesen Weg jetzt nicht mehr so unbekümmert wie bisher, aber wie seine Mutter gesagt hatte: Gefahren gingen nicht von den Geschöpfen Utgards aus. Der Pfeil war von einem Mann abgeschossen worden, und auch die Fibel war nicht von Zwergen geschmiedet worden. Was immer die Fibel angerichtet hatte: Menschen waren schuld. Hätte er sie nicht in Tjodolfs Haus mitgenommen, wäre Halldis noch am Leben, – nein: Hätte Tjodolf sie erst gar nicht hergestellt! Nun war die Fibel auf schreckliche Art wie auf einer kreisförmigen Flugbahn zu ihrem Ursprung zurückgekehrt, und man hätte beinahe denken können, daß auf ihr ein Fluch liege ...

An den Fluch glaubte Folke nicht. Trotzdem war er erleichtert, Stimmen zu hören, die in der Koggenbucht über das Wasser hallten. Lautlos trat er an die Abbruchkante des Felsens und spähte durch das Buschwerk.

Das Schiff des Franken war tatsächlich immer noch da, aber auch einige andere, die ihn nicht weiter interessierten. Der Franke selber stand direkt unter ihm auf dem Ufersaum und starrte mißmutig auf ein Bündel, das Folke zuletzt in Tjodolfs Hof gesehen hatte: der gut eingewickelte Tote, von dem nur das Gesicht freigelegt worden war.

Wenn Dag eben erst damit angekommen war, mußte er sich viel Zeit genommen haben, um die Leiche seeklar zu machen. Das war ihm zuzutrauen! Folke rümpfte die Nase.

Neben dem Franken stand in unterwürfiger Haltung ein weiterer Knecht.

»Was bringt der Narr mir einen Toten!« brüllte der Kaufmann auf seinen Sklaven ein. »Glaubt er, ich handele mit Leichen? Und du auch!«

»Er hätte seinen Weg recht gut ohne mich gefunden ...«

Folke konnte die beiden nur leidlich verstehen; aber die Wut des Franken war auch ohne Worte verständlich. Wahrscheinlich wollte er ablegen, nun mußte er statt dessen für ein Begräbnis sorgen. Es würde vielleicht einige Zeit dauern, den christlichen Priester zu finden ... Aus der Sicht eines Seemanns hatte er Folkes vollstes Mitgefühl. Man konnte nicht wissen, wann es abflaute.

Folke sprang mit einem weiten Satz nach unten und landete im aufspritzenden Matsch.

Der fränkische Händler fuhr herum, nahm aber gleich die Hand vom Messer und bemühte sich um ein Lächeln, das etwas verkniffen wirkte. »Ach, du bist es«, sagte er in seinem seltsamen Dänisch. »Ich grüße dich.«

»Mir scheint, du bist über mich noch erfreuter als über den da«, erwiderte Folke, dem es nicht entging, daß er auch nicht sehr willkommen war, und zeigte mit seiner Schuhspitze auf den Toten.

»Weiß Gott!« stimmte der Franke inbrünstig zu, und die Wut leuchtete wieder in seinen Augen auf. »Der hat mir gerade noch gefehlt!«

Der Knecht zog sich vorsichtig an das Ruderboot zurück. Er war sichtlich froh über die Unterbrechung.

»Er wurde bei uns auf der Straße gefunden«, teilte Folke ihm mit und hoffte, daß Dag nicht berichtet hatte, wo ihm der Tote übergeben worden war. »Ich glaube nicht, daß jemand an dich Forderungen stellen wird ...«

»Was?« Der Franke war verwirrt.

»Nun«, sagte Folke langsam, »es könnte ja sein, daß dein Mann jemanden erschlagen hat.«

»Ach, so meinst du.« Daran hatte der Franke anscheinend noch gar nicht gedacht. »Nein, der war ein friedlicher Bursche. Hat noch nie jemanden getötet. Ich hätte es ihm in meinem Dienst auch nicht geraten. Streitsüchtige Diener kann ein Kaufmann nicht gebrauchen.« Der Franke schnaubte verächtlich. »Nein, die Erklärung ist ganz einfach, glaube ich. Schon lange habe ich darauf gewartet.«

»Worauf?« fragte Folke. Das interessierte ihn mächtig, und der Franke schien geradezu mitteilungsbedürftig im Vergleich zu neulich.

»Daß ihn einer totschlägt. Der war geil wie ein brunftiger Hirsch, das ganze Jahr hindurch. Ich habe ihn gewarnt. Du bringst deinen Verdienst durch, habe ich ihm gesagt, und du bringst dich in Gefahr, wenn du einem Platzhirsch ins Gehege kommst.« Zuweilen wechselte der Franke in seine eigene Sprache, wenn er nicht weiter wußte, aber Folke verstand ihn. Der Knecht ebenfalls; er hob den Kopf und rief gekränkt herüber: »Das stimmt nicht, er ging nur zu käuflichen Weibern! Und das war sein gutes Recht.«

»Er will's nicht wahrhaben«, raunte der Franke in Folkes Gesicht hinein, »er ist sein Bruder. Ein guter Bruder.«

Folke nickte bereitwillig. »Für gewöhnlich gibt es solche Todesfälle bei uns aber nicht«, widersprach er dann. »Wenn ein Mann in seiner Ehre gekränkt wäre, würde er deinen Sklaven kurzerhand erstochen haben. Die Buße kann ja nicht hoch sein, zumal auch der Marktfriede nicht mehr galt, und er würde sie wahrscheinlich ohne Wimpernzucken bezahlt haben ...«

»Was weißt du davon?« fauchte der Franke und trat so nah an Folke heran, daß seine lange Nase beinahe Folkes Wams berührte. Folke wich zurück und beschloß, vorsichtiger zu sein.

»Vielleicht ist er mit einem anderen Sklaven zusammengeraten«, schlug er vor, obwohl er das für abwegig hielt. »Ich glaube auch, die Frau eines freien Wikingers würde sich nicht mit einem Sklaven abgeben.«

»Das ist wahr!« Der Franke war sichtlich erleichtert und legte Folke versöhnlich die Hand auf den Arm. »Genaugenommen ist er natürlich kein Sklave, wir Christen kennen keine Sklaven. Aber ich weiß, was du meinst.«

Die Nähe des Händlers fand Folke unangenehm – sie erinnerte ihn an Ask. Daß Franken keine Sklaven kannten, war eine Lüge, das wußte er nur zu gut. Sie betrieben sogar einen schwunghaften Handel mit ihnen. »Dann warst du es also nicht, der den Knecht totgeschlagen hat?« fragte er herausfordernd.

Die Freundlichkeit des Händlers bröckelte aus seinem Gesicht wie trockener Lehm von einem Schweinerücken. »Du hältst wohl nicht viel von den Tugenden eines Wikingers? Für einen Mann von guter Erziehung bist du zu neugierig.«

»Eigentlich nicht. Immerhin hat der Mann meinen Verwandten belästigt...« Folke zuckte die Schultern. »Nun gut. Gekommen bin ich, um dich zu fragen, ob du den russischen Händler Swjatoslaw kennst.« Während der Franke gleichmütig den Kopf schüttelte, beschrieb Folke den Mann. Aber der Franke hatte den Kiewer noch nie gesehen. Und doch schien er innerlich plötzlich zu vibrieren wie eine gespannte Bogensehne.

»Warum suchst du ihn?«

Folke stutzte, erzählte ihm aber wahrheitsgemäß, daß er den Weg einer Fibel verfolge. Aber er beließ es bei einem kleineren Teil der Wahrheit.

»Kann man dieses edle Stück mal sehen?« fragte der Franke neugierig.

Das ging nicht. Folke konnte sie unmöglich vorweisen, ohne vor dem Gift an der Nadel zu warnen, und das Gift war der Teil, den er verschwiegen hatte. Er hatte auch keine Zeit, sich noch länger aufzuhalten, nachdem feststand, daß der Franke den Russen nicht gesehen hatte. »Ich habe sie in Tjodolf Goldschmieds Haus aufbewahrt«, sagte er zögernd, in der Hoffnung, daß die Sache sich durch die Abreise des Händlers von selbst erledigen würde.

»Ich möchte sie sehr gerne einmal sehen. Vielleicht könnte man sie kaufen? Vor allem für Fibeln mit Köpfen gibt es Liebhaber ...« Er sah Folke ein wenig lauernd an. »Männerköpfe?«

Ein Kribbeln lief über Folkes Nacken. Aus irgendeinem Grund tauchte immer wieder die Frage nach Männer- oder Frauenköpfen auf. Welches Interesse hatte der Franke? Er war nicht auffälliger als ein Schwanenei im Schwanennest, ein Händler unter vielen. Daß er bei der Suche nach Handelsware schon fast zudringlich wurde, war für einen Händler wohl normal. Trotzdem würde er selber gut daran tun, vorsichtig zu bleiben. »Das weiß ich nicht. Drachenköpfe, glaube ich. Ich bin kein Liebhaber von Schmuck.«

»Warum nicht? Die Wikinger sind die am meisten goldbehängten Männer der Welt. Und wenn die Köpfe einen Schnurrbart haben, wäre die Fibel Männerschmuck, und selbst du könntest deinen Mantel daran aufhängen. Hatten sie denn einen?«

»Ich sage dir ja, ich weiß es nicht.«

Der Mann sah aus, als glaubte er Folke nicht im geringsten. Seine Augen bekamen einen auffällig entschlossenen Ausdruck. »Ich will sie dir abkaufen!«

»Ich werde es mir überlegen«, versprach Folke. Er wollte das Gespräch am liebsten sofort beenden. »Wie lange bist du noch in der Stadt?«

»Eigentlich wollte ich heute auslaufen. Aber der Wind wird nicht abnehmen.« Der Kaufmann warf einen Blick in die Richtung, aus der der Wind immer noch aufbriste, und krauste unzufrieden die Stirn.

»Sieht wirklich nicht so gut aus«, bestätigte Folke. Plötzlich hatte er das Gefühl, als sei der Wunsch des Franken abzufahren gar nicht mehr so dringend. Was hatte den Sinneswandel bewirkt? Doch nicht das Wetter?

Sichtbare Wellen schwappten erstmals in den Hafen hinein und hoben und senkten die Schiffe beträchtlich. Diese hatte alle ihre Nasen in die Wetterecke gerichtet und lagen straff hinter den Bugankern. Ein handfester Sturm baute sich auf. »Vermutlich können wir morgen noch einen Handel begießen, du und ich.«

Daran war Folke keineswegs interessiert, aber er wußte nicht, mit welcher Begründung er jetzt ablehnen sollte.

Vielleicht würde er es morgen leicht können – wenn er erst den Russen gefunden hatte. Er hörte aber auch die Versöhnlichkeit in den Worten des Franken und wollte ihm darin nicht nachstehen. »Man nennt mich Folke Bootsbauer. Frag nach mir im Hof von Tjodolf dem Goldschmied.«

»Ich bin Heriward«, stellte der Franke sich bereitwillig vor. »Frag nach mir in den Ländern dieser Welt.«

Und plötzlich hörte Folke sich selber sagen: »Übrigens, wenn du dich so sehr für Köpfe interessierst – der Kiewer, den ich suche, hat einen ganzen Sack voll mit Frauenkopffibeln.«

Später hätte er nicht sagen können, warum ihm dieser Einfall gekommen war, oder eher: warum der Einfall zu ihm gekommen war – er hatte jedenfalls unerwarteten Erfolg.

Wie vom Donner gerührt, stand Heriward still. »Was hast du gesagt?«

»Daß du ...«

Der Franke winkte ab und versank in eine Grübelei, die keine Störung erlaubte. Folke drehte sich um und beobachtete den Knecht, der inzwischen das Beiboot um die Landzunge herumgerudert hatte und den Toten, so gut es ging, über den Schlick zerrte; seine Fersen hinterließen eine tiefe Spur.

Die Wellen klatschten laut an die geklinkerte Bordwand, als der Mann seinen toten Bruder ins Boot gewälzt hatte und dieses schaukelnd zur Ruhe kam. Heriward wurde aus seinen Gedanken gerissen.

»Was machst du denn da?« fragte er herrisch.

Der Knecht traute sich nur mit leiser Stimme anzudeuten, daß er seinen Bruder mit aufs Schiff zu nehmen gedenke.

Das höhnische Gelächter von Heriward klang wie das Meckern von Thors Ziegenbock. Und es war nicht mehr als eine knappe Geste mit dem Daumen nötig, um den Knecht zu veranlassen, die Leiche wieder auszuladen. Für den Knecht war sein Herr zweifellos allmächtig wie ein Gott.

»Wohin aber mit ihm?« fragte er jammernd.

»Frag doch den Wikgrafen von Birka«, knurrte Heriward. »Er ist hier der Wächter der Leichen. Hat sie ja schon für die Fahrt zur Hölle verpackt. Ich habe jetzt eigene Angelegenheiten zu regeln und brauche das Boot.« Damit ließ er seinen Mann stehen und ruderte eilig zu seinem Schiff.

Folke fühlte sich ebenfalls stehengelassen. Aber der Franke war ihm natürlich nicht verpflichtet. Ohne Anlauf sprang er in zwei Sätzen die Uferkante hoch.

Hinter sich hörte er noch eine Weile den Knecht Zweige oder dünne Bäume mit der Axt abschlagen. Wahrscheinlich war das die fränkische Art, einen Knecht zu bestatten.

Folke lief leise den Weg zurück, den er gekommen war, jedoch um einiges nachdenklicher.

Eine frühe Dämmerung hatte unter den tiefhängenden Wolken eingesetzt, aber Folke war entschlossen, weiterzusuchen. Irgendwo in seinem empfindlichen Nacken hatte er das Gefühl, daß die Bemerkung über die Fibeln des Russen möglicherweise gar nicht so gut gewesen war. Es wurde höchste Zeit, ihn zu finden.

Folke verlangsamte trotzdem den Schritt und schlenderte schließlich nur noch. Einer, der seine Kraft in die Beine legen muß, kann sie nicht im Kopf haben; und mit Schnelligkeit erreicht man nichts, wenn man nicht weiß, wohin man sie richten soll.

Mittlerweile glaubte er nicht mehr, daß Swjatoslaw schon von der Insel fort war; andererseits hatte er es verdächtig eilig gehabt. Da er aber von niemandem gesehen worden war, mußte er sich versteckt haben. Andere russische Händler mit festem Wohnsitz in der Stadt schieden aus, denn es gab keine. Fränkische und friesische Häuser gab es, sogar eine friesische Witwe, die ihre Geschäfte in ihrem eigenen Haus selbständig weiterführte. Aber wohin sollte ein Kiewer in Birka gehen? Und außerhalb Birkas? Auf der kleinen Insel mit einer großen Stadt und einigen Gehöften, Kühen und Schafen? Folke überlegte, wo er sich selbst verstecken würde, falls er auf ein Schiff wartete.

Dann mußte er grinsen. Einen einzigen Ort kannte er, an dem er sich keinesfalls verstecken würde – Tordis würde es nicht dulden. Aber Swjatoslaw könnte bei den Frauen Unterschlupf gefunden haben. Wenn man bedachte, wie Erling von Embla geschwärmt hatte ...

Jedenfalls war die Möglichkeit nicht schlechter als andere. Er beschloß, es zu versuchen.

Als er gerade wieder loslaufen wollte, hörte er ein Geräusch – das waren keine Händler, die zu den Schiffen unterwegs waren. Folke kletterte auf den ersten besten Baum, der dick genug war. Auf dem Ast liegend, konnte er sogar den Pfad überblicken, auf dem es schon ziemlich dunkel war, ohne selbst gesehen zu werden.

Die Schritte waren für einen bepackten Knecht zu leicht und für einen einzelnen Mann zu unvorsichtig. Eher war es ein eiliger Junge oder eine Frau. Er entspannte sich und wartete gelassen.

Embla. Und sie war allein.

Folke überlegte flüchtig, ob er sie warnen sollte. Für die Emblas dieser Stadt war der Wald nicht geheuer. Dann ließ er sie vorbeilaufen. Er wollte lieber nicht in ihre Angelegenheiten verwickelt werden.

Als alles wieder ruhig war, kletterte er hinunter und setzte sich in einen fast lautlosen Trab, aber bis zum Stadttor gab es keine Zwischenfälle mehr. Folke mäßigte seinen Schritt, um nicht zu auffällig zu sein, und nahm Kurs auf die Straße der Fährleute. Bereits im zweiten Haus, in das er vorsichtig hineinblickte, fand er den Kiewer, entspannt und lustig neben dem Feuer lagernd.

15
Die Götter der Kaufleute

»Bei Wolos, dem Gott des Reichtums, des Handels und der Viehzucht«, rief Swjatoslaw erstaunt, in plötzlich wieder hervorragendem Schwedisch, und riß die Augen auf. »Kein Wunder, daß dir mein Stein nicht zu Söhnen verhilft, wenn du deine Manneskraft hier vergeudest!«

»Ich komme nicht zu den Frauen, ich komme zu dir.«

»Für mich noch schlimmer; für dich besteht Hoffnung.« Swjatoslaw richtete sich auf, und seine behaarte Brust glänzte im Schein und in der Wärme des Feuers. »Was willst du von mir?«

Die Frau des Hauses hatte sich aus dem Staub gemacht, sie war es wohl gewohnt, daß ein Gast Gäste bekam, und wußte, was sich gehörte. Folke wußte es nicht, er war noch nie in einem solchen Haus gewesen; er setzte sich ohne viel Federlesens neben den Mann, den er stundenlang gesucht hatte. Swjatoslaws Bogenschütze war nirgends zu sehen.

»Versteckst du dich?«

»Ich? Soll ich mich verstecken müssen?« Der Russe legte seine breite Hand auf die Brust und sah Folke aufrichtig an.

Aber Folke traute keinem mehr in diesem undurchsichtigen Spiel um eine Fibel. Er wollte der Sache auf den Grund gehen, so schnell und umweglos wie möglich, so rücksichtslos wie nötig. Er vergaß nicht, wie sehr Tjodolf und Gunnhild an Halldis gehangen hatten, mochte sie als Sklavin auch nur von geringem Wert gewesen sein. »Mir schien so. Du hättest allen Grund dafür, denke ich. Und ich sah dich wohl beim Anfang deiner Flucht. Weit bist du nicht gekommen.«

Swjatoslaw sah gekränkt aus. »Dashd-Bog, hilf ihm. Vermehre die Menge und Güte der Gedanken dieses jungen Mannes, auch wenn er dir nicht anhängt«, betete er und richtete seinen Blick ins Gebälk des Hauses. »Du mußt es ihm nicht übelnehmen, er kann dafür nichts.«

Folke schielte nach oben, weil er nicht wußte, wer Dashd-Bog war und ob die Hilfe nicht vielleicht in einem kurzschäftigen Spielzeugpfeil bestehen würde. Aber der Krummbeinige hing da oben nicht. »Bitte du für dich selber um Erleuchtung«, flüsterte er drohend. »Meine Gedanken sind klarer als deine, wenn du nicht weißt, in welcher Klemme du steckst. Du hast deine Hand nach zu vielen Fibeln ausgestreckt. Der Herr der Einen Fibel mag das nicht. Jetzt wird er sie zerquetschen.«

Der Russe wandte seinen Kopf sehr abrupt von den Göttern im Gebälk ab. Sie waren für gewöhnliche Zeiten gut; in Krisenzeiten konnte ein beherzter Mann wie der junge Wikinger vielleicht besser helfen. »Der Herr der Einen Fibel?«

Folke lobte sich insgeheim für seine plötzliche Eingebung. Irgend jemand mußte ja der Herr der Fibel sein, einer bestimmten. Es fragte sich nur: wer? Vertraulich lehnte er sich zu dem Mann hinüber, von dem ein zunehmend scharfer Geruch ausging. »Der dir den Auftrag erteilte, die Fibel zu vergiften.«

Unerwartet überlief den Russen eine Gänsehaut, und Folke warf ihm das Obergewand auf die Pluderhosen, damit er keinen Grund hatte, mit den Zähnen zu klappern.

»Hat er dich geschickt?« fragte Swjatoslaw während des Ankleidens aus der Höhle seines weiten Gewandes.

Folke überlegte und entschied sich dann dagegen. Er wartete, bis der Kiewer seinen Kopf wieder im Freien hatte. »Nein. Aber ich denke, er ist hinter dir her.«

Swjatoslaw wurde wild. »Wie soll ich denn von der Insel wegkommen bei Sturm?« fauchte er. »Ich habe ja kein Schiff Skidbladnir!«

Folke ergriff den Russen am Arm und schüttelte ihn. »Freyrs Schiff! Was weißt du von dem? Du bist so wenig Kiewer wie ich!«

»Ich lebe in Semgallen«, knurrte Swjatoslaw. »Meine Mutter war Vigtis aus Päviken auf Gotland. Und ist es nicht gleichgültig, wo einer herkommt? Ich kenne die Götter meiner Mutter so gut wie die meines Vaters. Freyr, Wolos, Dashd-Bog – alles dasselbe. Wenn die Götter keine Unterschiede machen, wieso machst du welche?«

Folke zog seine Hand zurück. Wenn der Russe gesprächig sein wollte, dann sollte er ruhig sprechen. Vielleicht würde er in seiner Angst zuviel sagen. »Du hast schon recht. Aber warum verkleidest du dich dann?«

Swjatoslaw blieb mürrisch, obwohl er sich anscheinend wieder beruhigt hatte. »Für die Käufer ist es wichtig. Sie kaufen den Schmuck lieber bei einem Händler aus Särkland als bei einem, der aussieht wie sie selber.«

Folke mußte ihm recht geben. Tordis hatte nur für den Kiewer Augen gehabt.

»Kannst du mich nicht fortbringen? Hast du ein Boot?«

»Ich habe keins. Aber vielleicht kann ich mich um den Herrn der Einen Fibel kümmern.«

»Warum solltest du das?«

Folke zuckte die Schultern. »Ich bin neugierig.«

Der Kiewer, der keiner war, grinste ein wenig dümmlich. »Vielleicht ist er auch nicht, was er scheint. Kein Franke, sondern ein Sachse oder ein Friese oder ein dänischer Wikinger, der dem Christentum anhängt ...«

Folke atmete tief ein. Blitzschnell zählte er einige seiner Beobachtungen zusammen, vor allem eine fränkische und eine russische Mütze, und dann ging er das Wagnis ein. »Heriward«, sagte er und hielt kurz den Atem an, »ist ja auch kein fränkischer Name, glaube ich ...«

»Meinst du nicht?«

Folke schüttelte siegessicher den Kopf. Endlich wußte er Bescheid. »Für wen wollte er die Fibel haben?«

Swjatoslaw warf ihm einen geringschätzigen Blick zu. »Glaubst du, einer mit solchem Auftrag läuft umher und schwatzt? Heriward hatte einen Käufer für die Fibel, und der hat genau gewußt, was er haben wollte. Heriward verlangte, daß das Gift viele Jahre wirksam sein muß, unsichtbar und geruchlos, und das genügte auch, was mich betrifft. Wie eine Bärin ihre Jungen habe ich die Fibel zwei Winter lang bewacht. Ich bin froh, daß ich sie los bin ...«

»Wie hast du das Gift bekommen?«

»Ich? Bekommen?« Der Kiewer brach in ein dröhnendes Gelächter aus. »Nichts habe ich bekommen. Zwei Mittelsleute brauchte ich und einen ganzen Sack voll Gold. Die gelben Männer jenseits des Särklandes geben keine Messerspitze davon ab. Statt dessen verlangten sie die Fibel, das heißt die Nadel. Die Botschaften gingen hin und her, und jedes Wort von mir erhöhte den Preis. Es ist das teuerste Gift der Welt, aber du kriegst nicht soviel davon in die Hand!« Swjatoslaw schnipste den Zeigefinger gegen den Daumen, und was blieb, war ein Windhauch.

Folke dachte nun mit noch größerem Respekt an die Fibel, aber auch an die weite Reise des Semgalleners mit der gotländischen Mutter. Wahrscheinlich war es nur möglich, sich von einem Ende der Welt zum anderen zu bewegen, wenn man alle Völker der Welt in sich trug und sie auch darstellen konnte ... Aber war man noch ein Mann, wenn man gleichzeitig alle Männer der Welt war?

»Wenn es so schwierig und so teuer war, es zu besorgen, ist es ja unersetzlich. Dann ist derjenige, der die Fibel hat, in Gefahr«, sagte Folke ruhig und erhob sich. »Dann muß ich nun zu Tjodolf in die Werkstatt.«

Der Kiewer sah erstaunt an ihm hinauf. »Hat er sie?«

»Nein. Aber Heriward glaubt es.«

»Sämtliche Götter sollen dich beschützen«, beschwor Swjatoslaw hilfreich und zog sein Gewand wieder aus. »Ich kann es nicht. Ich verlasse die Insel, so schnell ich kann.«

Folke hatte zwar nicht mit Hilfe gerechnet, aber er war doch verblüfft, wie selbstverständlich der Russe seine Hilfe ohne Gegengabe annahm. Schließlich war der Mann mehr in die Fibelangelegenheit verwickelt als er selber. Aber sein eigenes Ziel war nicht der Gewinn, sondern die Aufklärung von Todesfällen – und das war wohl der Unterschied zwischen Folke Björnsohn aus Haithabu und Swjatoslaw dem Semgallener. Von Kaufleuten hatte er noch nie viel gehalten.

Folke nickte kurz und ging.

Embla kam atemlos am Koggenhafen an, rutschte, sich notdürftig am Gebüsch haltend, hinunter und landete in einem Haufen abgeschlagener Zweige. Als sie sich hochstemmen wollte, merkte sie, daß das eiskalte Gebilde unter ihrer Hand das Gesicht eines Toten war.

Sie schrie gellend.

Auf allen Schiffen fuhren die Männer auf, die sich zum Teil schon zum Schlafen eingewickelt hatte, und zwei Beiboote wurden klargemacht und ans Ufer gerudert.

Während die Schiffer ratlos um die am Ufer zusammengesunkene Frau herumstanden, deren Schrei in ein Wimmern übergegangen war, stiegen Heriward und sein Knecht unbemerkt in ihr Boot und ruderten auf die andere Seite der Bucht. Im tiefen Schatten des hängenden Buschwerks zogen sie sich das Steilufer hinauf und machten sich auf den unbewachten Weg in die Stadt.

Heriward hatte ein gutes Gedächtnis; mühelos fand er den Weg zu Tjodolf Goldschmieds Haus. Tjodolf öffnete, waffenlos und in dünnem Gewand, als Heriward seinen Namen genannt hatte. Er erkannte den Franken sofort wieder, obwohl dieser seit zwei Wintern nicht in seiner Schmiede gewesen war.

»Gott zum Gruß«, sagte der Franke heiter zum Hausherrn, lehnte Schwert und Schild an die Wand und trat ohne Zögern ein. Sein Knecht drängte hinterher und stellte sich freiwillig an der Tür auf. Wikinger waren sehr eigen mit ungebetenen Gästen.

Im Hintergrund stand regungslos Gunnhild. Ihr hatte der Gruß nicht gegolten.

»Grüßt du deine Götter, will ich meine auch grüßen«, erwiderte Tjodolf verblüfft mit schon etwas schwerer Zunge. »Aber das kann länger dauern.« Er lud den Händler ein, sich an seinem Feuer niederzusetzen.

»Begnüge dich mit einem«, befahl Heriward knapp und richtete sich an den Flammen ein, deren Wärme ihm nach einem windigen Tag auf dem Schiff willkommen war, »soviel Zeit habe ich heute nacht nicht.«

Tjodolf nickte bedächtig. »Ich nehme Thor. Gegen einen fränkischen Händler brauche ich den größten Krakeeler, den wir haben.«

Über Heriwards Gesicht flog ein betrübter Schatten. »Ich war bisher der Meinung, mein Ruf sei gut. Noch nie hat jemand Zaubersprüche oder Götter gegen mich benötigt.«

Tjodolf zupfte sich verlegen den Bart. »Doch, dein Ruf ist gut. Nur ist meine Zunge manchmal wie festgerostet, wenn sie es mit Franken zu tun hat, und ich wollte sie ein wenig schmieren. Das geht nicht gegen dich. Mißtrauen ist zwischen uns nicht nötig.«

»Nein, weiß Gott nicht«, beteuerte der Händler mit Wärme in der Stimme. »Ich habe dich königlich bezahlt.«

Tjodolf zuckte zusammen. »Wann hättest du mich königlich bezahlt?«

Der Franke sah ihn freundlich an. »Für die Fibel. Für die eine.«

»Aber die hat der Händler Swjatoslaw bestellt«, wandte Tjodolf verstört ein. »Und bezahlt!«

»In meinem Auftrag.«

In Tjodolfs Kopf wirbelten die Gedanken. Er verstand nicht ganz, was das alles zu bedeuten hatte. »In deinem Auftrag?«

»Ich habe ihn schwören lassen, daß er das Gold an dich weitergibt. Ich würde ihn erschlagen, wenn ich jetzt von dir hören müßte, daß er es für sich behalten hat.«

»Ich habe es bekommen«, beteuerte Tjodolf tonlos. »Ich bin sehr zufrieden.«

»Na also«, sagte Heriward. »Ich war es auch. Auf den Handel mit dir würde ich sogar das Glas heben – wenn ich hier auf meinem Schiff wäre.«

»Ich sollte dich nie dort aufsuchen«, verteidigte sich Tjodolf. Sein massiges Gesicht verzog sich. Er hatte sehr wohl bemerkt, daß Heriward ein Feuer als Beweis von Gastfreundschaft nicht genug war. Aber ihm war es umgekehrt nicht anders gegangen. »Das war deine Bedingung. Überhaupt: Warum diese Heimlichkeiten und Umwege?« fragte er gekränkt. »Bin ich dir nicht gut genug?«

»Oh, ich wollte nur nicht, daß jeder weiß, mit wem ich

Geschäfte mache. Gute Lieferanten soll man nicht mit der Konkurrenz teilen.« Heriward lächelte und zwinkerte dem Hausherrn verschwörerisch zu, als dieser das Lächeln zögernd erwiderte. »Aber das ist jetzt erledigt. Wir werden morgen einen Krug Rheinwein zusammen leeren, wenn du willst. Auf meinem Schiff, und jeder soll es sehen!«

Tjodolf war leicht glücklich zu stimmen, durch freundliche Worte und Anerkennung noch mehr als durch gutes Bier. An diesem Abend hatte er das eine schon gehabt und bekam nun das andere obendrein. »Gunnhild«, sagte er behaglich, »bring uns Met und etwas Fleisch von dem gedörrten Hirsch. Auch im Hafen ist es auf einem Schiff nicht gemütlich. Eine schlechte Hausfrau ist, wer einen Gast des Hausherrn naß und hungrig sitzen läßt.«

Der Händler rieb sich die Hände, die in der Tat immer noch sehr kalt waren, und streckte sie gegen die Flammen. Gunnhild runzelte die Stirn: Tjodolf ging manchmal leichtfertig mit seinen Freundschaften um. Schon die Art, wie sich der Händler mit einem bewaffneten Knecht Zutritt verschafft hatte, mißfiel ihr. Aber noch tiefer traf der Vorwurf, sie sei keine gute Hausfrau. Zornig holte sie Met, Fleisch und Fladenbrot und brachte den Männern alles auf einem Brett.

»Du bist hier willkommen«, sprach Tjodolf die Formel und trank seinem Besucher zu.

»Ich trinke dir zu.«

Der Hausherr nahm einen weiteren Schluck. »Wer mich beim Trinken im Stich läßt, läßt mich auch sonst im Stich«, sagte er und reichte dem Gast das Horn wieder hinüber.

Der Franke tat ihm wacker Bescheid, wie es sich gehörte.

Heriwards mustergültiges Benehmen hätte Gunnhild fast versöhnen können, wenn sie nicht immer noch über Tjodolfs Bemerkung hätte nachgrübeln müssen. Der Franke mußte annehmen, sie habe die Gastfreundschaft hintertrieben. Aber das war Tjodolfs Schuld, nicht Heriwards. Je mehr sie sich über ihren eigenen Mann aufregte, desto besser gelang es ihr, sich allmählich mit dem späten Besucher abzufinden.

Gunnhild setzte sich zu Aasa und Tordis, die in der Ecke beim flackernden Licht einer trangespeisten Lampe spannen. Am Feuer wäre es gemütlicher gewesen; zwar brauchten sie für die Arbeit mit den Handspindeln kaum Licht, doch gebührte einem Gast das Vorrecht aller Bequemlichkeiten des Hauses. So war es üblich, und deshalb hatten die Frauen sich bescheiden verzogen. Trotzdem hatte Gunnhild ein ungutes Gefühl. Gedankenvoll zupfte sie die gewaschene und gekardete Wolle, drehte die Spindel und ließ sie neben den Knien bis zum Boden sinken, während ein gleichmäßiger Faden zwischen ihren Fingern entstand. Dann hielt sie das Tongewicht an und wickelte den Faden langsam auf den Spindelschaft. Seit dem Tod von Halldis konnte sie sich auf ihre Gefühle nicht mehr verlassen, sie mußte aufpassen, ihnen nicht zu sehr nachzugeben.

Aasa arbeitete langsamer als sonst, ihre Miene war nachdenklich. Zuweilen sah sie zum Feuer hinüber. Ihr gefiel irgend etwas nicht, aber Gunnhild dachte gar nicht daran, sie zu fragen: Aasa stand es am wenigsten zu, sich zu beklagen.

Die Männer hatten sich halblaut unterhalten. Als sie lauter wurden, hörten die Frauen zwangsläufig mit – niemand konnte sie des Lauschens beschuldigen.

»Ich wollte dir ein weiteres Geschäft vorschlagen«, lockte Heriward, den Aasa besser als der Hausherr verstand, weil sie an dänische Zungen gewöhnt war. Gerade sie wußte dies zu würdigen, denn die wenigsten fränkischen Händler, die nach Haithabu kamen, waren bereit, die Sprache der Wikinger zu lernen – entweder sie bedienten sich eines Dolmetschers, oder sie verließen sich darauf, daß die Dänen sich in Fränkisch verständigen konnten. Es war jedoch das einzige, das ihr an diesem Besucher gefiel.

Tjodolf lauschte mit roten Ohren. Ein fester Abnehmer und ein mündlicher Vertrag würde seinem Geschäft ein gutes Stück Sicherheit bringen. Er nickte.

»Ich möchte weitere Kopffibeln haben.«

Tjodolfs Röte griff auf sein Gesicht über. »Mit den gleichen Drachen- und Männerköpfen wie bisher?« fragte er heiser.

»Nein, mit den gleichen Drachen- und Frauenköpfen wie bisher«, antwortete Heriward und beugte sich vor, um dem Hausherrn ins Gesicht zu blicken.

Tjodolf konnte seinen Blick nicht ertragen und kümmerte sich plötzlich geschäftig um das Holz.

Heriwards ganze Gemütlichkeit verschwand innerhalb eines Augenblicks. »Ich habe gehört, daß jemand Fibeln mit Frauenköpfen gießt«, sagte er scharf. »Die Fibeln sollen ganz ähnlich der einen sein, ja, wenn man nicht genau hinsieht, kann man sogar die eine Sorte für die andere hatten. Das verstößt gegen die Abmachung! Die Wirkung derjenigen, die ich gekauft habe, sollte darauf beruhen, daß sie einmalig ist.«

Tjodolf schwieg und spielte mit einem abgegessenen Knochen. Der junge Hund schob seine Schnauze vorsichtig unter Tjodolfs Hand und stibitzte den Knochen; Tjodolf schien es gar nicht zu merken.

»Rede dich nicht damit heraus, daß du die Abmachung mit dem Kiewer getroffen hast«, drohte der Franke leise. »Abmachung ist Abmachung.«

Tjodolf schüttelte den Kopf. »Die hat mein Knecht getroffen«, verteidigte er sich schließlich schwächlich, woraufhin Aasa vor Empörung tief Atem holte und Gunnhild ihr Gesicht schamrot hinter einem Bausch ungekämmter Wolle versteckte.

»Warum schlägst du ihn dafür nicht tot? Oder besorgt dein Sklave nach seiner eigenen Laune deine Geschäfte?«

Tjodolf zog die Schultern hoch und ließ sie wieder sinken.

»Dann werde ich es tun«, sagte der Händler, sprang auf und hatte plötzlich sein Kurzschwert in der Hand. Sein Knecht zauberte ein Messer in die Linke, einen Speer in die Rechte und stand geduckt an der Tür.

Die Frauen ließen ihre Spindeln sinken, entsetzt und entrüstet, daß ein Gast im Haus die Waffen zog.

Tjodolf war wütend. Er sprang auf, aber zu seinem Schwert und dem Schild, die an der Wand hingen, ließ der Knecht ihn nicht vor: Er schob den Hausherrn mit dem Speer bis an die Wand und drohte, ihn aufzuspießen. Tjodolfs abwehrendes Gefuchtel mit dem Dolch griff zu kurz. Zähneknirschend blieb er wie festgenagelt an seiner eigenen Wand stehen.

»Es wird euch nicht ans Leder gehen.« Die Stimme des Händlers war laut und gebieterisch. »Ich will nicht viel von euch: die Männerkopffibel, die Tjodolf an mich verkauft hat und auf die ich einen Anspruch habe. Außerdem alle Frauenkopffibeln, Wachsabdrücke und Tonformen, die du im Haus hast.«

Tjodolf sah ihn mißtrauisch an und hörte auf, sich zu wehren. »Ist das alles?«

»Nicht ganz. Da ich nicht den Eindruck habe, daß du Wort zu halten pflegst, werde ich dich mit einem Eid binden. Bei einem deiner vielen Götter wirst du mir schwören, diese Fibel nie wieder herzustellen, weder mit Männer- noch Frauenkopf...«

Tjodolf warf das Messer auf den Boden. »Ihr seid zu zweit«, sagte er erbittert, »und ihr seid bewaffnet. Gunnhild, hol die Fibel. Träl soll das andere einpacken.«

Gunnhild erhob sich mit weichen Knien, als Tjodolf freigelassen war. Sie wagte zu hoffen, daß das Schlimmste vorüber war. Ein paar Fibeln würde sie mit Freude hergeben.

Aasa kaute auf ihrer Unterlippe, als sie Gunnhild stumm mit den Augen folgte, die die Decken von Folkes Lager warf und ungeduldig nach dem Beutel suchte.

Heriward wurde allmählich unruhig.

»Die Fibel ist nicht im Hause«, bekannte Aasa endlich, als sie merkte, daß seine Geduld erschöpft war. »Folke hat sie auf meine Bitte versteckt, weil sie gefährlich ist.«

»Frau!« schrie Tjodolf unbeherrscht. »Was mischt du dich in meine Angelegenheiten?«

»Wer weiß, welches Unglück entstanden wäre, wenn man dich ganz allein gelassen hätte ...«

Darauf wollte der Goldschmied lieber nicht antworten. Er machte auf dem Absatz kehrt, rannte polternd in die Werkstatt und sprach dort auf den Sklaven ein. Dann kam er wieder zurück.

Gerade rechtzeitig, um zu sehen, wie die Tür aufging und Folke sich hereinstahl. Für einige Augenblicke herrschte absolute Stille. Dann hatte Folke seinen Sax schon in der Hand und stand lauernd zwischen dem Händler und seinem Knecht.

»Was geht hier vor?« Folke konnte sich keinen rechten Reim auf die Situation machen – zwei bewaffnete Fremde und der unbewaffnete Hausherr. »Suchst du deine Giftschlange mit Gewalt?« fragte er dann höhnisch in Richtung auf Heriward und schlüpfte in die Halte, um sich einen Überblick über die Frauen zu verschaffen. Und seinen Grane.

Der Knecht rückte schweigend wieder vor die Tür.

»Bist du doch derjenige, der sie hütet?« gab der Franke zurück und senkte sein Schwert ein wenig, genug, um nicht unmittelbar bedrohlich zu scheinen, zu wenig für einen friedlichen Besuch in Handelsdingen. »Ich denke, sie ist hier?«

»Nachdem sie zwei Unschuldige gebissen hat, habe ich sie vorübergehend in meine Obhut genommen. Eigentlich wollte ich ihr die Giftzähne ziehen« , knurrte Folke.

Heriward gab seinem Knecht mit dem Kopf ein Zeichen und trat einen Schritt vor, das Schwert ausfallbereit erhoben. »Eine Giftschlange ohne Gift, was taugt sie schon?«

»Los, Tjodolf!« rief Folke. »Bald können wir Dag Wikgraf wieder mit zwei Toten beglücken!«

Der Goldschmied aber war erstarrt, als wäre er verzaubert.

»Tjodolf Zaunfresser!« schrie Folke und rückte vor.

Dem mächtigen Mann, der einst neben dem König gekämpft hatte und vor dem die feindlichen Krieger davongelaufen waren, lief der Schweiß in Strömen über das Gesicht. Er hob die geballten Fäuste in die Höhe und sagte: »Ich kann nicht, Folke, ich kann nicht. Der Mann hat mit mir gegessen und getrunken. Wenn der Wikgraf käme, ich müßte Heriward verteidigen ...«

Aasas und Gunnhilds Blicke trafen sich. Nun wußten sie den Grund für ihre Furcht. Frauen sind immer klüger als Männer, aber Männer werden es nie wissen.

»Dann werde ich allein erledigen, was du nicht tun kannst«, knurrte Folke wütend und drang mit dem Schwert auf Heriward ein. Er holte aus, aber die Spitze des Sax fuhr in den Holzbalken. Folke hatte Mühe, ihn noch rechtzeitig herauszuziehen, bevor der Franke auf ihn losging.

Unter den entsetzten Augen der Frauen kämpften sie,

aber es wurde nicht mehr als ein Geplänkel, wenn auch die Gesichter erbittert genug waren: Kein Ausholen und kein Schlagen war möglich, nur Zustechen, und dafür wären Kurzspeere besser gewesen. Die scharfen Messer waren am gefährlichsten.

Der Knecht beteiligte sich nicht. Er stand neben dem Hausherrn und bewachte ihn unschlüssig.

»Was willst du eigentlich von mir?« fragte Heriward, während er vor- und zurücksprang und drohte und bedroht wurde. »Vorher wollte ich Buße für das Mädchen, jetzt will ich außerdem Rache für den Bruch des Hausfriedens, für die Bedrohung von Frauen und Kindern«, schnaufte Folke.

»Und für das hinterlistige Erschleichen der Gastfreundschaft«, rief Aasa. Dieses Verbrechen war nicht geringer als die anderen, im Gegenteil.

Tjodolf trat mit ausgestreckten Armen zwischen die Kämpfer. Ein unabsichtlicher Stich von Heriward in seine Schulter kümmerte ihn nicht. »Hört auf!« donnerte er. »Folke, du auch! Ich muß sonst gegen dich vorgehen, so leid es mir auch tut.«

Der Bootsbauer sah seinen Verwandten erbittert an, dann steckte er das Schwert in die Scheide und setzte sich ans Feuer, den Kopf in die Hände gestützt.

»Und jetzt«, sagte Heriward und trat zu ihm, »gib mir die Fibel.« Er hatte seinen Sax keineswegs weggesteckt; sein Mut und seine Kühnheit waren der Zweckmäßigkeit untergeordnet.

Folke schnaubte vor Verachtung und knüpfte sich den Beutel vom Gürtel, – nicht weil er bedroht wurde, sondern weil es der Wille von Tjodolf war. Und es war sein Haus. Er übersah die ausgestreckte Hand und warf den Beutel einfach auf den Boden.

Oberlegen lächelnd stützte der Franke sich auf sein Schwert, hob den Beutel auf und blickte hinein. Mit spitzen Fingern nestelte er den nach Schaf riechenden Wollfaden ab und ließ ihn ins Feuer fallen, wo er schmurgelnd und stinkend verbrannte. Dann vergewisserte er sich, daß die Nadel noch an der Fibel saß und verwahrte den Beutel schließlich irgendwo zwischen Hemd und Wams.

Inzwischen hatte Träl alles zusammengesucht, was Tjodolf verlangt hatte, und trug einen kleinen Sack herbei. Neugierig sah er sich im Raum um, dann blieb sein Blick auf dem Auftraggeber für die Fibel hängen. Er spielte mehr denn je mit dem Gedanken, Tjodolf und seine Familie zu verlassen, und da würde es gut sein, sich allmählich auf andere als nur russische Händler einzustellen. Er stellte dem Franken den Sack vor die Füße.

Heriward konnte sein Anliegen als erledigt ansehen. Die Fibel war wieder in seinem Besitz; die anderen, deren Herstellung er ausdrücklich verboten und sogar dafür bezahlt hatte, würde er vernichten. Tjodolf hatte kein Anrecht auf die Fibel, und die Wikinger wußten das. Sie würden es respektieren müssen. Heriward, der fränkische Händler, konnte es sich erlauben, freundlich zu sein.

»Du hast mir dieses Mal etwas Mühe gemacht, Tjodolf«, sagte er, »aber ich bin nicht nachtragend. Wir werden im nächsten Jahr weiterreden. Vielleicht kannst du dann etwas anderes für mich im Auftrag fertigen. Alles hängt davon ab, was die Frauen wünschen. Jedenfalls bestimmt keine Rockfibeln mehr. Frauen, die sich vergoldete Fibeln leisten könnten, werden die alten Hängeröcke bald nicht mehr tragen. Laß dir etwas Neues einfallen bis zum nächsten Jahr.«

Heriward erwartete jetzt keine Antwort. Er verlangte Tjodolf den Schwur ab, und dieser sprach ihn mit gleichgültiger Stimme nach.

Danach verließ der fränkische Händler mit Knecht und Sack das Haus des Goldschmieds, während ihm die Frauen und Männer frei, aber mit gebundenen Händen nachsahen.

16

Das Geschenk des Franken

Embla war mit Mühe von den fränkischen Händlern und ihren Knechten beruhigt und wieder auf den Uferpfad hinaufgeschoben worden, nachdem sich herausgestellte hatte, daß Heriward nicht an Bord war. Die Kaufleute hatten ihr einen Knecht zur Begleitung angeboten, aber sie hatte abgelehnt.

Von Angst zermürbt, hastete Embla vorwärts – sie, die sich sonst vor nichts fürchtete. Bitter verzog sie ihren Mund. Zu Hause hätte sie über eine Rotte von Sklaven gebieten können; auch die freien Bauern wären ihren Befehlen gefolgt – gegen den benachbarten Gaukönig oder den Herrscher von Särkland. In deren Schutz hätte sie sich auch nachts nicht allzusehr gefürchtet. Hier aber hatte sie nichts – in diesem Land waren selbst die finsteren Wesen von Utgard auf Asks Seite. Sie wünschte fast, sie hätte in die Heirat nie eingewilligt.

Die Fäuste fest auf der Brust zusammengepreßt – es hätte nicht viel gefehlt, und sie hätte sie vor die Augen gelegt –, kam sie, so gut es ging, vorwärts, stieß sich an krummen Ästen, wurde von spitzen Nadeln gestochen, verirrte sich in morastige Pfützen und fand mühevoll wieder auf den Pfad zurück. Embla hörte die Geister schwirren, manchmal streifte einer feucht und eiskalt ihr Haar. Mehr tot als lebendig erreichte sie das Tor.

Die Wächter ließen das kümmerliche Häufchen Frau unbehelligt herein. Als diese sich vor ihren Augen wieder zu

Embla, Ask Schieflippes Frau, aufrichtete, ihr dunkelgraues Kopftuch umdrehte und in ein silberdurchwirktes Schultertuch verwandelte, zogen sie sich hinter die Brustwehr des Wachturms zurück und waren froh, sie nicht aufgehalten zu haben.

Mit der Stadtwache hinter sich, dem Feuerschein aus den Häusern, den Knechten und Mägden aus Fleisch und Blut auf der Straße, fand Embla zu ihrem gewohnten Selbstbewußtsein zurück. Sie mußte den Franken finden, weil sie keinen Moment mehr mit ihrem Ehemann zusammensein wollte, ohne gewappnet zu sein. Zu Hause in Bergen hatte sie sich von der Macht verlocken lassen, die Ask im Reiche Knubas schon in seinen Händen hatte und die er – mit einer ehrgeizigen Frau an seiner Seite und ausreichend Geld – auszubauen versprach, bis er der zweitwichtigste Mann im Sveareich wäre – vorläufig. Sie war sich klar darüber, daß Ask nicht Krieger genug war, um sich seine Machtmittel zusammenzurauben. Er mußte andere Wege gehen ... Und obwohl sie Asks Charakter kannte, hatte sie zugegriffen. Jedoch nicht ohne eine Rückversicherung in Form einer Fibel.

Sie war ratlos, wo sie den Franken suchen sollte, bis ihr das Nächstliegende einfiel. Natürlich in ihrem eigenen oder vielmehr Asks Haus. Sie hatte versäumt, Heriward eine Nachricht übermitteln zu lassen, wo sie die Übergabe der Fibel wünschte ...

Wenn die Fibel nun Ask in die Hände käme! Der Angstschweiß lief ihr erneut den Rücken entlang. Embla zog wieder die dunkle Seite ihres Tuches über den Kopf, schürzte den Rock und begann zu laufen.

In Sichtweite des Hauses blieb sie stehen. Sie konnte ein erleichtertes Lächeln kaum zurückhalten, als sie den Franken eingeholt hatte. Sie war rechtzeitig gekommen.

Der Franke war überrascht. Aber ihm machte es nichts aus, seine Geschäfte dort abzuwickeln, wo der Käufer es wünschte. Als Embla an seine Seite trat, zog er auch schon den Beutel aus dem Wams. »Ich dachte, bei Dunkelheit ist es dir lieber. Deswegen kam ich jetzt ...«

»Ganz recht«, stimmte Embla mit kalter Stimme zu. »Aber eine Katze im Sack kaufe ich nicht ...«

»Aus dem Handel«, rief Folke, der irgendwo aus dem Dunkel auftauchte, »wird nichts, bevor du die Buße bezahlt hast!«

Heriward, der inzwischen die Fibel hervorgezogen hatte, verlor den Beutel, als er sich wütend um die eigene Achse drehte. »Du stinkende Bootsratte, hast du nicht gehört, was Tjodolf dir befohlen hat? Warum läufst du mir nach?«

»Gastfreundschaft ist das eine«, erwiderte Folke aufgebracht, »und Buße für eine Tote das andere. Gerade du als Händler solltest säuberlich einen Handel nach dem anderen tätigen. Jetzt ist die Buße an der Reihe!«

Embla, verärgert über die Unterbrechung, stellte sich zwischen die Männer. Sie ging der Streit nichts an, aber besser wäre es gewesen, sie hätten ihn nachher ausgetragen. »Erst gib mir die Fibel«, befahl sie dem Kaufmann herrisch. »Sie gehört mir. Wenn er dich erst erschlagen hat, hat der junge Krieger vielleicht andere Vorstellungen von meinem Eigentum als ich!«

Folke wandte sich ihr zu, senkte aber den Sax nicht. »O nein, Embla«, fauchte er mit gepreßter Stimme. »Das tödliche Kleinod, das du in Auftrag gegeben hast, werde ich freiwillig nicht wieder in die Hand nehmen.«

Emblas Kopf fuhr herum. Erstmals sah sie den Mann genauer an, der bis eben nur eine Störung des Geschäftes gewesen war; plötzlich hatte er sich in einen Gegner verwandelt.

Heriward zog bedächtig sein Schwert, obwohl er nicht glaubte, daß es zum Kampf käme. Embla würde auf ihre eigene Weise mit Folke fertig werden; auch wenn die wenigsten Männer einen Schwertstreich im Gesicht hinnehmen mußten.

»Was weißt du davon?« flüsterte Embla.

»Seitdem du gekommen bist, wesentlich mehr. Und daß zwei Frauen an deinem Schmuckstück gestorben sind, weiß ich schon seit Tagen. Hast du vor, mit ihm dein Leben zu beenden? Da wüßte ich schnellere Methoden.«

Embla zog zornig die Oberlippe in die Höhe. »Im Gegenteil. Die Fibel ist meine Versicherung für die Zukunft. Nicht ich werde sie tragen. Und jetzt will ich sie haben!«

»Ask also!« Folke fiel in diesem Moment das Gespräch auf dem Markt ein, das er mit angehört hatte. Aus dem verwickelten Knäuel von Möglichkeiten, für wen die Fibel bestimmt sei, schälte sich die richtige heraus – für einen Mann natürlich. Zu dem eitlen Ask würde eine solche einmalige Fibel passen. Embla mußte ihn bereits vor der Hochzeit gut gekannt haben.

Embla beobachtete Folke, innerlich zitternd vor Ungeduld, und versuchte, ihn einzuschätzen. »Ask ist ein mißtrauischer Mensch. Solltest du vorhaben, ihn zu warnen, wird er dir weniger glauben als mir.«

»Weniger ist kaum mehr möglich.«

»Oho«, sagte Embla leise, »daher weht also der Wind. Du hast eigene Vorstellungen von meinem Mann und mir. Willst du bezahlt werden?«

Folke spuckte auf den Boden. »Weder von einer Giftmörderin noch von einem Wüstling lasse ich mich bezahlen! Ich werde dankbar sein, wenn ich Birka verlassen kann, ohne daß Unrat an mir haften bleibt! Ich will nur die Buße für das Mädchen, das meinen Verwandten wie eine Tochter war.

Und da dir die Fibel gehört, ist es mir recht, wenn du den Ausgleich bezahlst. Aber ich warne dich: Ein Goldschmied läßt sich nicht mit Bronze statt Gold abfinden!«

Embla sah ihn mit gerunzelten Augenbrauen an. Dann begriff sie und brach in ein schrilles Lachen aus. »Du meinst ich sei zu geizig für eine goldene Fibel? O nein! Ich gebe Gold gern dem, der es verdient. Für einen ehemaligen Bauern ist Bronze gut genug.«

Folke graute vor dieser Frau. Bronze zum Hohn für einen Emporkömmling. Selbst in die winzigste Geste legte sie noch einen Sinn. »Glaubst du, er weiß, daß die Spiralen nur von Frauen getragen werden?«

Emblas Antwort war ein Hohnlächeln, mit dem sie ihre aufsteigende Furcht verbarg. Bisher hatte sie den jungen Mann nach seiner Kleidung bei den Bauern, nach seiner Sprache bei den städtischen Handwerkern eingeordnet und das aufgezwungene Geplänkel halb amüsiert, halb verärgert dulden müssen – es erinnerte sie ein wenig an England, wo die Sitten freier waren. Aber der junge Mann war klüger und edler, als ihm anzusehen war. Dem würde sie in den nächsten Tagen nachgehen müssen. Im Augenblick drängte eine andere Frage. »Was hat das Mädchen mit meiner Fibel zu tun?«

»Sie starb durch deine Fibel«, antwortete Folke ruhig. »Eine andere Frau auch. Sie hieß Embla.«

Emblas Gesichtsfarbe wurde grau, nur wenig heller als die Dunkelheit, die zwischen den Häusern herrschte. »Embla?« flüsterte sie. »Diese Embla starb an meiner Fibel?«

Folke verstand nicht, warum sie durch den Tod von Embla soviel mehr mitgenommen war als durch den von Halldis, immerhin aber zeigte die Norwegerin einmal eine menschliche Regung.

Aber diese hielt nicht lange an. Embla konnte sehr schnell

zweckmäßige Begründungen für alles finden. Viel mehr beschäftigte sie eine praktische Frage. »Ist sie denn überhaupt noch wirksam?« fragte sie Heriward mißtrauisch. »Kann es nicht sein, daß das Gift schon verbraucht ist?«

Der Franke knirschte mit den Zähnen und versuchte sich zu beherrschen. Daran hatte er noch nicht gedacht. Der Kiewer hätte das alles wissen müssen – aber er hatte nichts gesagt. Wenn er jetzt nicht aufpaßte, konnte der Handel noch platzen. Er machte einen Sprung nach vorn und hob das Schwert. »Nein«, rief er. »Die zweite Tote beweist es. Die starb genau wie die erste.« Der Kampf begann.

Embla bebte mittlerweile vor Wut, während sie zurückwich, um nicht zwischen die Klingen zu geraten. Es war ihr gleichgültig, wie der Kampf ausging, und daß Heriward kämpfte, bedeutete, daß er die Antwort auf die Bußforderung übernahm. Sie hätte sie ohnehin nicht bezahlt.

Embla ließ die Fibel nicht aus den Augen. Aber Heriward hatte sie fest in der Hand und ließ sie auch nicht los. Hoffentlich lockten die Kampfgeräusche nicht Neugierige an. Das letzte, was Embla brauchen konnte, waren Zuschauer bei einem heimlichen Handel, der durch Heriwards Verschulden nun bereits öffentlich war. Sie lauschte mit erhobenem Kopf, aber außer dem Keuchen der Männer, dem Klingen der Saxe und einem Bellen, das rasch näher kam, war nichts zu hören. Sollte der junge Mann der Überlebende sein, war sie sich noch nicht klar darüber, was zu tun war ... Wenigstens wußte er nun Bescheid, daß sie Anspruch auf die Fibel hatte.

Der kleine Hund, der aus Tjodolfs Haus hatte entwischen können, war mit der Nase der Spur seines selbstgewählten Herrn gefolgt und hatte ihn nun endlich gefunden. Mit hellem Kläffen stürzte er zu ihm hin, an Embla vorbei und zwischen den Beinen des Franken hindurch bis zu Folke.

Der Franke stolperte über ihn und fing sich wieder.

Folkes Schlag ritzte seinen Gegner nur wenig am Arm, und er konnte nicht einmal nachstoßen. Er scheuchte den Hund von seinem Bein und hob den Sax wieder.

Heriward sah ihm in die Augen und ließ scin Schwert sinken. Breitbeinig und mit halb entblößter Brust wartete er darauf, daß Folke ihm den tödlichen Hieb versetzte. »Stich zu«, forderte er, als Folke verwirrt zögerte.

Folke wollte auf diese Weise keinen Kampf gewinnen. Ehrenvoll oder überhaupt nicht. »Nein«, sagte er entschieden und steckte den Sax in die Scheide. »Wenn du meinst, daß der Kampf vorüber ist, willst du wahrscheinlich die Buße zahlen. Das ist mir auch lieber, als daß ich dich totschlagen soll.«

Heriward bleckte die Zähne und sog die Luft zischend ein. »Ich bitte dich darum.«

Folke sah voll Staunen von seinem Schwertgurt auf. Irgend etwas hatte sich geändert.

Auch Embla war aufmerksam geworden und trat näher.

Heriward sah sie finster an, öffnete seine Hand und bot ihr die Fibel in einer höfischen Geste an. »Sie wird erfolgreicher mit jedem Tag. Ich will sie dir zum Geschenk machen ...«

Zögernd griff Embla danach. »Das wäre das erste Mal, daß ich dir einen Dienst nicht in Gold aufwiegen muß ...«

Folke starrte die Fibel an und ballte die Fäuste.

Und dann stieß Embla einen Schrei aus. Auf Heriwards Hand zeichnete sich blutig der Umriß der Fibel ab, aus dem tiefen Stich quollen noch dickliche Blutstropfen.

Auf der Straße war nur das heftige Atmen der Frau zu hören. Der Hund war still, und selbst der Wind war abgeflaut. Swjatoslaw wird fahren können, dachte Folke starr, und besser davonkommen als der Franke.

Heriward hatte das schlechteste Los gezogen, und er wußte es. Er drehte sich um und ging mit steifen Schritten davon.

Embla sah ihm nach und flüsterte: »Einem Toten will ich nicht verpflichtet sein. Ich gebe dir dein Geschenk zurück.« Sie hob den Arm kraftlos und ließ die Fibel fallen.

Den Kaufmann interessierte es nicht. Aber ob er noch zu seinem Schiff fand? Noch bevor das Gift seine tödliche Wirkung entfaltete, hatte es ihn schon gelähmt.

Als er fort war, ließ Embla ihren Blick vorsichtig zu Folke hinübergleiten. Sie hatte verloren. Die Fibel war als Waffe gegen ihren Ehemann jetzt nicht mehr brauchbar – nicht, wenn ein fränkischer Kaufmann in Birka an ihr starb. Nicht minder schlimm war, daß sie nicht ahnte, wie sich Folke verhalten würde. Er konnte zum König gehen und Ask unmöglich machen, noch bevor seine Stellung als Jarl gefestigt war; er konnte zum Wikgrafen gehen und den Weg einer gewissen Fibel erläutern; und er konnte zu Ask gehen und ihm von einem gescheiterten Giftmord durch seine eigene Frau erzählen. Drei Möglichkeiten – und sie war die einzige, die ihn hindern konnte.

Embla hörte das Pfeifen, mit dem Folke seinen Hund rief, und dann seine Schritte, die auf den Holzbohlen der Straße hallten. Aber ihre Füße verweigerten ihr den Dienst. Zum ersten Mal in ihrem Leben war sie durch Hoffnungslosigkeit wie gelähmt. Ihre Ziehschwester hatte recht gehabt, sie vor dem Svealand zu warnen. Embla hielt sich die Ohren zu, trotzdem dröhnte es darin dumpf wie ein Felsrutsch in den Bergen: »Ask ist stärker als Embla.« Und mit Ask würde sie ihr weiteres Leben verbringen müssen ... Im besten Fall.

Als Folke in Tjodolfs Haus trat, sahen ihm die Hausbewohner verängstigt entgegen: Noch keiner hatte sich schlafen gelegt, selbst Grane wuselte aufgeregt zwischen den Frauen herum. Tordis umarmte ihn und ließ ihn verwundert los, als er sich von ihr befreite. Stumm verfolgte sie, wie Folke das Feuer höher schürte und ein silbern durchwirktes Tuch darüber ausschüttelte, aus dem die Fibel fiel.

Folke hockte sich neben das Feuer. »Thor hat mir den Kiewer rechtzeitig über den Weg geschickt, um mich zu warnen«, sagte er zu seiner Frau, die sich still neben ihn gekniet hatte, den Kopf dankbar an seine Schulter gelehnt, »aber ich halte trotzdem nicht viel von ihm. Swjatoslaw waren alle Götter recht, alle Sprachen gleich, und durch die Welt bewegte er sich, als wäre es ein einziges Land. Wo soll es hinführen, wenn solche Leute ohne Ehrfurcht vor den Völkern und ihren Göttern tödliche Gifte im Auftrag eines anderen durch die Welt tragen? Wenn du ihn fragst, wird er dir sagen, es sei nur sein Geschäft. Töten als Geschäft?« Folke schüttelte verwundert den Kopf, während Tordis nickte. Sie hatte es längst begriffen, es war dasselbe wie bei Ask. »Heriward war im Grunde genommen ähnlich. Nach außen hin beachtete er die Sitten besser als Swjatoslaw, aber nur, um sie für sich auszunutzen. Auch beiden Franken darf man seinen freien Knecht nicht totprügeln.«

»Und warum tat er es?«

»Der Knecht hatte ihm die Fibel gestohlen, um Embla für die Nacht zu bezahlen. Die Frau war zu teuer für Leute seiner Art. Aber nach dem, was Erling über sie erzählt hat, muß sie eine einmalige Fibel zu würdigen gewußt haben. Als es Embla schlecht wurde – vielleicht hat er sogar vorgegeben, sie irgendwo hinbringen zu wollen –, hat er wohl die Gelegenheit genutzt, die Fibel wieder an sich zu nehmen. Pech für ihn, daß er sie beim Zusammenstoß mit mir verlor. Und dann brauchte er Tage, bis er wußte, wo sie war. Er versuchte fieberhaft, sich die Fibel wiederzubeschaffen.

In der Nacht, in der er hinter mir her war, retteten mich die vielen Fremden, die noch unterwegs waren. Danach hat er versucht, die Fibel hier aus dem Haus zu stehlen, obwohl er es nie geschafft hätte. Aber seine Angst vor Heriward war wohl zu groß, als daß er sich noch einen besseren Plan hätte überlegen können. Der Franke muß vor Zorn von Sinnen gewesen sein. Und hochmütig. Sonst hätte er sich von seinem Knecht sagen lassen, wo die Fibel sich befand, bevor er ihn zu Tode prügelte. Heriward wußte es bis zu dem Moment nicht, als ich kam und es ihm freiwillig erzählte. Und erst, als ich Swjatoslaws Fibeln mit Frauenköpfen erwähnte, begriff er, daß ich der Sache nachging, weil ich einen bestimmten Grund hatte, und der Grund die Fibel in meinem Besitz war.« Folke schüttelte den Kopf über sich selber und noch mehr, als ihm Ask wieder einfiel. »Erling hat es gutgemeint und mich trotzdem auf einen falschen Weg geschickt. Lange dachte ich, daß Ask der Auftraggeber für die Fibel sein könnte. Daß er das Opfer sein sollte, hat mir eben erst Embla verraten.«

Tordis verschränkte ihre Hand mit Folkes. »Ich werde das Kleid nun doch nicht kaufen.«

»Wie du willst«, sagte Folke und seufzte. »Aber es wird nichts nützen, an den Veränderungen in der Welt vorbeizusehen. Erling hat recht: Zu der neuen Welt gehören Männer wie Ask, aber auch wie Swjatoslaw und Heriward. Nur Embla nicht – die ist von alter Art. Sie muß ihre Waffe viele Jahre geplant haben.« Er machte eine gedankenvolle Pause und rieb sich die verschmutzte, verschwitzte Stirn.

»Sie ist eine starke Frau«, sagte Tordis, »ich wußte es gleich, als ich sie sah.«

»Trotzdem hat sie den Kampf verloren. Von Ask werden wir nun nicht mehr befreit werden. Wer weiß, was daraus noch wird …« Folke stand entschlossen auf und zog seine

Frau mit sich. Sinnend blickten sie in das Feuer, in dem die Fibel noch eine Weile gut sichtbar war. Dann begann sie sich in der Hitze zu verformen und wurde ihren Blicken entzogen, als Folke Holz nachlegte.

»Schade«, warf Aasa leise ein. »Sie war die schönste Fibel, die ich jemals gesehen habe. Kein Wunder: Erling ist der beste Schnitzer von Thorsköpfen im ganzen Norden.«

Folke dachte an den Thorspfahl auf Thorsnäbb und atmete tief ein. Nun war ihm klar, warum die Fibelköpfe ihm ähnlich gewesen waren. Der Goldschmied hatte sie kopiert. »Du kannst die Fibeln mit dem Frauenkopf nun ungehindert auf dem Markt verkaufen«, sagte er über den Kopf seiner Frau hinweg zu Tjodolf, »aber dein Loblied wirst du wohl allein singen müssen. Wir fahren morgen ab.«

Der Hausherr wirkte einen Augenblick verwirrt, dann lächelte er erfreut und hob das Trinkhorn auf seinen Verwandten.

Worterklärungen und Anmerkungen

Alben: mythologische Wesen; Untergruppen sind Schwarzalben, Lichtalben

Asgard: Wohnort der Götter

Birka: wichtigste Stadt des Nordens im 9. und 10. Jahrhundert auf der Insel Björkö; Birkinselfriede und Birkinselrecht von Birka wurden auch an andere Orte übernommen.

Blot, Blotkessel, bloten, Blotmann: Opfer, Opferkessel, opfern, Opfernder

Danelag: unter dänischem Gesetz stehender Ostteil von England

Darahim: arabische Münzeinheit; Plural von Dirham

Dashd-Bog: slawischer Gott der Sonne und der Fruchtbarkeit

Disen: eine Art weiblicher (Fruchtbarkeits-?)Gottheiten

Ebergelübde: Verpflichtung gegenüber Freyr zu einer Tat

Fibel: Spange zum Befestigen von Kleidern oder Stoffen

Fjalarr: einer der Zwerge, die aus dem Blut eines Riesen Skaldenmet gebraut haben und sich durch dessen Herausgabe freikaufen

Fjäll (norw. Fjell): die baumlosen Hochflächen Skandinaviens

Freki: einer von Odins Wölfen

Freyja: Göttin der Liebenden aus der Götterfamilie der Wanen

Freyr: Fruchtbarkeitsgott aus der Götterfamilie der Wanen

ginnungagap: kosmischer Urraum vor Erschaffung der Welt

Glaumarr und Gjalp: Riese bzw. Riesin

Hammaburg: das alte Hamburg

Heimdall: Wächter der Götter; aus der Götterfamilie der Asen

Hel: Totenreich; Göttin der Unterwelt (späte Personifikation unter Einfluß des Christentums)

Helgö: Insel im Mälarsee, als Hauptstadt Anfang 9. Jahrhundert von Birka abgelöst

Hneftafl: Brettspiel

Hoenir: weniger bedeutender Gott der Mythologie

Holmgard: Nowgorod
Huginn: Rabe Odins; personifizierter Gedanke
hugr: Mut, Gedanke, Wunsch, Neigung
Huldra: schwedisches weibliches Fabelwesen
Jarl: schwedischer Häuptling
Lodur: Gott, Begleiter Odins und Hoenirs
Loki: zwielichtige Gestalt des nordischen Götterhimmels; nach de Vries Doppelfunktion des Kulturheroen und des Betrügers
Ludenvik: London
Magsamen: Mohn
Midgard: von Menschen und Göttern bewohnter Teil der Erde
Miklagard: Konstantinopel
Mimirs Haupt: der von den Asen enthauptete Mimir wird von Odin vor dem Verwesen bewahrt; sein Kopf dient auch weiterhin als Ratgeber
Njörd: Meeresgott aus der Götterfamilie der Wanen; Vater von Freyr und Freyja
Nornen: Schicksalsfrauen, die am Fluß von Yggdrasil wohnen
Pomoranen: slawischer Stamm
Särkland: wahrscheinlich jenseits des schwarzen Meeres, allgemeine Bezeichnung für den Osten
Semgallen: Teil Lettlands
Thurs: übelgesinnter Riese
Träl: schwedisch für Sklave
Utgard: außerhalb der Welt, bewohnt von Riesen und Dämonen
Vardrun: Name einer Riesin
Wolos: slawischer Gott des Reichtums
Yggdrasil: Weltesche

Die Liedtexte stammen aus der *Edda*, Ausgabe von F. Genzmer, 1981 Düsseldorf, Köln: in Kapitel 6 aus »Balders Träume« und aus »Das alte Sittengedicht«; in Kapitel 10 aus »Das alte Sittengedicht«; in Kapitel 13 aus »Der Seherin Gesicht«.